달이 이끄는 이세계 여행 2

아즈미 케이

목차

렘브란트
츠이게에서 상회를 경영하는 상인.
막강한 영향력을 지녔다.
라임=라떼
츠이게에서 No.1인 모험가.
정의감이 강한 인물.
하잘
토모에와 미오가 토아와
함께 구출한 모험가.
직업은 연금술사.
알케미 마이스터

주요 등장인물
미스미 마코토
본작의 주인공. 부모의 사정으로 이세계에 소환된 평범한 고등학생. 반칙적인 마력과 신체 능력을 지니고 활을 잘 다룬다.
토모에
본래 모습은 「신(蜃)」이라 불리는 용. 마코토와 계약해서 사람의 모습을 지니게 되었다. 시대극 마니아.
미오
원래 모습은 거대한 거미. 마코토와 계약함으로써 사람의 모습이 되었다. 청순한 외모와는 달리 대식가.
토아
「세계의 끝」에서 활동하던 모험가. 임무 의뢰에 실패해서 사로잡힌 신세였지만, 마코토 일행에게 구원을 받고 여행에 동행하고 있다.

프롤로그

하아, 하는 깊은 한숨이 마차의 짐받이에서 들려왔다.

나, 미스미 마코토는 마부석에 앉아서 짐받이로 시선을 돌렸다. 전방의 높은 성곽을 확인하려는지 머리 네 개가 짐받이의 측면으로 튀어나와 있었다.

성곽까지는 아직 거리가 조금 있었지만 그래도 그 존재감은 충분하고도 남을 정도로 전해져왔다. 커다란 도시라는 건 사실인 것 같다.

결국 「세계의 끝」에서 만난 모험가 토아와 그 여동생인 리논, 그리고 다른 모험가들 세 사람은 이 츠이게라는 도시까지 우리와 동행하기를 희망했다.

일행이 베이스 하나를 통째로 파괴하는 대형 참사를 일으킨 덕분에 그들이 머물 장소를 없애버렸다는 죄악감으로 인해, 나는 그들의 부탁을 받아들일 수밖에 없었다.

지금 내 양 옆에는 기모노를 입은 미오와 높은 벽을 앞에 두고 압도당하고 있는 리논이 앉아 있었다. 양 손에 꽃을 든 마부석이네요. 한 쪽은 나와 계약해서 사람 모습으로 변하긴 했지만 원래 거미였던 변태 종자에다가 나머지 한 쪽은 어린 애지만 말이지요.

또 한 사람의 종자인 원래 용이었던 토모에는…… 무사 수행을 하라고 내보냈다.

실제로는 쓸데없는 트러블을 일으킬 것 같으니까 적당한 이야기로 거리를 뒀을 뿐이지만—.

……계산대로, 성공했습니다.

토모에가 무사 수행을 위해서 혼자 여행을 떠나겠다고 선언하고, 내가 그 발언을 인정해주는 모습을 보고 토아 일행은 어이가 없다는 눈으로 쳐다봤다.

「세계의 끝」에서 단독 행동을 하고 싶다는 녀석과 그걸 OK하는 녀석을 보고 아연실색했을 것이다.

……솔직히 말해서, 옆에 두기 편한 쪽은 미오다. 이쪽이 그나마 돌발 행동은 적은 편이니까……. 뭐, 내가 확인할 수 있는 범위 내에서, 라는 전제 조건이 붙긴 하지만 말이야.

리논과 토아를 제외하면 우리와 동행인들 사이에 대화는 그다지 많지 않았다.

애초에 일확천금으로 인생 역전을 노리는 모험가 패거리와 친밀한 관계를 맺어봤자 무슨 이득이 있을지 장담할 수도 없고—. 그런 연유로 나는 그들의 이름조차 물어보지 않았다. 사실 그들은 미오에게만 말을 걸고 있으니까.

어쨌든 츠이게에 머물고 있는 동안만큼은 무난하게 지낼 생각이다. 참고로 토아는 미오를 「미오 님」이라고 부르면서 제자 입문을 희망하고 있었다.

"굉장해——!! 저기 봐, 오빠! 커다란 벽!"

리논은 큰 목소리로 흥분하고 있었다. 그녀는 저를 오빠라고 부르면서 완전히 따르고 있지요.

……틀림없이, 크긴 크네.

하지만 그녀들은「세계의 끝」에 왔을 때 이곳을 최소 한번은 통과했을 텐데? 왜 이제 와서 이 정도로 흥분하고 있는 거지?

[리논은 여기를 통과한 적이 한번은 있지 않아?]

저주에 걸려서 말을 할 수가 없다는 설정의 나는, 마법으로 말풍선을 만들어 거기에 글자를 표시하여 리논에게 질문했다.

"아—, 나 처음에 세계의 끝에 왔을 때는 전이(轉移) 마법진을 갈아타면서 왔어. 그래서 바깥으로 이동한 적은 거의 없거든."

흠, 전이 마법진이라. 편리한 시스템이 있었군.

"어머, 전이 마법인가요? 그럼 여러분, 그 마법진으로 전이하는 쪽이 더 빠르고 안전하지 않았을까요?"

미오가 중얼거렸다.

"저기, 미오 님. 전이는 비용이 많이 들기 때문에 도저히 부탁드릴 수가 없어요……."

뒷자리에서 토아의 목소리가 들려왔다.

[비싸다니, 어느 정도?]

토아가 내 질문에 대답했다.

"그 베이스에서 츠이게까지 가려면 한 사람 당 금화 스무 닢 정도는 필요해요. 짐은 별도 요금이고, 순서를 기다리면서 대기해야 하는 경우도 있고요."

우와…… 부자 전용?

수행이나 일확천금을 노리고 이 땅을 찾아온 사람들이 마물과 전투할 기회를 버리고 전이 마법을 사용하리라는 생각은 들지 않으니, 역시 상인이나 귀족들이 사용하기 위한 용도일 것 같다.

[비싸군. 뭐, 얼마 안 있으면 도착할 테니까 이제 와서 전이를 사용할 필요도 없나?]

"아하하, 마차로 이동하는 걸로도 충분해요. 아니 사실, 이 정도로 쾌적하고 안전하면 수송으로 한 몫 잡으실 걸요?"

토아는 아무래도 이번 마차 여행이 마음에 든 것 같다.

미오는 부채로 느슨해진 입가를 가리고 있었다. 여전히 아부에 약하군…….

그건 그렇고 사실 이 여행길은 대단히 안전했다.

미오의 역량을 알아챈 녀석들은 덮쳐오지 않았고 알아채지 못한 녀석들은 한방에 골로 갔다. 게임으로 예를 들자면 인카운트 후에 화면이 어두워지고 곧장 필드 맵으로 돌아오는 정도의 엄청난 스피드다. 턴제 조차 되지 않았다.

오히려 적을 쓰러뜨린 후의 과정이 길었다.

전투가 끝난 후, 모험가 일행은 미오가 쓰러뜨린 짐승이나 곤충의 시체를 지그시 바라보고 있었다. 나는 잽싸게 가던 길을 가려고 했지만 토아 일행이 정말 너무나도 실망스러운 표정을 짓고 있었기 때문에 도중부터 소재 수집을 허가했다.

토아는 외모만 보자면 내 후배와 쏙 빼닮았다. 그런 그녀가 무참하게 박살난 동물이나 곤충의 잔해를 반짝이는 눈동자로 바라보고 있는 모습은 사실 조금 부담스러웠다.

하지만 그 덕분에 소재 채집의 기본을 배울 수 있었다.

수집한 소재들은 당연히 마차의 짐받이에 싣게 된다. 그렇게 되면 당연히 거기서 먹고 자는 모험가들의 공간은 점점 협소해질 수밖에 없었다.

그럼에도 불구하고 그들은 싱글벙글 웃으면서 몸을 구부리고 불편한 자세로 잠을 청하고 있었으니, 아무래도 엄청 기쁜가 보다.

어쨌든 나도 상인으로써의 수행에 써먹는다는 명분으로 그들이 수집한 소재를 배당받을 수 있었다. 나는 그런 일들을 떠올리면서 수송으로 한 몫 잡을 수 있을 거라고 말을 꺼낸 토아에게 대답했다.

[저는 상인입니다만, 황야에서의 수송을 업무로 삼을 생각은 없습니다. 좀 더 세상을 널리 보며 돌아다니고 싶다는 것도 있고요.]

"그런가요? 아깝네요. 그 정도의 힘을 가지고 계신데……."

빚이나 도박의 공포를 뼈에 사무칠 정도로 실감한 토아의 입장에서 보자면, 안정적인 수입을 획득할 수 있다는 사실은 중요한 사항일 것이다.

「그 정도의 힘」이라는 표현이 내가 아니라 미오를 가리키고 있다는 사실이 좀 슬프지만—.

어찌됐건, 앞으로의 계획에 대해서는 츠이게에 도착한 다음에 천천히 생각하자.

"오빠, 뭔가가 있어!"

"도련님, 저쪽이에요."

나는 리논와 미오의 목소리에 반응했다. 벌레……로군.

앞 다리가 낫 같이 생긴 개미와 온몸이 새빨간 벌이다. 양쪽 다 덩치는 대형 견종 정도였다. 머릿수는…… 도합 10마리 정도인가?

아마, 이름은 사이즈 앤트와 레드 비라고 했었나?

벗겨먹을 수 있는 소재가 꽤 많은 몬스터였다고 기억하고 있었다.

등 뒤를 돌아보자, 짐받이에 탄 채 성과을 바라보고 있던 동행인들의 시선이 벌레들에게 완전히 고정되어 있었다. 이제 슬슬 「바깥에 목만 내놓고 있다니, 니들은 거북이냐?」라고 한 마디 쏴주고 싶다.

"라, 라, 라, 라이도우 씨! 저, 저거요!"

토아가 흥분한 표정을 하고 몬스터 무리를 손가락으로 가리켰다.

참고로 라이도우라는 이름은 내 가명이다.

[사이즈 앤트와 레드 비라고 하셨죠? 저것들이 어쨌다는 거죠?]

"아니에요! 저건 레드 비가 아니라고요!"

거리가 상당히 떨어져 있었는데 토아는 확신하고 있는 것으로 보였다.

"믿어지지 않아……. 루비 아이다."

모험가A라고 불렀던 엘프 누님이 경악한 표정을 한 채 입을 손으로 가리고 있었다.

그녀는 활이나 마법을 사용하는, 내 이미지에 딱 맞는 엘프 아가씨였다.

"진짜다……!"

모험가B, 휴만 청년이 중얼거렸다.

연금술 등을 사용하는, 여러 가지 재주는 있지만 특별히 뛰어난 구석은 없는 마술사라는 인상이다.

루비 아이라.

레드 비와 비슷해 보이지만 아무래도 다른 녀석인 것 같다.

모험가 여러분의 반응을 보기엔 벌 같은 녀석은 레어 몬스터라는 느낌인가?

벌의 수는 여섯 마리였다. 전부 다 똑같은 녀석들로 보이니 전부 루비 아이인가? 녀석들은 이쪽에 눈치챈 것 같지만 거리는 상당히 벌어져 있었다.

[희귀한 몬스터인가요?]

"엄청나게 희귀한 녀석이에요! 이런 도시 근처에서 만나다니 있을 수 없는 일이죠!"

모험가C, 금속제 전신 갑옷을 걸친 신관 전사인 드워프 여성도 상당히 흥분한 상태였다.

"거기다 엄청나게 강해요! 거의 대부분의 마법을 무효화시키죠! 레드 비와는 비교도 안 될 정도로 재빠르고, 벌침뿐만 아니라 다리 끝의 발톱이나 턱에 달린 커다란 어금니에도 강력한 독을 지니고 있어요!!"

토아가 루비 아이의 전투력에 대해 해설해 주었다.

흐음, 확실히 레드 비보다 강한 것 같군.

모험가들은 모두 대단히 흥분하고 있었지만 그 정도로 강하다면 여러 가지로 위험한 거 아닌가……?

[여러분의 힘으로 물리치실 수 있나요? 그렇다면 저 녀석들의 상대를 부탁드리고 싶은데.]

그냥 마차에 타고 있기만 하면 실력이 녹슬어 버릴 테니 그들의 힘으로 대적할 수 있는 상대라면 전투를 맡기고 있었다. 따라서 이번에도 감당할 수 있었다면 맡길 생각이었지만—.

"절대로 무리에요! 저희들의 실력으로는 몰살을 당할 걸요!"

……이봐.

"저 녀석과 싸우려면, 설령 상대가 한 마리라고 해도 호흡이 맞고 밸런스를 제대로 갖춘 레벨 130 이상의 파티가 아니면 힘들 거예요."

그 조건을 만족하고 있는 건 토아와 드워프 여성 정도인가? 그렇다면 역시…….

[미오, 부탁해.]

"도련님! 저 개미 녀석은 어제 전투가 벌어졌을 때 제 옷을 녹인 녀석이라고요?"

미오는 그렇게 말하면서 기모노의 소맷자락 끄트머리를 보여줬다. ……끽 해야 수 센티미터잖아! 그 정도는 신경 끄라고!

[츠이게에 도착하면 고칠 수 있어. 어쨌든 당장은 부탁해.]

"하아…… 뜻을 받들겠습니다."

싸워줄 생각인 듯하다. 고맙다.

"미오 님! 사이즈 앤트는 낫을 남겨 주세요!"

"루비 아이의 머리는 절대로 부수면 안돼요!"

"아, 그리고 루비 아이의 날개도……."

응원보다도 먼저 요구 사항을 입에 담는다. 실로 타산적인 사람들이다.

"……도련님."

불길한 예감이 들었다.

[왜 그러지?]

"저, 싫어요. 도련님께 부탁드립니다."

『잠깐!』

와우, 전원의 목소리가 하모니를 일으켰다. 참고로 나도 포함이다.

[나, 나한테 하라고?]

"매번, 매번…… 너무 귀찮은 걸요! 저기를 남겨라, 거기를 노려라. 지금까지 참아왔지만, 이제 한계에요!!"

[하, 하지만 미오. 일단 귀중한 소재이기도 하고, 네 수행도 겸하고 있잖아?]

"힘을 조절하는 연습이라면 이미 충분하고도 남을 정도라고요! 도련님이야말로 훌륭한 수행이 되지 않을까요? 그럼 양보하지요!"

휙, 미오가 고개를 가로저으면서 거절하는 포즈를 취했다.

휴우……. 토아 일행에게 무능한 도련님이라고 오해받고 있는 것도 유쾌하진 않았으니 한번 실력을 보여주실까?

[어쩔 수 없지. 그럼 내가 해볼게.]

"으에에에?!"

리논이 가장 앞장서서 경악했다.

흑흑흑. 대체 나한테 얼마나 기대를 안 한 거야?

"저, 저기? 라이도우 씨? 저희들 실력으로도 죽는다고요?! 미오님에게 부탁하세요!"

토아가 꺼낸 말을 신호탄 삼아 다른 녀석들도 입을 모아 나를 말리기 시작했다.

자신에 대한 평가에 울고 싶어진다는 건 바로 이런 모양새다.

나는 활과 화살을 꺼내고 미오에게 눈짓을 보내 마차를 정차시켰다.

아, 그러니까 개미의 급소는 머리였지? 벌의 급소는 어디였더라?

[저기, 사이즈 앤트의 급소는 머리였었지. 루비 아이라는 녀석은? 머리?]

"그러니까 무리라고요!"

"루비 아이는 머리만은 노리면 안 돼!!"

"남의 말을 제대로 듣지도 않는데 전투라니!"

모험가들이 차례차례로 부정적인 반응을 보였다.

하지만 정말 대단한 융단 폭격이다. 아무리 나라도 상처 입는다고! 울릴 생각이냐?

틀림없이 머리를 노리지 말란 말은 들은 것 같다. 이거 실언이었구먼.

[됐으니까 루비 아이의 약점이 어딘지만 가르쳐줘요.]

"으아—, 이 사람 진심이다!"

모험가B인 청년 연금술사가 기가 막힌다는 목소리로 중얼거렸다.

이 녀석, 이 여행길에서 유일한 남자 일행이었는데도 인정사정없네.

"부탁이야. 지금부터라도 미오 님을 설득해."

엘프 아가씨가 착 가라앉은 말투로 나를 타일렀다.

……당신도 궁수잖아?

같은 활을 다루는 나를, 조금은 부드럽게 대해줘도 좋지 않을까?

"……루비 아이의 급소는 아마 복부일 거예요. 강하게 발달한 앞다리로 공격을 가로막기 때문에 직접 노리기는 곤란하지만요."

토아의 발언에 다른 패거리들이 입을 다물었다. 음, 이 소녀는 사람을 보는 눈이 있군. 내 실력이 활을 들었을 때 자연스럽게 새어 나왔는지도 모르겠다. 훗, 스스로가 무서울 정도야.

……좋아, 머리와 배라 이 말이지.

흠, 이 거리라면 빗나갈 리가 없다.

나는 활시위를 잡아당겼다.

'아니 이봐, 토아?!'

'조용히! 집중하고 있는 것 같아.'

'아니 그러니까 무리라고. 마법이라면 몰라도 활로 맞힐 수 있는 사정거리가 아니야.'

'……거기다 걔 레벨은 1이라면서? 대체 무슨 생각이야?'

이, 이렇게 무례한 녀석들이 있을 수가 있나? 냉정한 엘프 여성의 마지막 한 마디가 아주 자연스럽게 혹독하다. 이 녀석, 미오는 미오 님이라고 부르는 주제에!

하지만 나는, 열 마리의 표적 가운데 이미 여섯 개에 록온을 끝낸 상태였다.

일곱, 여덟, 아홉…….

토아의 기대에 부응해 보도록 할까, 라고 생각하고 있었는데—.

'괜찮아. 여차하면 미오 님께서 나서실 테니까.'

……토아.

'아, 그렇구나.'

드워프 여성이 납득했다.

'거기다 미오 님이 맡겼다는 건, 어쩌면 굉장할지도 모르잖아?'

오, 괜찮은 방향으로 굴러가기 시작했다. 토아, 그대로 계속 가라고.

'……아니 잠깐, 레벨 1이거든?'

닥쳐라, 휴만.

'라이도우 씨가 아니라, 저 활과 화살이 사실은 굉장한 무기일지도 몰라. 고도의 에이밍(Aiming)이나 크리티컬(Critical) 효과가 부여되어 있어서, 필살 필중의 능력을 지니고 있을지도?'

……그쪽이냐? 그쪽이냐고—!

토아를 다시 볼 뻔 했는데 헛된 시간이었다.

'……그렇군. 그런 쪽은 생각해보지 않았어. 음, 활은 잘 모르겠지만 화살은 꽤 그럴 듯하네.'

엘드워가 만들어준 화살은 사실 상당히 강력한 축에 속하지만, 활은 틀림없이 지극히 평범한 편이란 말이지……. 그게 아니라, 똑같은 활을 다루는 입장에서 엘프 누님에게는 조금은 부드러운 반응을 기대했었다고…….

마음의 댐이 무너져 내릴 것 같다.

너희들 전부다 에이밍해 줄까? 멍청한 녀석들! ……으윽.

이제 됐어! 보고 놀라라고!

"오빠, 괜찮겠어?"

이쯤 되니 리논이 제일 착한 아이로 보이는군!

거리는 100미터 정도인가?

좋아, 전 표적 록온 완료……. 루비 아이부터 시작할까?

"……후우."

나는 숨을 조용히 내뱉고, 화살을 쐈다. 표적은 앞장서서 돌격해 오는 루비 아이 두 마리 중 한 마리였다. 녀석은 복부에 바람구멍이 뚫려서 땅으로 추락했다.

계속해서 나머지 한 마리—.

토아가 앞 다리에 관해서 설명해준 대로, 녀석은 배를 감싸듯이 튼튼한 다리를 앞으로 내밀었다. 하지만 내가 쏜 화살은 그 틈을 비집고 배를 꿰뚫었다.

셋, 넷, 다섯…….

나는 순조롭게 표적들을 소화해갔다.

등 뒤에서 「거짓말이야……」라든가 「이게 뭐야?」라는 감상이 들려왔다.

이제 아시겠나? 활을 들면 사실 나는 상당히 굉장한 편이라고?

여덟, 아홉…….

이걸로 끝.

마지막으로 개미의 머리를 꿰뚫었다.

여기까지 걸린 시간은 약 30초였다.

전부 일격으로 끝냈다! 원거리 공격의 위력을 우습게보지 말라고?

음, 최근엔 아공에 가질 않아서 사실 활을 당긴 건 꽤 오랜만이었다. 조금 무뎌진 것 같은 느낌은 들지만 실전에서는 문제없어 보인다. 안심했다.

"……굉장해."

리논, 솔직한 감상 고맙다. 이걸로 나에 대한 평가도 바뀌었겠지? 후훗.

[어떻습니까? 다시 보셨나요?]

등 뒤에서 대기하고 있던 일행에게 한 마디 말을 던졌다. 그리고 잠시 활을 그들에게 맡겼다. 특수한 효과 같은 건 안 붙어있거든!

"괴, 굉장해. 얼핏 보기엔 평범한 활인데……."

그러니까 드워프 아가씨! 활이 아니라고! 왜 믿어주지 않는 거지……? 레벨 1이라는 건 그렇게 신용할 수 없는 존재란 말인가? ……젠장.

[……이건 평범한 활이랍니다. 화살은 훌륭한 솜씨를 지닌 장인에게 부탁해서 제작한 제품이긴 하지만, 마법을 부여하지는 않았습니다. 저는 어렸을 때부터 활 솜씨 만큼은 능숙한 편이라서요.]

스스로 설명해 버렸다……. 대활약했는데도 불구하고 나는 의기소침했다.

"이거, 틀림없이 아무런 부여 마법도 걸려 있지 않아."

연금술사 청년이 내 설명을 무시하고 활을 살펴보다가 결론을 지었다.

도대체! 내 실력을 의심하는 무례한 녀석의 이름 따위 절대로 기억해주지 않을 거라고! 눈앞에서 일어난 일을 의심하다니 있을 수 없는 일이야!

"……있을 수 없는 일이야."

본인도 궁수이기도 한 엘프 누님이 나직이 중얼거렸다.

"위력, 사거리, 정확도. 저런 건 처음 봤어."

"그렇지."

토아도 엘프 누님의 말에 동의했다. 도구의 성능이라고 생각하고 있었으니 예상 밖일 것이다.

지금까지 그들이 보는 앞에선 아무 것도 하지 않았으니 놀라는 것도 무리는 아니었다.

그건 그렇고 남은 건 소재를 수집하는 거지요.

미오에게 지시해서 마차를 시체들이 널브러져 있는 근처로 이동시켰다.

토아 일행은 마차에서 내리자마자 사이즈 앤트와 루비 아이의 시체가 흩어져 있는 장소까지 뛰어갔다. 나는 소재를 벗겨내는 작업에 참가하진 않았지만 근처까지 가서 대략적인 분위기를 관찰했다.

헤에, 정말로 레드 비하고는 다르게 눈이 붉게 빛나고 있구나……? 루비 아이라는 건 참 잘 붙인 이름 같군. 모험가 일행은 묵묵하게, 정신없이 필요한 소재들을 벗겨내고 있었다. 이건 정말 몇 번을 봐도 익숙해지지 않는 광경이군.

특히 토아, 제발 그렇게 기뻐 보이는 표정을 짓지 말라고…….

[여러분, 이제 끝났나요? 빨리 소재를 모아서 츠이게까지 서두릅시다!]

나는 마지막 한 마리만 남아있던 사이즈 앤트에게서 낫 모양의 예리한 앞발을 잘라내고 있는 모험가 일행에게 출발을 재촉했다.

네 사람은 내가 공중에 띄운 말풍선을 보더니 작업을 중단시키고 돌아왔다.

루비 아이의 눈동자에는 손상이 없었으며 여섯 마리에게서 12개를 회수할 수 있었다. 레어 몬스터에게 채집한 소재인 만큼 틀림없이 비싼 값에 매각할 수 있을 것이다.

우리는 소재 회수를 마친 네 사람을 태우고 다시금 츠이게를 향해 마차를 출발시켰다.

베이스가 파괴된 날로부터 대충 3주일이 지났고 내가 「이쪽」에 오고 나서 2개월 남짓이라는 시간이 경과됐다.

태양은 중천에 걸려 있었다.

나는 드디어 츠이게에 도착했다. 이 세계에 내려선 이후 처음으로 도시다운 도시에 도착한 것이다. 지금은 이미 존재하지 않는 베이스의 생존자인 5인방과 나, 그리고 미오까지 합해서 7명을 태운 마차는 천천히 문을 통과했다.

1

"뭐라고?! 『절야(絕野)』가 붕괴했다고?!"

커다란 목소리가 건물 내부에 울려 퍼졌다.

여기는 츠이게의 모험가 길드다. 토아 일행이 상세한 사항을 보고하고 있었다. 나는 동참하지 않았다. 이것은 토아 일행이 받은 퀘스트이기 때문이다. 참고로 미오와 리논은 둘이서 길드 내부를 서성거리고 있었다. 무슨 재미있는 거라도 발견했는지 즐거워 보인다.

보고라고는 해도, 토아 일행은 사실을 그대로 전달하고 있는 것은 아니었다.

토아와 리논은 세계의 끝에 존재했던 베이스에서 일어난 사건들을 정확히 기억하고 있지만, 나머지 세 사람의 모험가는 내가 마법을 사용해서 기억을 조작했다. 전원의 기억을 한꺼번에 조작한다면 편했겠지만 나는 토아와 리논에게 마법을 거는 것만큼은 주저할 수밖에 없었다. 무슨 의미가 있었다기보다 그냥 내 개인적인 감정으로 인한 조치였다.

마물들의 대군이 절야에 몰려와서 손쓸 틈도 없이 유린당하고 말았습니다. 우리는 겨우 목숨만 부지한 채 도망친 거랍니다…….

대충 그런 느낌으로 기억을 덮어 썼다.

사실을 있는 그대로 보고하게 되면 일이 귀찮아지므로 토아 일행에게는 사전에 말을 맞추도록 부탁했다.

참고로 절야라는 건 지금은 이미 소멸해버린(정확히 말하자면 토모에와 미오가 붕괴시킨) 베이스의 명칭이다.

여기까지 오는 도중에 경유했던 다른 베이스에도 각각 링가와 안드 같은 짧은 명칭이 붙어 있었다. 절야는 평균 레벨이 가볍게 100을 초월하는, 베이스 중에서도 최고봉이라고 할 수 있는 장소였다고 한다. 잠깐 머물다가 바로 떠나는 사람들까지 평균에 들어간다고 생각하면 실제로는 더욱 굉장했을 것이다. 일상적으로 활동하고 있는 멤버들은 레벨 200 이상이 보통이었다고 하니까.

뭐, 그 중엔 더러운 방식을 써먹는 녀석들도 있었지.

토아 일행도 일부의 악인(결국 여차저차 정신없이 상황이 변해버려서 나는 흑막의 이름을 모른단 말이지)들에 의해 희생당할 뻔한 멤버들이었고—.

그런 경험 때문인지도 모르지만 여기까지 동행했던 모험가 세 사람은 그 장소에 미련이나 애착은 그다지 없는 모양이다.

……다만, 토아는 다른 이들과 조금 경우가 다른 것 같았다. 그곳에서 떠나는 데 이의는 없다는 느낌이었지만 아직 마음에 걸리는 구석이 있어 보였다.

만약…… 만약의 경우에—.

토아가 언젠가 또 다시 세계의 끝에 펼쳐진 황야의 오지로 향한다고 해도 나는 아무 말도 할 수 없었다. 그저 리논만큼은 제대로 책임져주길 바랄 뿐이다.

그건 그렇고 토모에와 미오의 길드 등록 정보가 소실되어 있었다.

절야에는 다른 길드와 정보를 공유하기 위한 설비가 없었기 때문에 모험가 길드와 함께 등록 정보도 통째로 소실된 것 같다.

따라서 두 사람의 길드 재등록은 설비를 제대로 갖춘 츠이게에 도착할 때까지 미뤘다. 츠이게에 도착할 때까지 세 개 정도의 베이스를 경유했지만 전부 평범한 야영지에 털 난 정도라는 인상을 받았다. 길드도 절야와 별 다를 바 없어 보였기 때문에 재등록을 미루고 있던 것이다.

……또 다시 상상도 못 했던 실수를 저질러서 베이스가 추가로 붕괴할 가능성도 있었으니까.

재등록은 토모에가 돌아온 후에 하는 게 좋을 것 같다. 오늘 밤에라도 불러내서 내일 재차 길드로 오면 문제없겠지.

그렇게 마음을 먹었으면 오늘은 이제부터 숙소를 정하고 점포들을 구경하다가…… 아, 상인 길드에도 등록을 해둬야지.

으으으으, 드디어, 드디어 제대로 된 동네에 도착했다고! 하고 싶은 일이 아주 많아!!

네 사람의 용건이 끝난 것 같다. 접수 직원이 안쪽으로 들어갔다.

아마 간부급이라도 부르러 간 거겠지. 베이스가 소멸했다는 건 보통 사건이 아니니까.

그러고 보니, 이 도시의 최고 레벨과 랭크는 어느 정도지?

실내를 둘러보고 있으려니 의뢰나 기타 등등이 붙어있는 게시판 옆에 있는 빈 공간에 랭킹이 게시되어 있는 것을 발견했다.

……호오, 저기에 있는 건가? 내가 토아 일행의 퀘스트 보고에 참석할 필요는 없으니 랭킹이나 잠깐 보고 오자.

아, 그러니까— 가장 위에 있는 사람은…….

레벨 201에 랭크 S다.

흠, 역시 레벨이 낮다는 느낌이 든다. 절야라는 특수한 장소에서 활동하던 모험가들을 구경했을 뿐만 아니라 데리고 다니는 일행이 정말 특수한 녀석들이니……. 내 머릿속에서 「강함」의 기준이 이상해진 것 같다.

퀘스트도 대략적으로 랭크가 낮은 편이었다. 이런 모습을 보면 상위에 위치한 의뢰는 개인이나 파티를 직접 지명하는 특수 랭크 임무가 많을 것으로 예상된다.

게시판에 붙어있는 의뢰는 A나 B플러스에 해당하는 의뢰가 대부분이었다. 이 랭크의 의뢰가 남아있다는 사실은 아마도 중견 레벨의 파티가 많고 D~B 랭크의 퀘스트가 인기 있는 건가?

그건 그렇고 채집 계열의 A랭크 의뢰가 그야말로 남아도네. 대단하다. 정말 엄청나게 귀찮은 종류의 작업이든지, 하구레 메○처럼 엄청나게 레어한 녀석의 부위를 채집하는 종류인 건가?

……양쪽 다 성가실 것 같네. 나 같아도 하고 싶지 않을 것 같다.

하지만 채집 계열 중에 달성하기 쉬운 건 어떤 의뢰이고 어떤 장소로 가는 편이 유리한지 정도는 대충 파악해두자.

나중에 편리하게 써먹을 수도 있을 테니 말이야.

음…… 딱 하나 S랭크 의뢰가 남아있네. 신경 쓰이는 걸?

높은 위치에 종이가 붙어서 가볍게 점프하여 의뢰 용지를 떼어냈다.

주위 사람들이 내 행동을 보고 술렁거렸다. 여기서 S랭크의 의뢰를 인수하는 건 흔치 않은 일인가?

뭐, 나하고는 상관없지. 나는 용지에 적혀 있는 의뢰 내용을 확인했다.

루비 아이! 마치 짠 것 같다!

뿐만 아니라 상회로부터의 의뢰라. 이거 괜찮은데? 당장 인맥을 쌓을 수 있는 기회일지도? 운이 붙기 시작한 걸지도 모르겠군.

S랭크의 의뢰이니 보수도 상당히 짭짤한 편일 것이다.

절야에서는 별로 깊이 생각 안 하고 쿠즈노하 상회라고 자칭해버렸지만 본래 독립해서 점포를 가진다는 것— 즉 상회를 만든다는 것은 상인에게 있어서 커다란 한걸음이라고 한다. 때문에 안일하게 상회를 자처했다는 사실에 대해 조금 후회하기도 했다. 상인길드에는 등록하지 않은 상태였고 절야는 붕괴해버렸지만 이 가공의 상호가 어딘가에 전해졌을 가능성도 존재하기 때문이다.

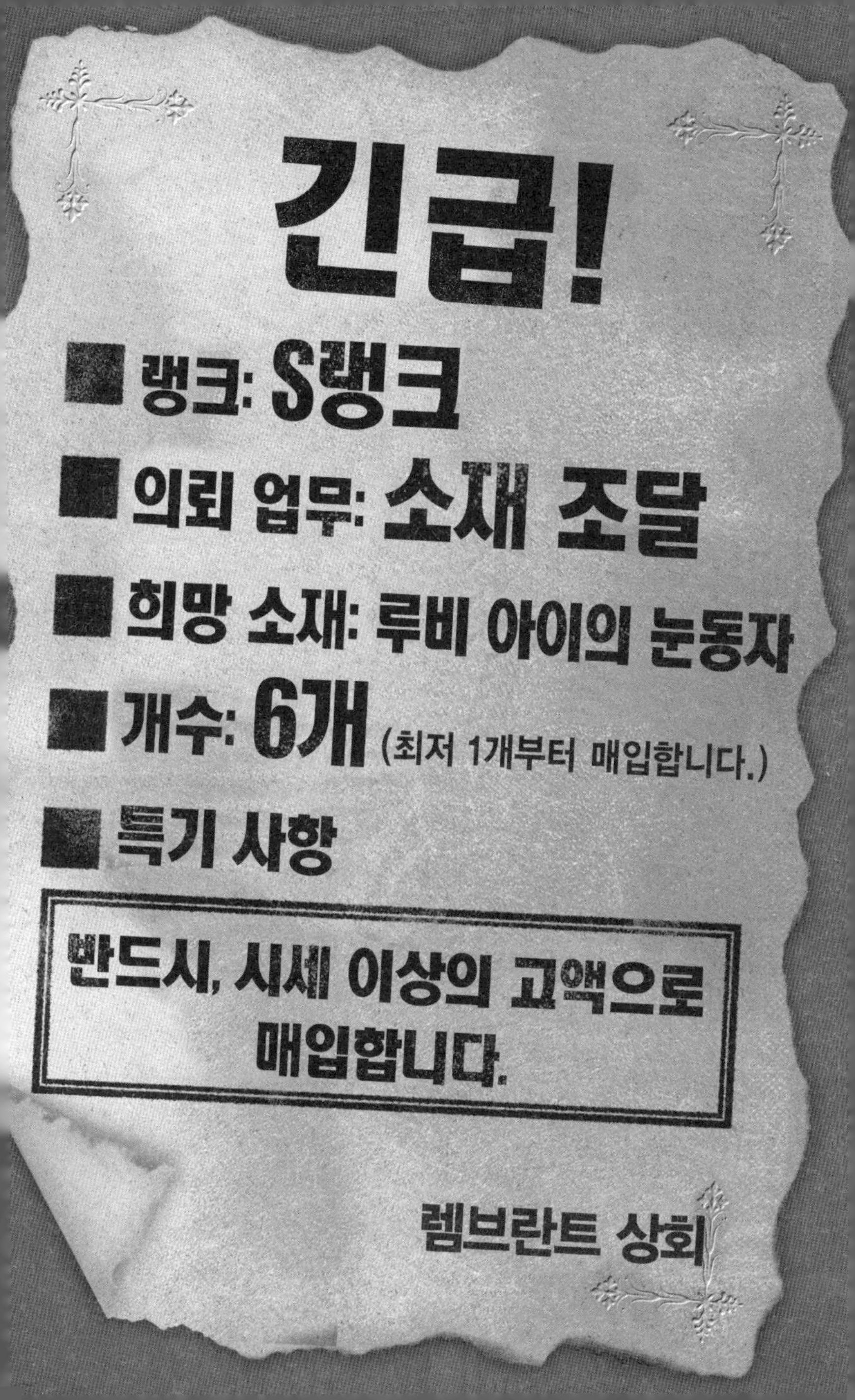
긴급!
■ 랭크: S랭크
■ 의뢰 업무: 소재 조달
■ 희망 소재: 루비 아이의 눈동자
■ 개수: 6개 (최저 1개부터 매입합니다.)
■ 특기 사항
반드시, 시세 이상의 고액으로
매입합니다.
렘브란트 상회

상인이 되려는 사람들은 점포를 가지기 전엔 뭘 어떻게 하고 있는 걸까? 역시 어디 큰 상회에 제자로 입문해서 수행이라도 하나? 하지만 그렇다면 언제 자기 가게를 가질 수 있을지 불안하잖아. 시스템이 어떻게 돌아가고 있는 거지?

아니, 지금은 그런 건 아무래도 좋아.

일단 중요한 건 루비 아이와 렘브란트 상회다.

음, 이렇게 되면 다른 일행들에게 사정을 얘기하고 루비 아이의 눈동자를 전부 양도해 달라고 하자. 직접 손을 쓴 건 나니까 문제 없겠지? 크크큭(사악한 웃음).

"오빠, 얼굴이 조금 무서워."

"도련님, 무슨 흉계라도 꾸미시나요?"

약간 곤혹스러워 하는 분위기의 리논과 적극적인 분위기의 미오가 말을 걸어왔다. 아, 두 사람 다 게시판까지 따라온 건가?

[아니야, 리논. 조금 재미있어 보이는 의뢰를 발견한 것뿐이란다.]

"흐응……. 아, 언니네가 돌아온다!"

네 사람이 이쪽으로 걸어오고 있었다.

그들의 레벨을 고려해보면 토아와 드워프 여성은 여기에선 상위 10위 이내까지는 진입하고도 남을 것이다. 이 도시의 수준으로 치면 이 사람들은 상당히 강한 부류에 들어간다는 건가. 흐음—.

길드 직원이 따라오지 않았다는 것은 귀찮은 상황은 일단 회피한 것 같다.

절야에서 일어난 참극을 츠이게의 길드에 설명하는 것은 사실 바로 직전에 경유한 베이스에서 인수한 의뢰였다. 소위 말하는 특수 퀘스트다. 그 증거라고 할 수 있는 서류를 우선적으로 전달했기 때문에 그들은 이걸로 길드의 의뢰를 달성했다고 할 수 있었다.

"다녀왔어, 리논. 두 분께 폐는 끼치지 않았지?"

"잠자코 기다리고 있었는걸!"

리논은 정말로 얌전히 언니를 기다리고 있었다.

[수고하셨어요. 의뢰는 무사히 끝난 건가요?]

"예, 덕분에요. 하지만 정말로 괜찮으신가요? 틀림없이 저희들이 인수한 퀘스트이긴 하지만, 두 분도 의뢰를 달성한 보수를 받을 권리는 충분히 있었다고 생각하는데요?"

토아의 마음씀씀이는 고맙지만 토모에가 부재중인 상태로 의뢰를 인수하고, 보수를 받아 버리고, 덤으로 랭크까지 올랐다고 하면 또 시끄러워질 것 같아서 이번엔 보수를 받지 않기로 했다.

[아니요. 모험가로써의 명성은 저희들에겐 그다지 중요한 게 아니라서요, 이번 일은 여러분께 양보하겠습니다.]

좋았어! 이걸 교환 조건 삼아서 루비 아이의 눈동자는 접수하도록 하지!

"정말 하나부터 열까지 신세를 졌네요."

연금술사 청년이 머리를 숙였다.

"경험에다가 돈에다가 랭크와 소재까지, 정말 감사합니다. 대지의 정령이 라이도우 님께 가호를 내리시길."

드워프 여성도 청년을 따라 정중하게 머리를 숙였다.

"나중에 활을 어디서 배웠는지 가르쳐줘."

엘프 누님…… 그건 무립니다.

“덕분에 레벨과 랭크가 올랐어요. 정말 꿈꾸는 것 같아요~.”

토아가 긴장이 확 풀린 표정으로 그런 사실을 보고했다.

모두들 기쁜 표정으로 길드 카드를 보여줬다. 어디 보자…….

토아는 레벨 125에 랭크 A, 암흑 도적이다. 암흑 도적이란 건 뭐야? 그다지 가까이 지내고 싶지 않은 직업이군.

드워프 여성은 레벨 122에 랭크 B플러스, 신관 전사(땅)이다. 땅의 정령을 섬기는 전사라는 건가?

연금술사 청년은 레벨 114에 랭크 B플러스, 알케미 마이스터다. ……그냥 연금술사면 안 되는 거야? 건○에 탈 수 있을 듯한 직업 명칭이군.

엘프 누님은 레벨 108에 랭크 A마이너스, 직업은 브레스 건너다. 건너라니…… 총이라도 있다는 거야? 아니 잠깐, 당신이 다루는 무기는 활이잖아? 이 세계에 총 같은 게 있는 거야?!

틀림없이 다들 레벨업에 성공했다.

엘프 누님은 원래 레벨 90 정도였었다. 이 사람만 다른 일행에 비해 묘하게 레벨이 낮았단 말이지. 무리해서 억지로 절야를 찾아갔다가 빠져나오지 못한 부류였을까?

그렇다면 열심히 뛰어다닌 나도 레벨이 30 정도까지는 올랐을……지도?

스스로의 레벨업에 대해 지나친 기대는 금물이지만 다른 사람들 걸 보니 근질근질해지는 건 어쩔 수 없었다.

일단 토모에가 합류한 후의 즐거움으로 남겨두도록 하자.

[용무가 끝나신 것 같으니 나갈까요? 아니면 아직 여기서 하실

일이 남아있나요?]

"저희들은 없지만, 미오 님이나 라이도우 씨는 등록을 하셔야 되지 않나요?"

네 사람이 일제히 고개를 끄덕였다. 굉장한 싱크로율이다. 당신들이 왜 그걸 기대하는 건데?

[저희들은 나중에 토모에와 함께 올 예정이니까요, 오늘은 됐습니다. 만일 먼저 등록이라도 하는 날에는 그녀가 삐칠 테니 별 수 없어요.]

"토모에라면 틀림없이 삐치고 말 걸요."

미오도 토모에에 관해선 잘 파악하고 있었다.

아무리 별개 행동이라고 해도 중요한 이벤트가 있을 때는 함께 하고 싶어 하는 타입이니까 말이야.

"……그럼, 여기서 이별이군요."

[예, 그러니까 점심을 먹고 그 후에 마차에 실은 짐들을 분배하도록 하지요. 그리고 일단 해산하는 걸로.]

"일단이요?"

토아가 기대에 찬 목소리로 반문했다.

[급한 용무가 없으시면 저녁 시간에 함께 회식이라도 하시지 않을래요? 길드 의뢰를 성공한 기념으로 뒷풀이도 겸해서요.]

『찬성!』

네 사람이 기세 좋게 대답했다. 흔쾌히 승낙해줘서 다행이다.

장소는 선술집 같은 분위기의 음식점으로 선택해서 아주 한바탕 제대로 놀고 싶다!

츠이게에 도착할 때까지 여행길에서 먹은 음식은 보존용 식량뿐이었기 때문에 기본적으로 싱거운 것들이 많았다. 지금은 맛있는 걸 마음껏 먹고 싶은 기분이다.

[그러고 보니, 여러분은 예전에도 이곳을 방문하신 적이 있지요?]

일행이 고개를 끄덕였다.

[그럼 장소 선택은 전적으로 맡기겠습니다. 간편하게 많이 먹고 마실 수 있는 장소로 부탁드립니다. 기대하고 있겠습니다.]

그리고 마지막으로 한 마디 덧붙였다.

[물론, 리논이 따라와도 문제없는 장소로요.]

좋았어, 저녁은 이미 결정이 났으니 우선은 점심부터 먹어야지. 가볍게 한 끼 식사를 처리하면서 소재를 분배하는 방식에 대해서도 의논하고 싶은 참이지만…… 음, 이것도 이 사람들에게 일임해 버리자.

[그럼, 나갈까요?]

◇◆◇◆◇

밤이다. 감각적으로 대충 19시 정도다. 딱 알맞게 배가 고픈 상황이다.

점심을 먹고 소재 분배를 순조롭게 끝낸 후(루비 아이의 눈동자를 두고 쟁탈전이 벌어지진 않았고 순순히 양도를 받을 수 있었다), 나와 미오는 숙소를 정하고 거리를 함께 어슬렁거리면서 여러 가게들을 구경하고 다녔다. 숙소에 돌아오자 연락용으로 빌렸던 토아의 길드 카드에 연락이 왔다.

내가 의지를 담아서 깜빡이는 카드의 일부를 만지자 공중에 메시지가 적히기 시작했다.

말풍선으로 의사소통을 시도하는 내 작전도 이 세계에서는 의외로 평범한 축에 속했던 것 같다. 우연이라는 건 무섭군.

곰곰이 생각해볼 것도 없이 판타지 세계라는 건 국지적으로 보면 최첨단 스펙을 갖추고 있었다. 얼핏 보기엔 평범한 카드인데도 이런 메일 기능까지 장착되어 있으니까.

참고로 토모에는 아직 돌아오지 않았다. 그녀가 오늘밤 뒷풀이에 참가하게 되면 성가실지도 모르니 마침 잘 됐다. 가게의 위치도 또다시 카드의 기능으로 확인하고 둘이서 함께 숙소를 출발했다.

그건 그렇고 길드 카드라는 건 우습게 볼 수 없는 존재였다.

예를 들면 가맹점에 한해서 길드에 맡긴 돈을 출금하지 않아도 쇼핑을 할 수 있었다. 이건 완전히 직불 카드나 다름없잖아?

또한 어느 정도 가까운 거리에 있는 상대에게 메시지를 전달할 수 있었다. 검과 마법의 세계에 통신 단말이라고요!

그야 물론 통신 거리는 현대의 통신 기구에 비해 크게 뒤떨어지지만 그래도 메일을 보낼 수 있다는 건 대단하다.

그리고 또 놀라운 것은 도감 기능이다.

마물이나 각종 소재, 그야말로 광석에서 약초까지 상당한 숫자가 등록되어 있어서 검색을 통해 정보를 열람할 수 있었다.

다만 내용은 랭크에 따라 단계적으로 공개되는 방식이라고 한다. 내가 확인해 본 건 토아의 카드니까 꽤 상위에 속하는 케이스일 것이다.

이 모든 기능을 저렴한 모험가 등록 요금을 내면 사용할 수 있었다고요! 여러분!

보고 좀 배워라! 통신 회사 녀석들아!

물론 연간 회비 같은 건 있지만 저렴하기 때문에 신경 쓰일 정도는 아니다. 너무 멋지다.

다음에 길드를 찾아가면 좀 더 자세히 기능을 살펴봐야지.

토아에게 가볍게 물어봤을 뿐이지만 아무래도 유료의 프리미엄 서비스도 존재하는 것 같았다. 뿐만 아니라 랭크에 따라 컨텐츠가 여러 가지로 추가된다는군!

그렇다면 이거 더더욱 랭크를 올리고 싶은 의욕이……!!

—아, 잠깐 잠깐. 그만 흥분해 버리고 말았다.

토아가 자신의 길드 카드를 빌려준 덕분에 우리들은 헤매지 않고 약속 장소까지 갈 수 있었다. 평범하게 생각해보면 이런 하이스펙 아이템을 타인에게 빌려줄 리는 없다고 생각하는데…… 대체 얼마나 나(라기 보다는 미오)를 신뢰하고 있는 거지?

미오를 데리고 걷고 있으려니 길 양쪽에서 맛있는 냄새가 풍겨왔다.

미오는 호기심을 감추지 않은 채 길거리에 늘어선 음식들을 열심히 바라보면서 따라오고 있었다.

사방에서 향기가 풍겨오는 와중에 짐승의 뼈를 본뜬 글자로「고깃집」이라고 적힌 간판을 발견했다. 여기가 토아 일행과 약속한 장소였다.

아주 직설적인 가게 이름이다. 첫인상이 좋군.

나는 가게로 걸어 들어가 즉시 일행의 얼굴을 발견할 수 있었다.

목욕이라도 하고 차림새를 갖추고 나온 걸까? 모두들 한결같이 말끔한 인상에다가 복장도 아까와는 달랐다.

나도 갈아입고 나올 걸 그랬나……라고 생각했지만 여벌옷은 소환됐을 때 입고 있던 것밖에 없단 말이지.

이 도시에서 여러 가지 복장을 갖춰 볼까? 앞으로 어쩌면 무슨 연회나 파티 같은 행사에 초대받는 일이 생길지도 모르잖아. 지금은 상상도 할 수 없지만…….

나는 일행이 이미 주문해 놓은 음료수와 음식들을 보고 얼떨결에 어느 한 장소로 빨려 들어가고 말았다.

—그곳에는 꿈에서도 본 적이 있는 그것이 있었던 것이다. 가게의 이름을 봤을 때부터 솔직히 조금 기대하고 있었지만…… 설마 진짜가 있었을 줄은!!

그것은—.

만화 고기!!

사나이의 로망, 아니 전 인류의 로망이다!!

"우오오오오오, 글로——리아——!"

외치지 않고는 버틸 수 없었다. 이런 기적이 있을 수 있단 말인가? 이 세계에 오길 잘 했다!

"……라이도우 씨, 이걸 그 정도로 좋아하시나요?"

토아는 말뜻은 못 알아들어도 내가 기뻐하고 있다는 사실을 눈치챘다. 그리고 내가 기뻐하는 모습이 너무 과도해 보였는지 조금 부담스러워 하고 있었다. 하지만 그래도 이 감동은 눌러 담을 수 있는 게 아니라고!

[이것은…… 제 고국에서는, 그야말로 사람들이 가장 동경하는 음식이랍니다…….]

나는 쥐어짜내듯이 말풍선에 글자를 쓸 수 있었다.

[……아, 그렇지. 길드 카드를 빌려주셔서 정말 고마웠습니다.]

"아뇨, 이 정도야…… 헤에, 이게 그렇단 말인가요? 이 부근에서는 지방을 불문하고 꽤 흔한 음식인데요."

토아는 신기해하는 표정이다. 다른 일행들도 마찬가지였다.

……흔한 음식이라고? 말인즉슨 여기서는 만화 고기를 일상적으로 먹을 수 있다는 거야?!

정말 훌륭하지 않은가! 아니, 아직 입에 대지도 않았다. 이런 겉모습으로 사실 맛은 녹즙 맛이라고 하면 날뛸지도 몰라.

[아니, 이건 정말 기쁜 일입니다. 오늘밤은 즐거운 시간이 될 것 같네요.]

나는 무심코 손으로 집어 올렸던 고기를 접시에 내려놓고 두 개 연속으로 비어있는 빈 자리를 발견한 뒤 그곳으로 향했다.

양 옆에는 리논과 엘프 누님인가……. 나쁘지 않군.

"그럼, 두 분께서도 도착하셨으니 시작합시다!"

"우오!"

"그러지요."

"……찬성이야. 배도 고프니까."

"나, 벌써 배가 꼬르륵이야.

리논, 그 대사는 어딘가에 있는 자그마한 엘프를 연상시킨다고…….

"그럼, 여러분! 츠이게 귀환 성공과 라이도우 씨나 미오 님과의 만남에, 건배!"

『건배!』

그리고 잔치가 시작됐다.

건배할 때 잔에 담겨 있던 음료수는 맥주 비슷한 느낌의 술이었다. 에일 맥주 비슷한 건가?

그런데 이 세계의 음주는 몇 살부터 가능한 거지? 뭐, 이세계인인 나는 마음대로 마셔도 되겠지? 음, 그렇게 해석했다.

나는 잔치가 시작하자마자 감동적인 만화 고기를 입가로 가져왔다.

덥썩.

이건…… 맛있었다! 맛있었다! 맛있었다아——!!

설마 겉모습뿐만 아니라 맛까지 레전드 클래스였을 줄이야…….

이런, 감동으로 눈물이—.

"라이도우 씨, 울고 계시는 거예요?!"

청년 연금술사여. 이 감동은, 틀림없이 이 세계의 주민들은 평생 이해할 수 없을 것이다.

그래, 이 눈물의 이유는 나 이외엔 아는 사람이 없을 거라고…….

[아까도 말했지만, 이 요리는 제 고국에서는 꿈 그 자체라고 할 수 있는 음식입니다. 참고로 저는 태어나서 처음으로 먹었습니다.

그만 너무 감동을 해서……. 죄송합니다.]

나는 에일 맥주를 목구멍으로 넘겼다. 우오오, 온몸에 스며든다!

그리고 나는 양손에 만화 고기를 장비했다. 그리고, 먹는다!

[미오, 이걸 추가로 주문해 줘.]

나는 말풍선에 그렇게 적어서 미오에게 지시를 내리고, 계속 먹는다. 먹는다.

"엄청 잘 드시네요."

"울 정도로 좋아하실 줄은……."

토아와 연금술사 청년은 기가 막힌 모양이다.

하지만 나는 신경 쓰지 않았다.

"……싸게 먹히네."

엘프는 두 사람보다 더욱 직접적으로 말했다.

괜찮아, 싸고 맛있으면 그게 바로 최고잖아!

"주문 추가는 알겠지만요, 저도 먹을 테니 좀 남겨주세요!"

미오여, 음식은 계속 나올 테니 문제는 없을 걸세. 처음엔 만화 고기에 정신이 팔려 있어서 몰랐지만, 채소나 어패류도 잔뜩 있잖아!

아아, 난 지금 행복하다.

……으음? 시선이 느껴지는데?

미오? 아니, 아니야. 미오는 내가 먹고 있는 것과 똑같은 고기를 씹어 먹으면서 행복해 보이는 표정을 짓고 있었다. 술도 벌써 세 잔째다. 뿐만 아니라 여러 가지 요리들을 접시에 나눠 담고 있는 모습을 보면 그녀는 이 가게의 요리가 마음에 든 것 같다. 좋은 일이야.

그렇다면 이 시선은…… 미오 옆에서 자리를 잡고 있는 엘프 누님이군.

내가 허겁지겁 먹는 모습이 그녀의 눈에 불쾌하게 비친 걸까?

[왜요?]

나는 음식을 먹는 스피드를 늦추지 않고 엘프 누님에게 물었다.

얇게 썬 고기가 섞인 샐러드도 맛있었다! 같이 곁들여진 굵게 간 햄버그 같은 것도 맛있어. 야영하면서 먹을 것 같은 민물고기의 소금구이 꼬치도 훌륭해. 담백한 속살에 심플한 소금 양념이 술안주는 물론 밥반찬으로도 손색이 없어. 씹히는 맛이 최고야. 입가심용 채소 스틱도 꽤 괜찮다. 튀김 종류는 보이지 않지만 그런 건 상관없어! 전부 다 맛있다고! 너무 행복해!

"……당신은 신기한 사람이야."

엘프 여성이 중얼거렸다.

[아, 예.]

"상인인데도 모험가와 같은 행동거지…… 그런데도 돈에 대해서 인색하지 않아. 그리고 레벨 1인데도 우리보다 강해."

[조금 특이한 곳에서 자라서요.]

"실력과 돈을 전부 갖추고 있는데, 욕심이나 집착이 느껴지지 않아. 둥실둥실 붕 뜬 느낌이야. 마치 구름과 같은…… **무언가**?"

[**무언가**라는 표현은 좀 심하지 않나요?]

칭찬하고…… 있는 건가? 하지만 사람 취급이 아니야! 마지막엔 『**무언가**』라고 불렀고!

"미안해. **무언가**라기 보다는, 휴만답지 않다는 느낌이야. 그리고 생물 같은 느낌도 별로 없고."

그녀는 사과를 하면서 고쳐 말하고 있는데도 표현은 더욱 지독해 졌습니다…….

나는 잔치 자리를 둘러봤다. 드워프 여성은 연금술사 청년에게 강제로 술을 권하고 있었다. 토아는 일단 리논이 먹을 음식들을 접시에 따로 담으면서 식사에 집중하고 있었다. 리논도 언니를 따라 한결같이 먹고만 있었다. 그녀가 마시고 있는 것은 술이 아니라 주스였다. 외모로 보면 열 살 정도니까, 역시 술은 좀 그렇지.

"그보다, 그 활솜씨 말인데 그건 대체 어디서 배운 거지?"

[어디냐는 건?]

"유파를 말하는 거야. 특히 처음에 활시위를 잡아당길 때의 동작과 그 후의 정지 상태가 너무 부자연스럽다고."

아하, 듣고 보니 실전을 중시하는 이 세계의 무술들이 지닌 경향을 생각해보면 흔치 않은 동작일지도 모르겠다.

[그건 유파 같은 게 아니라, 저 나름대로 집중력을 높이기 위한 작업입니다.]

"집중? 그런 자세를 취하고 있으면 쏘기도 전에 공격당할 걸?"

어떻게 전하면 좋을까? 이 사람이 무도의 사상적인 측면에 대해 이해할 수 있을까? 숲의 민족이라고 불리는 엘프잖아.

뭐, 요리와 술 덕분에 기분도 좋겠다, 설명 못 해줄 것도 없지.

[제가 처음에 배운 건 궁도라고 하는, 활을 다루면서 정신을 가다듬는 특수한 기술이었습니다.]

"**궁도?**"

[그래요. 실전을 위한 기술이라기보다는 수련의 일종이죠. 활시위를 당겨서 과녁을 맞힙니다. 거기에 예법을 조합한 겁니다.]

"의미를 모르겠어."

[그렇겠지요. 특수한 기술입니다. 극한을 추구하다 보면, 그 목적은 활을 쏘는 기술보다는 정신력을 향상시키는 것이라고 할 수 있습니다. 제가 보인 첫 동작은 그 기술의 흔적입니다.]

"그 기술이 그 엄청난 위력과 명중력을 낳는 거야?"

[전적으로 그런 건 아니지만, 일단은 그렇다고 할 수 있겠네요.]

"**궁도**……. 미지의 기술이야. 정말 굉장했어."

엘프 누님은 샐러드를 중심으로 먹고 있기는 했지만 고기도 제대로 먹고 있었다. 잡식성인 것 같아 안심했다. 그녀는 활 실력을 보고 나에게 상당한 흥미를 가지고 있었다. 지금까지 관계가 너무 희박해서 미처 눈치채지 못 했다.

엘프 누님은 가슴 속에 계속 담아두고 있던 의문을 직접 해소해서 만족했는지 한번에 술을 들이켰다. 그녀가 마시는 술은 진한 붉은색을 띠고 있었다. 건배할 때는 다른 사람들에게 맞춰서 에일 맥주였지만 지금 마시고 있는 술은 아무래도 와인으로 보인다.

나도 나중에 여러 가지 술을 주문해 볼까? 뻗지 않을 정도로 시도해 보자.

"라이도우 씨!"

목소리가 들린 쪽으로 고개를 돌리자 연금술사 청년이 자리에서 일어나 옆자리까지 와 있었다. 탁자는 둥그니까 딱히 가까이 올 필요는 없지 않나?

[왜 그러시죠?]

"라이도우 씨는 루비 아이의 눈동자를 어디에 쓰시려는 거죠? 역시 도구나 무기에 특수 효과를 부여하시는데 쓰실 생각인가요?"

꽤나 거나하게 취한 상태다. 드워프 여성이 상당히 많이 먹인 것 같군.

[아니요, 이번에 길드에서 의뢰가 있어서 거기에 사용하려고요.]

"뭐라고요! 너무 아깝잖아요!"

[그게 말입니다, 의뢰인이 상회를 경영하는 분인 것 같아서요. 개인적으로 인맥을 쌓는데 도움이 되지 않을까 생각했답니다. 그런 연유로 양도를 부탁드린 겁니다.]

"호오, 인맥입니까! 확실히 장사에는 인맥이 필요하겠지요. 소개 하나 못 받았다고 약의 효능도 제대로 확인하지 않고 후려치려는 인간들도 넘쳐나니까요!"

[죄송합니다, 귀중한 아이템을 양도해 달라고 해서.]

"아니에요! 아니고말고요!! 오히려 저희들에게 너무 과분할 정도로 소재를 많이 분배해주셨어요! 저희들이 감사 인사를 드려야 정상이죠!"

[여러분이 재출발하시는데 여러 가지로 필요한 게 많을 테니까요, 그 정도론 부족할지도 모르고요.]

"아닙니다, 충분합니다! 저는 지금 너무 꿈같은 행운에 겨워서 하늘을 날 수 있지 않을까 그런 생각이 들 정도라고요! 지금 묵고 있는 숙소도 평소에 묵었던 곳들보다 좋아요!"

허풍이 심한 사람이네. 얌전한 성격인 줄 알았는데 취하면 성격이 바뀌는 건가? 숙소의 수준에 대한 이야기는 지극히 서민적이라서 훈훈한 느낌이다.

[그거 다행이군요. 아까 분배했던 비율 정도로 정말 괜찮을지 걱정하고 있었거든요.]

"전혀 신경 쓰실 필요 없습니다! 하하하하하! 내일은 길드에 있을 테니 함께 다른 패거리들을 깜짝 놀라게 합시다!"

청년이 자리로 돌아갔다. 혼자서 또 무언가에 대해 건배하면서 계속 마시고 있었다. 유쾌한 사람이다.

"오! 마시고 있나요? 마시고 있군요! 자, 자, 자! 좀 더 먹고 마시고 하자고요!"

이번에 가까이 온 건 드워프 여성이다.

이 사람은 취하면 활발해지는군. 아저씨 같다고도 할 수 있겠지만…… 기운이 넘칩니다! 그런 걸 전면적으로 내세우고 있어서 호감이 간다. 이성에게 인기를 끌만한 음주 방식은 아니라고 생각하지만…….

지금도 오른손으로 술을 들이키면서 왼손에 두 개의 맥주 컵을 들고 있었다.

두 개의 맥주 컵은 마시기 위한 용도인지, 남에게 먹이기 위한 용도인지…… 그 어느 쪽이라고 해도 납득이 갈 듯한 분위기가 공포를 자아내고 있었다.

[물론 즐기고 있답니다.]

"그건 듣던 중 반가운 소리네요! 술을 즐기지 않는다는 건, 태어났다는 사실에 대한 모독이니까요!"

그 정도까지 단언하다니 그야말로 술을 못 마시는 사람의 인생을 철저하게 부정하고 있었다. 그녀가 신앙을 바치는 대상은 땅의 정령이 아니라 술인가?

하지만 그녀가 이런 분위기로 그렇게 말하니 그럴 수도 있겠네~라는 생각이 스쳐 지나갔다.

"그런데!"

드워프 여성이 갑자기 호전적인 눈빛으로 나를 바라봤다. 가까워, 얼굴이 가깝다고!

거기다 술 냄새! 대체 얼마나 마신 거야?!

젠장, 드워프인데 수염도 없고 얼굴도 충분하고 넘칠 정도로 예쁜 편이니까 자제해 달라고!

[뭐죠?]

"낮에 보여주셨던 전투! 정말 훌륭한 활 솜씨였어요!"

[감사합니다.]

"하지만 그 위력! 그건 기술이나 무기만 가지고 낼 수 있는 레벨이 아니에요!"

[그래서요?]

"라이도우 님, 사실은 완력도 상당히 강한 편이시죠?!"

드워프 여성이 실로 즐겁다는 듯이 그렇게 말했다.

정답이다. 이 세계에 온 이후, 맨주먹이 통하지 않았던 상대는 전혀 없었다.

[아, 예…….]

"하하하하! 마음에 들었어요! 저하고 한 번 승부해봅시다!"

그녀는 말이 떨어지기가 무섭게 우리 앞에 놓여있던 술과 음식들을 팔로 스르륵 밀어서 치웠다.

뭘 하자는 거지?

그녀는 팔꿈치를 탁자에 갖다 대고 나에게 오른 팔을 내밀었다.

이건 팔씨름을 하자는 동작인가? 그런 거야?

"자!"

흠, 이건 틀림없겠군. 좋아, 한 번 해볼까? 재미있어 보이니까!

[받아들이죠!]

나도 자리에서 일어나서 그녀와 손을 맞잡았다.

리논은 어느샌가 토아의 무릎 위로 피난해 있었다. 똑똑한 아이다.

"이거 기쁘군요. 우리 드워프 종족에 전통으로 전해져 내려오는 힘겨루기를 알고 계셨을 줄은."

팔씨름이 전통이라고?! 대담하게 미소를 짓고 있는 드워프 여성은 정말 즐거워 보였다.

"그럼 리논 님. 「시작!」이라고 목소리로 신호를 내려주실 수 있나요?"

"알았어! 자, 그럼~ 시작!!"

그 순간, 드워프 여성이 한번에 힘을 쏟아서 내 팔을 찍어 누르려고 시도했다.

하지만 나는 전혀 움직이지 않았다. 그도 그럴 것이 그녀의 힘은 그렇게 강한 편이 아니었다.

"우오오오오오! 끄오오오!"

[흠!]

나는 가볍게 힘을 줘서 왼쪽으로 팔을 넘어뜨렸다.

"후오?! 끄악!"

팔꿈치를 받침점으로 삼고 있던 드워프 여성이 벌렁 나자빠졌다.

"오빠의 승리! 굉장해—!"

짝짝, 리논의 박수를 받을 수 있었다. 리논은 두 눈을 둥그렇게 뜨고 놀라고 있었다.

"이야 이것 참, 이런 식으로 패배한 건 태어나서 처음입니다. 완전히 졌어요! 세상은 참 넓네요!"

드워프 여성은 오른손을 문지르며 일어나더니 호쾌하고 웃고 나서 다시 마시기 시작했다. 그리고 이번엔 엘프 누님에게 집적거리기 시작했다.

미오에게 시선을 돌리자 그녀가 먹은 접시를 정리하는 속도가 먹는 속도를 따라가지 못 해서 내 바로 옆에까지 빈 접시가 쌓였다.

애초에 나도 상당한 양을 먹어치우고 있었기 때문에 사돈 남 말을 할 입장은 아니었지만 말이지.

나는 어쩔 수 없이 리논이 앉아 있었던 자리로 이동했다.

눈앞에는 직사각형 모양으로 잘려 있는 스테이크와 그 옆에 갑각류로 보이는 녀석을 삶은 요리가 놓여 있었다.

양쪽 다 맛이 괜찮은 편이었다. 스테이크 치고는 뒷맛이 깔끔하고 육즙이 맛있었다.

갑각류는 달콤한 맛이 강해서 게와 같은 느낌이었다. 식감은 부드러운 편이다. 탱탱하진 않았지만 이건 이거 나름대로 괜찮은 식감이다.

"충분히 즐기고 계신 것 같아 다행이에요. 어떤 종류의 음식을 좋아하시는지 물어보질 못 해서, 사실 조금 불안했었거든요."

내가 맛있게 먹고 있다는 사실을 깨달은 것인지 옆에 앉아 있던 토아가 안심한 표정으로 말을 걸어왔다. 리논은 아직 그녀의 무릎 위에 앉아 있었다.

"전부 맛있지, 오빠!"

리논의 말이 맞았다. 지금까지 나온 요리 중에 맛없는 메뉴는 하나도 없었다. 전체적으로 간이 조금 싱거운 느낌은 들지만 그런 건 신경 쓰이지 않을 정도로 맛이 훌륭했다.

소재는 물론이고 조미료를 능숙하게 사용한 것 같았다.

[굉장히 맛있네요. 미오는 물론, 저도 감격하고 있습니다.]

토아 일행의 선택은 최고라는 생각이 들었기 때문에, 나는 솔직한 감상을 입에 담았다.

"라이도우 씨의 고향은 이 부근과 식습관이 다른 것 같은데, 간은 입에 맞으시나요?"

[전체적으로 조금 담백한 편이지만, 모든 메뉴가 아주 맛있네요.]

"담백하다고요? 여기는 진한 양념의 술안주가 간판 메뉴인 가게인데……."

[아, 그런가요? 그럼 제 고향에서 유행하는 양념이 너무 진한 건지도 모르겠군요. 하여간 실로 맛이 좋습니다.]

"후후후, 라이도우 씨는 아까부터 맛있다고만 하시고! ……이야기는 바뀌지만요, 내일은 아침에 곧바로 길드를 방문하실 생각이신가요?"

즐거운 듯이 미소를 지으면서도 토아는 뭔가 다른 할 말이 있다는 표정으로 말을 계속했다.

부탁이라도 있는 걸까?

[내일은 토모에와 합류한 후에 일단 모험가 길드에서 등록을 끝낼 생각입니다. 그리고 상인 길드에 얼굴 도장을 찍고 나머지 일정은 관광이라도 하려고 합니다.]

"어머, 관광하시려고요?"

[예, 이 도시는 처음으로 방문하는 곳이니까요. 여행을 좋아하는 편이거든요.]

"우후후. 왠지 라이도우 씨는 정말로 귀족 같은 분이시네요. 대체 얼마나 커다란 상회의 후계자님이신 거죠?"

[세상 물정을 몰라서 죄송합니다.]

설마 여행이라는 건 이 세계에선 대단한 취미에 속하는 거야?

"죄송하실 것까지야……. 그럼 내일 밤에라도 한번 숙소를 방문해도 될까요? 미오 님의 연락처를 여쭙는 것도 겸해서요."

그러고 보니 루비 아이의 눈동자를 양도받을 때 네 사람이 미오의 연락처를 가르쳐 달라고 부탁했었지. 한 마디로 말하자면, 「메일 주소를 가르쳐 주세요」라는 의미로군.

딱히 문제는 없으니까 OK했었지. ……내일 밤이라. 그럼 토모에와 미오, 그리고 내 연락처까지 세 명분을 가르쳐줄까?

[예, 상관없습니다. 내일 밤이면 되는 거죠?]

내일은 예정이 꽉 들어찼군.

우선 토모에와 미오를 데리고 모험가 길드를 찾아간다. 그리고 상인 길드로 가서 내 상회를 조직한 후에 관광을 겸해서 거리를 구경해볼까? 이 세계 전체나 주변 지역의 지도를 구입하고—.

……그건 그렇고.

오늘은 정말로 즐거운 밤이었어.

잔치는 밤늦게까지 계속됐다.

요금은 단돈 금화 한 닢이었다.

그렇게 많이 먹고 마셨는데도 그 정도였다. 정말 저렴한 가게였다. 최고다!

—츠이게.

세계의 끝 주변에서는 가장 번영한 장소다.

다시 말하자면 휴만이 사는 땅으로 들어가기 위한 입구다.

나의 황야 여행은 여기서 끝났다.

히야— 길었다.

그리고 잘 먹었다! 즐거웠어!

2

토모에의 연락이 없었다.

어제는 과음을 하는 바람에 그녀에게 연락을 하지 못 했다. 하지만 그렇다고 해도 상대편으로부터 연락이 없었다는 건 조금 신경 쓰였다.

숙소의 객실에 문을 만들어서 미오와 함께 아공으로 귀환했다. 하지만 토모에는 아공에 돌아오지도 않았으며 아직도 이 대륙의 어딘가를 뛰어다니고 있는 모양이다. 참고로 나는 절야에서 떠난 지 얼마 안 지나서 아공을 왕래할 수 있는 문을 만들어내는 능력을 터득했다.

내가 부탁했던 「조사」를 진행하고 있었다면 그건 기쁜 일이다. 하지만 연락을 해 오질 않는 것을 보면 그녀는 아마 무사 수행에 열과 성을 다하고 있는 것 같다.

내가 문을 만들어 낼 수 있게 된 후 아공에 자유롭게 출입할 수 있게 되었기 때문에, 토모에가 아공에서 어떤 행동을 벌이고 있는지에 대해선 주민들의 보고를 통해 어느 정도 알 수 있게 되었다. 하지만 서로 엇갈리는 경우도 많기 때문에 전달에 의한 보고가 증가하여 자세한 사정은 알 수 없었다. 일단 「염화(念話)」라는 새로운 커뮤니케이션 수단을 통해 어느 정도는 보완할 수 있었지만 말이지요.

내가 최근에 터득한 이 스킬은 상당히 편리한 기술이었다.

염화란 연결된 상대에게 목소리를 전달할 뿐인 간단한 마법 중 하나였다. 특별한 소질 같은 건 필요 없고 당연히 토모에나 미오도 사용할 수 있었다. 서로 간에 간단한 영창을 사용해서 사전에 염화로 대화할 것을 승인해 놓지 않으면 「불통」 상태가 되기도 하고 발신자와 수신자의 역량에 따라 통화 범위가 크게 차이가 난다든가, 핸드폰과 같은 수단에 비해 여러 가지로 불편한 점은 있지만 이 세계에 존재하는 통신 수단치고는 상당히 우수한 편이었다.

나와 토모에, 그리고 미오의 경우는 주종의 계약을 맺은 관계이기 때문에 지금 설명한 일반적인 특징과 차이가 있을지도 모르지만, 그러한 사항들에 관해서는 아직 조사를 진행하고 있었다.

최근의 토모에는 그런 편리한 염화를 이용한 연락도 두절된 상태였다.

참 곤란하군.

"그건 그렇고…… 대단한 스피드로 완성되고 있는 것 같은데?"

나는 감탄 절반에 기막힘 절반을 담아 중얼거렸다.

3주일 전에 자재를 준비하고 얼마 지나지도 않았는데, 내 집의 건설 예정지는 완전히 평평해져서 건물의 기초로 보이는 부분이 이미 완성된 상태였다. 장소에 따라서는 외벽이나 기둥 등의 건축이 이미 시작되고 있었다.

이미 상당히 모양을 갖추고 있었구나. 작업은 순조롭게 진행되고 있는 듯하다.

하지만 어찌됐건 크다. 이거 혹시 엄청난 크기로 지으려는 심산인 거야? 츠이게에서도 커다란 건물을 구경할 수는 있었지만 지금 여기에 건설되고 있는 저택은 솔직히 말해서 자릿수부터 다르다는 느낌이 든다고…….

미오도 내 옆에서 건축 현장을 바라보면서 아연실색하고 있었다.

한 번 생각해보라고.

아공의 총 인구는 수백 명 정도입니다.

이 건물을 건설하는데 종사하고 있는 인원의 수나 노동 시간을 생각해보면 면목이 없다는 기분이 든다. 나는 아공을 비우는 일도 많으니까 그렇게까지 서두를 필요는 없을 것 같은데…….

"도련님의 저택 건설은 최우선 사항이니까요!"

미오와 나를 따라온 에마 양이 말했다. 그녀는 하이랜드 오크 일족의 아가씨로 커뮤니케이션 스킬이 매우 높았다. 아공을 관리하는 역할을 맡고 각 종족 사이를 열심히 중재하고 다니는 고마운 분이다.

"에마 양, 내 집 같은 건 나중에 천천히 지어도 괜찮아요. 이런 거보단 더 서둘러야 될 일들이 또 있지 않나요?"

"그쪽은 그쪽 나름대로 추진하고 있답니다. 아직 도시를 정확히 어디에 지어야할지 본격적으로 정해지진 않았으니까요, 공동으로 추진할 만한 작업은 저택 건설 정도밖에 없다고요."

에마 양은 미소를 지은 채 이야기를 계속했다.

"도련님의 저택은 주민들의 집회소로도 사용할 생각이니, 너무 심려치 마세요."

아, 그렇구나. 그럼 딱히 상관없나? 새로운 집은 감사히 받도록 하겠습니다.

하지만 역시 에마 양은 너무 믿음직스럽다. 아공에서의 용무는 토모에보다 에마 양에게 부탁하는 편이 나을지도 모르겠네. 이건 꽤 진심으로 하는 말이야.

"그런가요? 그런 거라면 언제든지 환영할 테니 마음대로 사용해 주세요. 회의가 됐건 집회가 됐건. 그런데, 토모에는……?"

"토모에 님은 아공 세계의 현재 상황을 확인하겠다고 하시고 며칠 전부터 혼자서 외출했습니다. 조금 신경 쓰이는 사항도 몇 가지 생겨서 그쪽에 대한 조사도 동시에 부탁드리고 있습니다."

에마 양은 말을 꺼내기 어렵다는 표정을 지으면서 토모에의 동향에 대해 전해주었다. 완전히 취미로 움직이는 건 아니었구나. 조금 안심했다.

"신경 쓰이는 사항이라고요? 에마 야—."

"도련님!"

"네?!"

갑작스럽게 불려서 무심코「네?!」라고 대답해버렸다.

"저희들에게 존댓말로 말씀하시는 건 제발 그만둬주세요. 편하게 말씀해주세요!"

에마 양은 매우 화가 난 모양이다. 아니, 난 그냥 평범하게 얘기하면서도 존댓말을 많이 쓰는 타입인데요?

……으음. 아공에 거주하는 주민들의 입장을 생각해보면 지위가 제일 높은 인간이 이 모양이면 곤란하다는 건가?

마물 종족들은 인간들보다도 상하 관계가 엄격한 건지도 모르겠네.

"조심하겠습니, 아니, 조심할게. ……그런데 에마 양? 신경 쓰이는 사항이 있었다고 했는데, 좀 더 자세히 듣고 싶어. 그리고 최근 수주일 동안 일어났던 일들에 대한 보고도 간단하게 부탁해."

말투를 고친 것이 기뻤는지, 에마 양은 조금 기분을 풀고 아까까지 보여줬던 비서 스타일로 보고를 해주었다.

"그럼 예전에 아공을 방문하셨을 때 도련님께서 신경 쓰셨던 사항부터 보고 드리겠습니다. 우선 주거 환경에 대한 사항입니다만 걱정해주셨던 전이 시의 손상 등은 현재로써는 일어나지 않고 있습니다. 거주 장소에 대해서도, 특별한 문제없이 분배가 끝난 상태입니다."

토모에의 전이 마법은 상당히 편리한 것 같다. 실질적으로, 이 아공에서도 원래부터 집이 없는 나는 텐트 생활을 보내고 있었지만 오크나 드워프들처럼 살고 있는 마을채로 이주한 종족들은 주거 환경을 갖추는데 전혀 고생할 필요가 없었다. 전이 마법을 사용할 때 만일의 사태를 대비해서 살림살이를 통째로 집밖에 내놓고 있었다. 하지만 가옥이 전혀 손상을 입지 않았다면 필요 없는 작업이었을지도 모른다.

"아르케 여러분은 숲과 산악 지대에 주거환경을 갖추겠다고 했습니다. 저희들 오크와 리자드맨들이 교류도 겸해서 가옥 건축에 협력하고 있습니다만 큰 문제는 없습니다. 그들은 주변 조사도 동시에 추진하겠다고 합니다."

"네, 그 아이들에게서 보고를 받았습니다. 발견한 동식물들에 대한 정보도 정리하고 있어요."

미오가 에마 양의 보고에 말을 덧붙였다. 아르케들은 미오의 권속이자, 말하자면 부모 자식과 같은 관계다. 그들의 보고는 미오에게 우선적으로 전달되는 듯하군.

"주변 조사를 도맡아서 하겠다니 믿음직스럽네. 나중에 감사 인사라도 하러 가자고, 미오."

"과분하신 말씀, 정말 감사합니다, 도련님. 아이들도 기뻐할 거예요."

에마 양도 미오에게 감사하는 말을 입에 담았다.

"정말로 많은 도움을 받고 있습니다. 그리고 미오 님이 아공에 오시고 나서 새롭게 생긴 숲 등을 조사하는 안건은, 아직 진행을 못 하고 있습니다. 가까운 시일 이내에 착수할 계획을 세우고 준비하고 있습니다. 그리고 저희들의 탐색을 통해 수집한 정보의 정리 작업은, 저택이 어느 정도 완성되고 나면 그쪽에서 처리하려고 생각하고 있습니다만 괜찮을까요?"

"물론 상관없어. 드워프 일족은 대충 어떤 느낌이지?"

"그들은 건물의 건설이나 수선 작업에 종사하고 있습니다. 무기의 제작도 담당해주고 있고, 우수한 대장장이들이 수면 시간도 아껴가면서 도련님, 토모에 님, 미오 님이 장비하실 물품들을 시범 제작하고 있습니다."

그러고 보니 예전에 무기를 바친다는 얘기가 있었지? 요전에 받은 화살뿐만 아니라 여러 가지로 준비해주고 있는 걸까?

"마지막으로 리자드맨 여러분들입니다만 각 촌락의 경비 임무와 농지 이용을 고려하고 있는 장소를 개척하는 작업에다가 자재, 식량을 조달하는 작업 등을 담당하고 있습니다. 통제가 잘 이루어져 있어서 작업의 진행은 매우 원활합니다."

호오~, 그 사람들은 순수한 무관으로서 뿐만이 아니라, 개척이나 자재를 조달하는 작업도 가능하다는 건가? 그냥 싸움만 잘 하는 게 아니었구나. 하지만 벌써 농지 이용을 어떻게 하냐는 얘기까지 나오고 있는 건가? 왠지 너무 광범위하게 일을 벌이고 있다는 느낌도 드는데…….

아공의 주민들은 각각 특기를 지니고 있을 뿐만 아니라 적재적소에서 효율적으로 움직이고 있었다. 따라서 일이 순조롭게 진행되고 있는 건 이해가 간다. 하지만 일을 너무 서두르다가 만성적인 인원 부족 사태에 처할 가능성도 있지 않을까?

내가 살 저택을 건설하는 작업은 일단 속도를 조금 늦추고 그만큼 다른 작업에 인원을 할당했으면 좋겠는데. 이런 희망 사항 같은 건 에마 양에게 정확히 전달할 필요가 있을 것 같군.

"그냥 얘기로 듣기로는, 인원이 명확하게 부족한 것 같은 느낌이 드는데?"

나는 망설임 없이 질문했다. 무리를 하다가 일이 틀어지면 본전도 못 챙긴다고.

"확실히 도련님의 말씀은 맞습니다. 하지만 각각의 작업들은 그 자체의 규모도 아직 작은 편이라서요, 현재 인원수에 문제가 발생하지는 않았습니다."

에마 양의 대답은 내 예상과는 다른 것이었다.

"개척이나 개간 작업 같은 건 우선은 머릿수로 밀어붙일 필요가 있지 않아?"

나는 다시금 에마 양에게 물었다.

"……계획을 제대로 세우지 않고 그저 확장시킬 뿐이라면 도련님의 지적은 정확하십니다. 하지만 아직 모든 작업들이 시험 단계이기 때문에 순서나 절차의 확립을 우선시하고 있습니다. 따라서 지금은 정보를 파악하고 이해할 수 있는 인재들이 중요한 시점입니다."

"그렇다면?"

"현재 실행하고 있는 작업의 진행에 반드시 필요한 것이, 도련님께서 지니고 계신 정보입니다. 하지만 그 정보들은, 저희들이 알지 못하는 언어로 적혀 있기 때문에 언어를 이해할 수 있는 토모에 님에게 수시로 확인을 받아가면서 추진하고 있었습니다. 그래도 역시 작업의 효율은 개선되지 않고 있습니다. 며칠 전부터 그 토모에 님도 자리를 비우고 계시기 때문에 각 방면에서 올라오는『이 동물은 뭐지, 이 식물은 뭐지?』라는 종류의 보고서를 처리하는 작업이 진행되지 않고 있습니다. 아공의 야생 동물이나 식물들은 도련님의 지식과 일치하는 품종이 많다고 들었습니다만 저희들의 능력으로는 전혀 상상도 할 수 없는 존재들이 많아서 곤란한 상황입니다……."

그들은 토모에가 내 기억을 이미지 파일처럼 작성한 이후 도감으로써 정리한 것에 의지하여 작업하고 있었다.

……그렇구나, 깜빡하고 있었다. 내 기억의 내용물은 당연히 일본어로 이루어져 있을 테니, 오크나 리자드맨들이 그 글자를 보고 어쩔 줄 몰라 하는 건 당연한 얘기다.

참고로 아공의 발전에 필요불가결하다는 이유로 내 기억 중에 상당 부분은 대부분의 인원들이 열람 가능한 상태다. 물론 예전에 토모에에게 전달해서 봉인한 부분이나 열람할 수 없는 부류의 기억도 있지만 말이지.

「저도 아직 조금밖에 알지 못 해서 작업 자체가 상당히……」라고 말하면서 에마 양이 나를 바라보고 있었다. 그녀의 시선에 담긴 의미는 알 수 있었다. 그건 기대였다. 이왕에 아공을 찾아온 김에 번역을 해달라는 거겠지.

아니 애초에 일본어 문장을 이해할 수 있는 토모에가 굉장한 건가? 뭐든지 좋아하게 되면 잘 하게 된다는 것도 빈 말이 아니군……. 시대극의 위력은 정말 무시무시했다. 토모에로 하여금 극단적인 단시간 내에 일본어를 습득시켰을 정도니…….

하지만 그 토모에도 언어 자체를 완전히 이해하고 있는 건 아닐테고, 쭉 사전 역할을 담당하고 있었다가는 폭발하는 것도 어쩔 수 없지. ……그게 최근에 소식이 끊어진 이유인지는 모르겠다만.

"글자를 해독하는 작업인가……. 틀림없이 굉장히 성가신 작업이군. ……그렇다고 해서 내가 계속 여기에 대기하고 있을 수도 없는 노릇이고, 일단 나름대로 해결책을 생각해볼게. 또 다른 문제는?"

일단 지금은 회피하는 게 답이다. 하루 종일 일본어를 교육하라는 건 고행이야.

"남은 문제는, 도련님께서 예전에 말씀하셨던 계절이라는 현상입니다만—."

"응, 여기는 봄처럼 지내기 좋은 날씨라고 했었지. 그게 뭐?"

"예, 그게 아무래도 최근에 빈번히 변화를 일으키고 있는 것 같습니다. 갑자기 더워지거나 서늘해지기도 해고…… 법칙성을 무시하고 바뀌기 때문에 문제가 되고 있습니다. 저번 주에는 눈이 내렸습니다. 계절이라는 현상은 날에 따라서 변화하는 건가요?"

눈?!

지금은 평범하게 봄 같은 날씨다. 하늘은 맑게 개어있고 산들바람이 불고 있었다. 이보다 더 좋을 수 없을 정도로 지내기 편한 느낌이야.

이런 상황에서 내일부터 눈이 내린다고 하면 틀림없이 곤란한 상황이군. 원인이 뭔지 조사해볼 필요가 있었다.

"아니, 계절은 일정한 주기로 순환하는 건데…… 그거 참 이상하네. 아공은 아직도 영문을 알 수 없는 현상으로 가득 차 있다는 건가?"

"……예. 이야기는 바뀝니다만 문제점이라고 해야 할지도 잘 모르겠고 토모에 님이 슬쩍 말씀하셨던 사항인데요—."

토모에? 쓸데없는 일일 것 같은데.

"—최근 3주일 동안, 아공이 확대되는 현상이 멈춘 것 같습니다. 이렇게 오랫동안 아공의 확장이 멈춘 적은 없다고 하시더군요."

……어?

상당히 중요한 문제였다. 깜짝 놀랄 정도였다.

토모에가 얼마 전에 했던 말에 따르면, 아공의 확대는 아직도 계속되고 있으며 얼마나 넓은지 짐작도 안 가는 상황이라고 했다. 따라서 토모에에게 개별 행동을 하는 김에 아공의 확대에 대해서도 조사해달라고 명령을 내렸다.

무사 수행이라는 이름의 격리와 병행해서 시키고 있던 조사는 바로 이것이었다.

그게 내가 토모에에게 명령을 내리자마자 멈췄다고?

어쩌면 그 전후의 행동이 아공의 확대에 영향을 끼치고 있는 건가?

모르겠다. 토모에가 열심히 그 부근을 조사하고 있었으면 좋겠군.

"멈췄다……고? 너무 넓어서 곤란해 하고 있던 차에 마침 잘된 일인지도 모르겠지만……."

"토모에 님이 원인을 밝혀냈다면 문제는 없겠지만요. 외출하시고 나서 연락이 없으니……."

토모에 녀석, 나뿐만이 아니라 아공 사람들에게도 정시 연락을 소홀히 하다니.

"나중에 직접 확인해둘게. 그리고 토모에에게 또 하나 일을 맡겼었는데 그건 어떻게 돌아가고 있지?"

사실 그쪽이야말로 내 입장에선 상당히 중요한 일이다. 앞으로 아공의 물품들을 취급하는 데 있어서 나에게 의심이 집중되는 사태를 피하기 위한 작업이니까.

"아, 예…… 저는 의도를 잘 모르겠습니다만 순조롭게 진행되고 있습니다. 그냥 여기 저기 헤매게 하는 것만으로는 쓸데없는 작업이다 보니 적당히 공통어의 연습 상대로 사용한 뒤 돌려보내고 있습니다."

흠, 상당히 순조롭다고? 가장 문제가 많이 일어날 것 같았던 사안인 만큼, 짐을 하나 덜은 느낌이다.

"돌려보낼 때, 어느 정도 물자는 들려서 보내고 있어?"

"예, 도련님의 분부대로 진행하고 있습니다. 여기서 수확한 식자재를 중심으로, 도시까지 도착하기 위한 식량과 함께 공통어 습득을 도와준 보답이라는 명목으로 넘겨주고 있습니다. 하지만 도련님? 이건 대체 무슨 의도로 하시는 일이죠?"

에마 양은 아직 감이 안 잡히는 건가? 아공과 바깥세상을 왕래하는 토모에는 곧이곧대로 이해했지만, 이쪽에서만 지내는 에마 양의 입장에서 보자면 확실히 이해하기 어려운 일일지도 모르겠군.

“앞으로 아공의 물자를 바깥으로 반출할 때, 그걸 나만 가지고 있다는 건 조금 문제가 될 것 같아서 말이야. 쓸데없는 추궁이나 마찰의 원인이 될지도 몰라. 그래서 모험가들이 가끔 입수할 수 있는 물자라는 기존 사례가 필요하다고 생각했어.”

그렇다. 모험가를 적당히 아공에 풀어놓고, 그 녀석들과 적대하는 게 아니라 받아들인 후 귀중한 물자까지 들려서 돌려보내고 있었다.

그 모험가들이 바깥 세계에서 이 경험에 대해서 소문을 내고 다니면 불가사의한 물자를 선사하는 마물의 도시에 대해 소문이 퍼지게 된다.

그 소문이 상인들 사이에 널리 알려져서 상품으로 인정받을 정도가 되면 아공의 물품을 유통시키기 쉬운 상황이 찾아올 것이다.

이 작업을 담당하는 종족들을 계속 교대시키면서 매번 다른 도시의 소문으로써 퍼져준다면 대성공이다. 내가 상회에서 취급하려는 물품들은 이 세계에서 유통된 적이 없는 것들이 대부분일 테니, 이 정도의 사전 준비는 필요할 것이다. 갑자기 아무도 모르는 물품들을 판매하는 상인이 나타나면 고객들이 쳐다보지도 않을 가능성이 충분하니까 말이야.

“에마 양을 비롯한 오크 일족, 리자드맨, 그리고 드워프들이 교대로 담당하고 있지?”

"예, 그리고 아르케 여러분도 협력해주고 있습니다. 그 분들은 공통어를 습득하는 속도가 상당히 빨라서요."

반인 반거미인 양반들은 우수한 능력을 지니고 있는 것 같다. 역시 보스 캐릭터라는 건가?

"그럼 유출시키고 있는 물자들은 식자재, 리자드맨의 장신구, 드워프의 병장기, 그리고 아르케가 작성한 약품들…… 대충 이 정돈가?"

아르케가 만드는 마법약이나 연금술의 산물들에 대해서는 아직 잘 모르겠으니 확인해 두자.

드워프들의 작품에 대해서는 안심해도 될 것이다. 그 완고한 성격의 장인들이 사용자의 역량에 적합하지 않은 무기들을 제작해서 넘겨줄 거라는 생각은 들지 않는다.

"그렇네요, 그리고 추가적으로 저희들이 지니고 있는 마법에 대한 지식을 조금……. 하지만 어느 종족이더라도 그들에게 넘겨주고 있는 건 일상 용품에 가까운 레벨의 물자들뿐입니다."

……이 화제에 대해 언급을 시작한 후 에마 양의 태도가 아까와는 달라졌다. 왜 휴만을 상대로 그렇게까지 정성을 쏟는 것인지 모르겠다고 느끼고 있는 것 같다. 뭐, 그녀의 감정은 이해가 간다.

그녀의 입장에서 생각해보자면 휴만이라는 종족은 대등한 존재가 아니라, 가끔 찾아오는데다가 그다지 강하지도 않은 녀석들이라는 인식일 것이다. 절야에서 더욱 안쪽으로 들어간 지역, 하이랜드 오크의 마을이 존재했던 장소까지 진입하게 되면 그 시점에서 모험가들은 상당히 피폐한 상태인 경우가 많았을 걸로 추정된다. 그런 패거리들을 상대로 접대씩이나 한다는 행위는 이해하기 어려운 게 당연한 일이다.

하지만 이것만큼은 나에게 있어서 대단히 중요한 일이며, 나아가서는 아공에도 큰 영향을 끼치는 사업이다. 그러니 이 임무는 제대로 수행해주길 바라고 있었다.

"충분해요. 여기서 만들어낸 물품들을 바깥세상으로 가져가는데 의미가 있으니까. 규모를 키우면서 반출시키는 물자들의 수준도 조금씩 올려 나가면 돼. 앞으로도 잘 부탁해요."

으음—, 에마 양에게는 조금 부담이 심한 작업인가? 이 작업은 토모에에게 맡기는 게 나을 지도 모르겠다. 시도 자체는 순조로워 보이니 이후로도 계획적으로 이 「낙원」에 모험가들을 유인시키자.

"……알겠습니다. 토모에 님으로부터 지시를 받으면서 계속적으로 추진하겠습니다. 제가 드릴 보고는 이상입니다."

"응, 잘 부탁해. ……그런데, 아까부터 많은 사람들이 연달아서 찾아오고 있는데 에마 양한테 용무가 있는 거 아냐? 난 이제 됐으니까 저쪽 사람들을 만나보는 게 어때?"

우리의 대화를 먼발치에서 바라보고 있던 오크들이 여럿 보였다.

에마 양과 대화를 나누고 있는 상대가 나인 이상, 다른 사람들은 끼어들기 어려울 테니 말이야.

에마 양은 오크들의 모습을 확인하더니 나에게 한 마디 양해를 구하고 빠른 걸음으로 물러났다. 돌아오지 않는 걸 보니 내 예상이 맞았던 것 같다. 음, 에마 양은 정말 바쁜 몸이다. 정말 여러 가지로 신세를 지고 있습니다.

"……그런데, 미오. 혹시 일본어는 알아들어?"

"**일본어**? 처음 듣는 언어네요. 아마 모를 걸요?"

"그렇지? 내 고국에서 쓰는 말인데—."

"그럼 알아들어요. 대화하는데 문제는 없을 겁니다."

미오는 마치 당연하다는 듯 선뜻 대답했다.

"어?! 무슨 수로?!"

"저는 도련님과 계약한 몸이니까요. 의사소통이 안 되면 불편하잖아요? 지배 계약의 경우, 하인은 주인께서 하시는 말씀을 이해할 수 있게 됩니다. 맹약의 경우엔 계약 시의 언어가 서로의 의사를 전달하는 매개체가 되지요."

그런 거였나! 아니 잠깐, 토모에! 그런 사실은 미리 좀 말하라고!

그렇다면, 오늘은 미오를 여기에 두고 갈까? 에마 양이 추진하고 있는 작업에 어느 정도는 도움이 될 것이다. 이제 남은 일은 아르케들이 머물고 있는 장소에 얼굴을 내밀고—.

"도련님———!!"

우앗?! 목소리 한 번 굵네! 이번엔 또 뭐야?!

나는 목소리가 들린 방향으로 고개를 돌렸다.

……풍성한 수염을 기른 아저씨가 흙먼지를 일으키면서 이쪽으로 뛰어오고 있었다. 키가 작아서 마치 총알 같다는 인상을 받았다. 그는 드워프 일족의 장로인 엘드 씨였다. 눈 밑의 다크 서클이 엄청나군. 잠은 제대로 자고 있는 건가? 아니 잠깐, 전력 질주를 하셨는데 몸은 괜찮으세요? 할아버지?

"엘드 씨 아니세요? 토모에가 너무 무리한 요구를 해서 면목이 없네요.”

“어머, 드워프 영감? 당신들이 바친 이 쇠살 부채라는 무기, 꽤 마음에 들었습니다. 훌륭한 무기에요.”

미오가 감사의 말을 입에 담다니! 음, 이 식욕 마인도 나날이 성장하고 있는 것 같군.

“아닙니다, 위대한 영걸(英傑) 분들께 병장기를 제공하는 것이야말로 우리 종족에게 있어 최고의 기쁨입니다. 그러니 그런 말씀을 하셔도 곤란합니다. 그보다도, 오늘은 모처럼 아공에 찾아오셨으니 잠시 동행을 부탁드려도 될까요?”

“어, 지금부터 아르케의 거주지에 얼굴을 내밀 생각이었는데요—.”

“나중으로 미루세요! 저희 작업장 쪽이 더욱 급한 용무입니다. 두 분의 능력을 정확히 파악하지 못 하면 무기를 만드는 작업도 시범 제작 단계에서 더 나아갈 수가 없으니까요!”

듣고 보니 그렇군. 토모에는 적극적으로 희망 사항을 전달하고 있으니 만드는 입장에서도 별 문제 없겠지만 나와 미오는 사실 얼굴조차 내민 적이 없으니까. 한 번은 들를 필요가 있겠어.

“……미오, 먼저 엘드 씨의 작업장에 들러도 괜찮을까?”

“예, 문제없어요. 그러고 보니 아이들도 오늘은 지금까지 수집한 물품들에 대해 질문할 일들이 많다고 했어요. 어딘가 한 군데에 집합시켜놓도록 하지요.”

그렇구나. 아르케는 각각 단독으로 생활하는 습성이라고 했었지? 오늘 안에 네 곳을 돌아다니는 것도 귀찮으니, 사전에 집합을 거는 편이 편할 것 같다.

자, 그럼 드워프의 작업장으로 향하도록 할까?

◇◆◇◆◇

"기각."

나의 냉철한 목소리가 작업장에 울려 퍼졌다.

눈앞에는 박물관에 진열되어 있어도 위화감이 없을 듯한 야단스러운 풀 플레이트 갑옷이 자리 잡고 있었다.

……이런 걸 입고 다닐 수 있을 리가 없잖아!

울퉁불퉁한 모양새에 착용감도 그다지 좋을 것 같지 않다. 거기다 상인이 입고 다닐 만한 디자인이 아니라고!

드워프들은 그런 내 기분을 아는지 모르는지, 육중한 방어구들을 좌르륵 진열해 놓고 있었다. 마치 오트쿠튀르[#1]의 실내 쇼라도 보고 있는 것 같았다.

엘드 씨는 축 늘어진 제작자의 어깨를 두드리면서 다음 후보에 기대를 걸고 있는 듯하다.

흠, 그러니까. 이 중에서 고른다고 한다면…….

전신 갑옷이나 가죽 갑옷은 사양하겠어. 흠—, 평범한 재킷 같은 모양의 평상복에 가까운 방어구는…….

제작자들은 심혈을 기울인 작품들 앞을 내가 그냥 지나칠 때마다 무릎을 꿇고 무너져 내렸다. 엘드 씨가 그들을 위로했다.

그런 리액션에 일일이 반응할 수는 없잖아!

#1 오트쿠튀르 파리 쿠튀르 조합 가맹점에서 봉제하는 맞춤 고급 의류.

……어, 이 헐렁거리는 승복 같은 건 괜찮아 보이는데? 입기도 편할 것 같고. 뭐, 이상적인 스타일은 조금 클래식한 느낌의 사범학교 학생복이지만 말이죠……. 응?

나는 승복에서 손을 뗐다.

그 두 개 옆에 진열되어 있는, 코트처럼 생긴 옷과 바지의 세트가 눈에 들어왔다.

금속 갑옷이 대부분인 와중에 대단히 붕 뜬 느낌이다. 코트는 진한 푸른빛을 띠고 있었으며 안감은 새빨갛다. 이런 파격적인 컬러 감각은 대체…… 가능하다면 의도를 묻고 싶군.

나는 그 옷에 손을 댄 채 뚫어지게 쳐다보면서, 엘드 씨에게 질문을 던졌다.

"이건?"

"그게…… 마음에 드셨습니까?"

엘드 씨가 씨익, 미소를 지으며 반문했다. 아니, 마음에 들었다기보다는 신경이 좀 쓰이는 것뿐인데.

코트처럼 보이는 디자인이다. 윗도리의 옷감은 정강이 부근까지 내려오지만 세로로 터져 있어 활동성을 저해하지 않도록 되어 있었다. 두꺼워 보이지만 의외로 옷감이 얇아서 생각보다 움직이기 쉬워 보인다.

하지만 왜 바지와 세트인 거지? 설마 세트로 전신 방어구 같은 성능을 발휘하는 건가?

"아니, 고국에서 유행했던 의복과 조금 비슷해서 신경이 쓰일 뿐이에요."

"이 코트는 도련님께서 예전에 의뢰하셨던 반지, 드라우프니르를 눈여겨 본 이가 제출한 작품으로—."

눈매가 날카로운 드워프가 엘드 씨의 눈짓에 반응하여 한 발자국 앞으로 나왔다.

그의 나이는 정확히 짐작할 수 없었지만 엘드 씨보다는 젊어 보였다. 조금 괴팍해 보이는 분위기가 전형적인 장인 같은 느낌이다.

"그런 반지를 희망하시는 분은 역시 사고방식이 이상하구먼."

코트를 만든 것으로 추정되는 장인이 무뚝뚝하게 말하기 시작했다.

"어디, 우선은 이 소매 부분을 봐 주시오."

이건 가느다란 쇠사슬인가? 그리고 사슬을 수납하기 위한 주머니 같은 부분이 다섯 개나 달려 있었다.

"이 사슬과 드라우프니르를 접속함으로써, 그 성능을 발휘하는 구조올시다."

나는 내 왼손 가운뎃손가락에 끼워져 있는 반지에 시선을 돌렸다.

그렇구나. 이 반지를 사용한다는 거군. 참고로 드라우프니르라는 건, 내버려두면 넘쳐흐르는 내 마력을 흡수해주는 반지다. 한계까지 마력이 쌓이면 새빨갛게 변색을 일으킨다.

"말하자면 이 방어구는, 착용자의 마력을 사용해서 그 성능을 발휘하는 건가……?"

"이해가 빠르시군. 바로 그렇소."

장인 아저씨가 말을 계속했다.

"마력의 사용량은 드라우프니르보다도 많소. 사용자를 무시하고 성능을 최우선으로 고려해서 제작한 방어구라고 할 수 있지.”

사실 나는 드라우프니르의 흡수량조차 부족할 정도로 마력이 남아도는 상황이라, 그게 정말 사실이라면 듣던 중 반가운 소리지만…… 장인 아저씨는 그야말로 의기양양한 표정을 짓고 있었다.

최근엔 마력의 비대화 현상은 일어나지 않고 있지만 그럼에도 불구하고 처치 곤란하다는 사실에 변함은 없단 말이지. 해결할 방법이 있었다면 해결하고 싶다.

“흐음—, 그럼 반지와 접속하지 않고 입게 되면 어떻게 되는 거지?”

“다이렉트로 마력을 흡수할 것이오. 말하자면 수도꼭지와 같은 역할을 수행하는 반지가 없어지는 셈이니, 이 코트가 만족할 때까지 마력을 공급해야 하는 상황이라고 할 수 있소. 평범한 자라면 즉사하고도 남을 레벨이지.”

“그렇군요—.”

나는 그렇게 말하고 코트와 바지를 집어 들었다.

바지 위에 바지를 입는 건 조금 불편했지만 어차피 방어구 취급이고 그냥 입어보기만 하는 거니까 신경 쓸 필요는 없을 것이다. 그리고 코트를 걸친다. 일부러 반지를 접속하지 않고 어느 정도인지 시험해 보기로 했다.

“도령! 우선 반지와 접속해야 하오!”

……도령? 뭐, 지금은 별 상관없나?

“괜찮아요.”

나는 장인의 충고를 무시하고 코트와 바지를 몸에 걸쳤다.

흠, 틀림없이 마력을 흡수하고 있군. 의식을 집중하고 나서야 겨우 알 수 있을 정도의 양이다.

"무, 문제는 없으십니까?"

엘드 씨가 불안한 표정으로 물었다.

"음, 괜찮아요. 그래서 이 방어구의 성능은 어떤 느낌이죠? 위아래 세트니까 전신 방어구로 써먹을 수 있는 건가?"

장인이 성능에 대해 설명을 시작했다.

"물론이오. 물리 공격과 마법, 양쪽에 대해 높은 방어 성능을 보유하고 있소. 평소의 성능은 물리 방면 중에 특히 충격에 강하고, 마법 방면에서는 바람과 불꽃 속성에 대해 강력한 내성을 지니고 있지—."

장인은 잠시 하던 말을 멈추고 자랑스럽다는 표정으로 말을 이어 나갔다.

"—이 방어구는 전투 시에는 상황에 따라 두 가지 타입으로 나누어서 사용할 수 있었다 이 말이지."

설마 폼 체인지라도 하는 거야? 난 변신 같은 건 취미가 아니라고.

……붉은 안감하고 관계가 있는 건가?

"코트의 안감이 붉은색이라는 건 알아보시겠소?"

빙고—.

"아, 음."

"겉과 속이 뒤바뀌는 이미지를 떠올려 보시오."

이렇게 하는 건가? ……어, 으아?!

표면이 붉은색으로 변했다!

헤에— 헤에— 헤에—!

머릿속에 이미지를 떠올리는 것만으로도 옷감이 뒤집어지다니! 이거 대단한데?! 굉장히 흥미로운 구조다!

"붉은색 상태에서는 타격이나 충격보다 참격에 대해 강한 내성을 지니게 되오. 마법 내성도 물, 바람, 빛에 대해 내성이 강해지지. 방어력보다도 기동력을 중시한 타입이니 속도에 보정 효과가 생겨서 평소보다 고속으로 이동할 수 있을 거요. 어쨌든 이 내가 지금 상태에서 실현할 수 있는 모든 기술을 가능한 한 전부 투입해서 만들어낸 최고의 방어구라고 할 수 있지!"

장인 아저씨는 몹시 흥분한 상태로 설명을 끝냈다. 즐거워 보이네.

어디 보자, 성능은 어느 정도지?

가볍게 발 돋음을 해 본다. 목적지는 작업장 입구 근처에 설치된 조명이다.

가볍게 가속했을 뿐인데 주변이 단번에 슬로우 모션으로 움직였다.

이, 이거 굉장하다! 약간 과장을 보태서 거리 한 가운데에서 이 기능을 사용하면 모습이 안 보이지 않을까?

바람을 너무 세게 일으키다간 뒷정리가 귀찮을 테니 가능한 한 완만한 속도로 원래 자리에 복귀했다. 그런데도 한 줄기 돌풍이 내 주변을 쓸고 지나갔다.

"히야, 굉장해! 이런 장비를 대체 어떻게 만든 거지!"

내가 약간 흥분한 표정으로 장인 아저씨에게 질문하려는 참에 누군가의 목소리가 끼어들었다.

"조금 시끌벅적한 옷이네요."

목소리를 낸 건 미오였다. 그녀는 어느샌가 돌아와 있었다. 그녀는 벌써 장비품의 디자인 같은 걸 결정하고 온 걸까?

"미오, 벌써 끝났어?"

"예, 쇠살 부채에 여러 가지 가공을 부탁하기로 했답니다. 방어구에 대해서도, 이 기모노가 마음에 드는 편이라 지금 입고 있는 옷에 부여할 능력에 대해 의논을 마치고 왔어요."

"헤~ 결단이 빠르구나. 뭐, 나도 방어구는 결정 난 것 같지만 말이야. 이거 굉장해. 편리한데다가 강력하다고. 여기에다가 내구력만 갖추고 있었다면 더 바랄 게 없어."

"내, 내구력이라면 자신이 있소! 방어구의 기본은 바로 방어력이니!"

장인 아저씨가 황급히 해명했다. 하지만 그건 빗나간 대답이야.

"아니, 그게 아니고. 이 방어구 스스로가 지니고 있는 마력에 대한 내구력을 말하는 건데. 그게 신경 쓰일 수밖에 없는 게—."

나는 장인 아저씨에게 설명하면서 일시적으로 억제하고 있던 마력을 해방시켰다.

아직 완벽하게 다루고 있지는 못 하지만 최근엔 스스로의 힘으로 넘쳐흐르는 마력을 컨트롤할 수 있게 되었다.

코트는 서서히 발광을 일으키기 시작하더니 잠시 후에 옷감이 찢어져 버렸다. 나는 다시금 마력을 억제한 후에 접속했던 드라우프니르를 한차례 해제하고 장인 아저씨에게 보여줬다. 드라우프니르의 색깔은 새빨갰다. 말인즉슨, 더더욱 대량의 마력을 코트에 공급할 수 있는 상태였다.

"그러니까 구조가 좀 취약한 편인 것 같아요. 지금보다 몇 배는 강한 내구 성능을 추구해주세요. 마력을 아무리 많이 잡아먹어도 상관없으니, 좀 더 내 마력을 버틸 수 있는 옷을 부탁합니다."

"이럴, 수가. 마력의 포화 상태가 일어났단 말인가……?"

장인 아저씨가 설명해준 성능을 발휘하기 위한 마력을 나에게서 흡수함으로써 얻는다는 발상까지는 괜찮았다. 하지만 내가 그 이상으로 마력을 분출하자 옷이 한계를 초월해서 버티지 못 하고 파열되기 시작한 것이다.

장인 아저씨는 이 현실에 직면하여 맥이 빠진 것 같았다.

아무래도 내 마력은 그의 설계 구상을 완전히 초월한 양인 듯하다.

하지만 이 정도는 부탁해도 문제없을 것이다. 그들은 독특한 장인정신으로 더욱 개량을 거듭해서 장비를 완성해줄 것이다.

"방어구는 이 코트를 개량한 장비로 부탁해요. 무기는 예전에 활을 부탁드렸던 것 같은데, 완성되어 있나요?"

엘드 씨가 대답했다.

"활을 말씀하시는 거라면 이미 어느 정도 마무리 단계에 들어가 있습니다. 토모에 님을 경유해서 우선적으로 희망 사항을 여쭌 바 있으니까요. 완성되는 날에는 죄송합니다만 다시 걸음을 옮겨주시길 부탁드립니다."

"알겠습니다."

그 후, 나는 활에 대해서도 몇 가지 추가로 주문을 부탁하고 몬스터를 쓰러뜨리고 수집하는 소재의 해체나 노숙에 쓰기 위해 의뢰했던 나이프와 쇼트 소드를 받아들었다.

활은 일본식 활을 기본 베이스로 여러 가지 소재를 조합한 컴포지트 보우[#2]를 의뢰했었지만 여기에는 특수한 나무 소재가 많기 때문에 셀프 보우[#3]로 제작하는 편이 다양한 측면에서 유리하다고 한다.

강도나 위력이 마찬가지라면 나도 취급이나 손질에 신경을 쓸 수밖에 없는 컴포지트 보우보다, 관리하기 편한 셀프 보우를 선호할 수밖에 없었다. 그저 수련에만 사용한다면 몰라도 이건 실전에 쓰는 용도이자 메인 웨폰이니까.

나는 활과 방어구에 대해 다시금 추가적인 의뢰 사항을 전달하고 드워프의 작업장을 뒤로 했다. 그리고 아르케들이 기다리고 있는 장소로 향했다.

아르케들의 경우, 미오가 약삭빠르게 한 장소에 집합시켜준 덕분에 이야기도 원활하게 진행되었다.

그녀들이 수집해온 물품들을 정리, 분류하고 내 기억을 정리하는 작업에 협력해달라고 부탁했다. 그리고 나는 미오를 아공에 남기고 혼자서 츠이게로 돌아왔다.

……자, 다음은 렘브란트 상회를 찾아가야 한다. 길드에서 발견한 루비 아이의 눈동자를 넘겨주고 오는 의뢰를 처리하자. 그러기 위해선 우선 모험가 길드에 등록해야 한다. 원래 토모에나 미오와 함께 등록하려고 했지만 잘 생각해보니 그 의뢰를 수행하기 위해서는 등록이 필요하잖아? 나 혼자만이라도 우선적으로 등록해야

#2 컴포지트 보우 합성궁. 여러 가지 재료를 합성하여 만든 활.
#3 셀프 보우 단궁. 한 가지 목재로 만든 활.

겠다. 돌아오지 않는 토모에는 타임아웃이고, 미오는…… 잘 타일러서 납득시킬 수밖에 없었다.

하지만 내 레벨을 생각해보면 S랭크의 의뢰를 인수하는 건 어려울 수도 있을 것이다. 루비 아이의 눈동자를 먼저 보여주고 의뢰를 달성할 수 있는 상태라고 설득해볼까? 만약 그래도 안 될 경우엔, 토아 일행에게 의뢰 대행을 부탁하는 방법도 고려할 필요가 있어 보인다.

오늘은 기나긴 하루가 될 것 같군.

◇◆◇◆◇

나는 모험가 길드에서 토아 일행과 다시 합류하고, 라이도우의 이름으로 다시 모험가 길드에 등록했다. 토아 일행은 만나자마자 토모에와 미오의 행방에 대해 물어왔지만 여러 가지 이유를 들어서 적당히 얼버무렸다.

사실 나름대로 기대하고 있던 레벨은 여전히 1이었다. 이건 대체 원인이 뭘까?

이세계인이라는 사실이 이 현상의 원인이라면 나와 함께 소환된 용사 두 사람도 레벨 1인 걸까?

어찌됐건 그 둘은 용사님이시다. 대충 정보를 수집하다 보면 대략적인 레벨 정도는 확인할 수 있겠지. 유명인에게 사생활 같은 건 없으니까요. 으헤헤헤, 동정합니다요, 용사님들?

일단 모험가 등록을 하긴 했지만 나는 기본적으로 상인으로서의 활동에 주력하고 싶다.

그러니 향후의 활동을 위한 인맥을 쌓는 의미로 렘브란트 상회와 얼굴을 틀 필요가 있단 말이지.

토아 일행도 얼마간은 이 도시를 거점으로 삼아서 활동할 생각인 듯했다. 거기다 네 사람이 파티를 결성한다고 한다.

빚을 져서 밑바닥까지 전락했다는 체험을 공유하고 있으니 서로 의기투합하기도 쉬웠을 것이다.

이 부근에서 수행할 수 있는 의뢰는 대부분 네 사람 정도의 실력이라면 처리할 수 있는 정도라고 했다. 여러 가지 의뢰를 한꺼번에 인수했다는군.

애초에 길드의 의뢰라는 건 한꺼번에 인수할 수 있는 거구나? 대체 한 번에 몇 개까지 인수할 수 있는 거지?

하지만 그녀들과 이야기를 나누면서 S랭크의 의뢰를 인수 대행하는 건 불가능하다는 사실이 밝혀졌다. 아무래도 그녀들은, 이미 받아들일 수 있는 한계까지 의뢰를 받은 것 같습니다.

……이런 무계획성이 이들로 하여금 빚쟁이 생활을 겪게 한 원인이 아니었을까 하는 생각이 든단 말이지. 토아 일행은 밤이 되면 돌아올 거라는 말을 남기고 의기양양하게 출발했다.

몸에 걸친 장비품도 변해 있었던 걸 보면 쇼핑이라도 한 걸까? 모험가라는 인종은 행동이 빠른 것 같다. 그런 구석은 본받아야 할 것 같군. 내가 너무 신중하게 움직이고 있는 건지도…….

나는 토아 일행과의 대화를 떠올리면서 잠시 동안 모험가 길드 내부를 거닐고 있다가 결심을 하고 접수 직원 누님에게 말을 걸었다.

[저기요, 의뢰를 인수하고 싶습니다만—.]

"어머, 라이도우님. 해결할 수 있을 것 같은 의뢰가 있었나요?"

이 길드에서는 신입 모험가들이 등록하는 경우도 많은 듯하고, 따라서 초보자에 대한 대응 방식도 완벽했다. 누님이 나에게 미소를 지었다.

설마 방금 전에 등록한 레벨 1의 모험가가 S랭크를 희망하고 있으리라고는 상상도 못 하겠지. 임무 달성이 가능한 상황이라는 사실을 전하면 별 문제는 없겠지만 그래도 긴장되는 건 어쩔 수 없었다.

[예, 이 의뢰를 인수하고 싶습니다.]

어제 게시판에서 슬쩍했던 루비 아이의 눈동자를 찾는 S랭크 의뢰서를 넘겼다.

의뢰서를 받아들자마자 누님이 눈썹을 찌푸렸다. 오호, 박력이 넘치는군. 진지한 표정을 짓고 있었다.

"……라이도우 님, 이 의뢰서는 S랭크의 의뢰인 관계로 현재 당신의 랭크와 레벨로는 인수할 수 없습니다."

연이어서 D나 E랭크의 의뢰를 가져와 달라는 충고까지 들었다.

[아니요, 실은—.]

"예?"

나는 호주머니에서 붉은색 덩어리를 꺼내 카운터에 내려놨다.

[이미 루비 아이의 눈동자를 소지하고 있어서 말이지요, 상대편에게 넘기기만 하면 끝입니다. 이래도 인수할 수 없나요? 길드의

신용에 누가 되는 일은 없을 거라고 생각합니다.]

랭크 제도가 됐건 뭐가 됐건, 이미 의뢰에 해당되는 아이템을 가지고 있고 반드시 성공한다면 문제는 없을 것이다. ……없을 거라고 생각은 합, 니다만…….

이 논리가 과연 길드에 통할까?

"……! 이건…… 진품인가요?!"

[물론입니다. 츠이게로 오는 여행길은 아까까지 길드에 있었던 토아 양 일행과 함께했습니다……. 이 눈동자는 그 도중에 물리친 개체에게서 수집한 소재입니다.]

길드의 쓸데없는 의심을 사게 되면 일이 귀찮아질 테니, 직접 사냥해서 획득한 소재가 아니라 토아 일행에게 양도받았다고 덧붙였다.

"그랬군요……. 죄송합니다만 잠시 기다려 주십시오."

누님은 카운터 뒤편의 문을 통해 들어갔다. 관계자 이외 출입 금지인 공간으로 들어간 것으로 보였다. 높으신 양반이라도 행차하려는 건가?

—누님의 귀환을 기다리는 동안, 나는 갖가지 의뢰서가 붙어있는 게시판을 구경하기로 했다.

게시판 쪽으로 발걸음을 옮기자, 전날에 봤던 의뢰 보드와는 별개로 또 하나의 게시판이 걸려 있다는 사실을 깨달았다.

그것은 황야에 관한 의뢰들 전용으로 붙어있는 게시판이었다. 전체적으로 고레벨, 고랭크에 한정된 의뢰들이 잔뜩 붙어 있었다. 이 많은 양을 보고 예측하건데 공급이 수요를 따라가지 못 하고 있군.

"라이도우 씨라고 하셨습니까? 루비 아이의 눈동자를 보여주실 수 있나요?"

응? 남자의 목소리가 들려왔다. 드디어 높으신 양반께서 등장하신 건가?

목소리가 들린 방향으로 고개를 돌리자 누님 옆에 아저씨가 따라 나와 있었다. 열 받지만 그도 나이스 미들이라고 부르기에 충분한 외모였다. ……이 세계는 정말 미남 미녀들로 넘쳐나는군!

[예, 물론이죠.]

그는 진품 여부를 조사할 생각일 것이다. 내 입장으로써도 조사를 거치는 편이 고마울 따름이다. 모험가 길드의 보증이 딸려 있다면 상대편도 불만이 없을 것이다.

나는 접수 카운터로 돌아갔다. 아저씨는 진지한 표정으로 루비 아이의 눈동자를 감정했다.

"……이건 틀림없이 진품이야. 뿐만 아니라 상처 하나 나지 않았어. 급소인 복부를 일격에 꿰뚫어서 숨통을 끊은 모양이군. ……훌륭한 솜씨야."

아저씨가 긴장한 표정으로 결과를 알렸다.

"그럼, 라이도우 님께 의뢰를 맡겨도 문제는 없는 건가요?"

누님, 나이스 어시스트 감사합니다!

"으음, 이렇게 실물이 있는 이상 괜찮을 거야. S랭크에서 특수랭크로 이행시켜서 그에게 의뢰를 맡기도록 합시다. 그럼 렘브란트 씨에게 사정을 설명하는 편지를 준비할 테니, 잠시만 기다려 주시게."

오호, 그런 방법을 사용하면 규칙을 어기지 않고 임무를 인수할 수 있다는 건가요?

[아닙니다. 제 발로 직접 렘브란트 상회를 방문해서 직접 상황을 설명할 테니, 편지는 필요 없습니다. 렘브란트 상회의 장소를 알 수 있는 지도를 부탁드려도 될까요?]

아저씨의 제안은 고맙지만 일단은 사양해야 하는 안건이다. 시간도 아까우니까 말이지.

"……그렇습니까? 그렇다면 지도와 수령 확인서를 드리겠습니다. 이봐 자네, 준비를 해 드리게."

아저씨가 누님을 재촉했다.

"예. ……그럼 라이도우 님? 렘브란트 상회까지의 지도와 수령 확인서입니다. 의뢰품을 상대편에게 넘기고 사인을 받으시면, 확인서를 길드에 제출해 주십시오. 그걸로 의뢰는 완료로 취급됩니다. 해당 임무는 특수 랭크이기 때문에, 의뢰를 완료하시는 시점에 라이도우 님은 D랭크로 승격됩니다."

"라이도우 씨, 이 소재는 토아 님으로부터 양도받았다고 하셨는데……."

곧바로 렘브란트 상회로 향하려는 참에 아저씨가 말을 걸어왔다.

[예, 그렇습니다.]

"틀림없이 그녀들은, 소지하고 있던 대량의 소재들을 이 도시에서 매각했소. 아마 상당한 실력자들일 테지. 하지만 그 중에서도 특히 가치가 높은 이 아이템을 어째서 당신에게 양도한 거지요?"

[글쎄요, 거기까지는 모르겠군요. ……제가 이동용 마차를 제공

했기 때문일까요? 자세한 사정은 잘 모르겠습니다.]

"으음……."

[그럼 실례하겠습니다.]

나는 고민하는 아저씨를 내버려두고 이야기를 중단시켰다.

건물 밖으로 나와 지도를 확인해 보니, 모험가 길드와 렘브란트 상회는 꽤 가까운 거리였다. 사람들이 많이 다니는 커다란 길을 몇 개만 통과하면 된다. 이 정도 거리라면 도중에 습격을 받을 걱정도 없었다.

해는 중천에 걸려 있었다.

햇빛은 아직 강하게 내리쬐고 있었다.

……그럼 출발해볼까?

◇◆◇◆◇

지도에 표시된 장소에는 커다란 점포가 있었다. 가게에 진열된 상품들은 무기와 방어구, 각종 잡화가 메인이었다. 통로를 사이에 두고 전반적인 일상 용품도 취급하고 있는 것 같다.

나름대로 규모가 큰 상회인 것 같고 친분을 쌓을 수만 있다면 이보다 더 기쁜 일은 없을 것이다.

"이 방에서 기다려 주십시오. 주인을 불러 오겠습니다."

점원에게 용무를 전달하자 곧바로 2층으로 들어갈 수 있었다.

나를 응접실에 안내하고 그런 말을 남긴 뒤 다시 방에서 나간 것은 장년의 집사였다. 쭉 뻗은 큰 키에 올백 머리와 수염을 기른 사내였다. 외모만 보자면 집사 이외의 직업에 종사하고 있는 모습을 상상할 수가 없었다.

집사 양반은 성실한 성격으로 보였지만 이런 상회를 이끄는 우두머리라고 하면 왠지 특수한 성격일 것 같은 느낌이 든단 말이지.

엄청난 구두쇠이거나 수단과 방법을 가리지 않을 정도로 속이 시꺼먼 인종일 수도 있다. 아니면 부모의 재산을 그대로 물려받은 도련님일수도?

평범한 사람이었으면 좋겠다. 그럴 가능성은 대단히 낮다고 생각하지만 말이야.

"많이 기다리셨지요? 의뢰를 인수해주셨다고 들었는데, 정말 죄송합니다."

응접실로 들어온 건 두 사람이었다.

한 사람은 아까 나를 안내했던 집사였다. 그는 말이 없었다.

그리고 또 한 사람이 말을 걸어온 장본인이다. 그가 바로 이 상회의 주인일 것이다.

튼튼한 체격의 거한으로 몸에 붙은 근육도 건장하다. 그다지 상인처럼 보이지 않는다. 짙은 녹색의 머리카락을 기르고 있었고 근사한 카이저수염이 인상적이었다.

이런 외모에다가 태도가 부드러우니 그것이 오히려 불안감을 불러일으켰다.

나는 문이 열리는 소리에 반응한 후 몸을 일으켜 손을 뻗어온 그에게 응하면서 악수를 나눴다.

[처음 뵙겠습니다. 저는 라이도우라고 합니다.]

그는 말풍선을 보고 조금 놀란 모양이다. 하지만 혐오감은 느껴지지 않았다.

"렘브란트입니다. 라이도우 님이라고 하셨나요? 실례합니다만 들어본 적이 없는 성함이군요. 언제부터 이곳에 머물고 계신지요?"

[어제부터입니다. 세계의 끝에 펼쳐진 황야로부터 세 개의 베이스를 경유해서 이 도시에 도착했습니다.]

오오, 집사와 렘브란트 씨가 감탄하는 목소리를 냈다.

"그러셨군요. S랭크 의뢰를 수행할 수 있을 만한 모험가 분들의 성함은 대부분 기억하고 있었습니다만 기억에 없는 성함이라 조금 경계하고 있었습니다. 거듭 사과드립니다."

처음 듣는 이름이면 어쩔 수 없지. 혹시 나를 응접실에서 기다리게 한 건 그동안 신분 조회라도 하고 있던 건가?

렘브란트 씨는 나에게 의자에 앉으라고 권유했다. 자리에 앉아서 대화를 계속했다.

[아닙니다. 신경 쓰실 필요는 없습니다. 하나 말씀드릴 일은, 이 의뢰가 S랭크에서 특수 랭크로 이행되었다는 사실입니다. 그 점은 납득해주시길 바랍니다.]

"호오, 특수 랭크로 말입니까. 그건 물론 상관없습니다. 그런데 라이도우 님, 보수는 선불로 드릴 생각입니다만 기일은 어느 정도를 고려하고 계신지요?"

렘브란트 씨의 눈빛이 예리해졌다. 말투 하나하나에서 기백이나 위압감이 느껴지는 사람이었다. 상회를 경영하고 있는 만큼 역시 온갖 수라장을 경험했을 것 같군.

하지만 기일이라고? ……아, 그렇구나. 이런 종류의 의뢰는 수집해오겠습니다~ 라고 말한 다음에 출발해서 가지고 돌아오면 끝난다는 방식인 모양이다.

나는 그 질문에 대답하기 전에, 그에게 전달해야 하는 사항이 있었다.

[말을 중간에 끊게 되어 죄송합니다만 또 한 가지 납득을 부탁드려야 하는 사항이 있습니다.]

"……말씀하시지요."

갑자기 또 다른 이야기를 꺼내는 바람에 의심을 품은 것 같았다. 하지만 상대를 속이는 방식은 내 성격에 맞지 않아서, 말할 수 있는 범위에 한해 스스로에 대한 설명은 반드시 해야겠다는 마음을 먹고 이 자리에 온 것이다.

[저는 E랭크에 레벨도 1입니다. 뿐만 아니라, 바로 오늘 모험가 길드에 등록했고 이 임무가 첫 의뢰입니다. 그 점을 이해하여주십시오.]

나는 거기까지 설명하고 길드 카드를 보였다. 역시 모험가 길드에서 상황을 설명하는 편지를 써달라고 할 걸 그랬나? 뭐, 여기까지 왔으니 별 상관은 없었다.

아니나 다를까, 렘브란트 씨는 눈을 크게 뜨고 놀라고 있었다. 그리고 씁쓸한 표정을 짓더니 길드 카드를 돌려주면서 입을 열었다.

"미안하지만 자네와 나눌 이야기는 더 이상 없는 것 같군. 자네는 루비 아이에 대해 좀 더 조사를 한 후에 의뢰를 받아야 했었네."

이 반응은 뭐, 상식적으로 생각하면 당연한 반응이었다.

하지만 나는 이 렘브란트 씨의 반응을 보고 상당히 호감이 가는 인물이라는 인상을 받았다.

나이는 30대 후반에서 40대 전반 정도로 보인다.

태도는 부드럽지만 어설픈 인간은 아닌 것 같다. 부모가 구축한 지위를 그저 물려받기만 한 도련님이라는 인상도 없었다. 외모에 어울리는 능력을 갖춘 실력자라고 판단해도 괜찮을 듯하다. 인연을 맺고 내 후원자로 만들기 위해 지금부터 은혜를 베풀 것이다. 어찌됐건 그는 인맥을 쌓기에 가장 적합한 인물이라고 생각한다. 사업상의 파트너로서 손색이 없었다. 가능하다면 이 사람으로부터 장사에 대해 가르침을 받고 싶다.

나는 돌려받은 카드를 집어넣고 자리에서 일어나려는 그를 손으로 제지했다.

"또 할 말이 있나?"

그는 냉혹한 눈빛으로 나를 노려봤다.

[저는 모험가 길드에 등록했습니다만 사실은 상인 길드에도 등록할 생각입니다. 그리고 언젠가 상회를 만들어 상인으로서 살아가려고 생각하고 있지요.]

"……자네는 모든 면에서 실수를 저질렀네. 우선 상인 길드에 가입할 생각이라면 제대로 공부를 한 후 시험에 대비하게. 그리고 이 도시에서 상인으로 살아가려면 나를 불쾌하게 만들지 않는 편이 좋을 걸세. 마지막으로, 모험가 생활을 통해 얻은 물자를 상인 자격으로 팔고 싶다는 지극히 안이한 사고방식이 그대로 통할 거라고 생각하는 건 아니겠지? 장사라는 것은, 그 정도로 만만한 직업이 아니야."

응? 시험이라고? 그런 게 필요하다는 소리는 처음 듣는다. 나중에 상인 길드로 가서 확인할 필요가 있겠군. ……아니, 이건 나중에 해결할 일이지.

[—이야기는 마지막까지 들어주십시오. 저는 상인으로써 해나가기 위해서는, 렘브란트 씨와 양호한 관계를 구축하는 일이야말로 대단히 유익할 것이라고 생각하고 있습니다. 결코 당신을 불쾌하게 만들기 위해 이곳을 찾은 것이 아닙니다. 그리고 모험가 길드가 명확하게 역량이 부족한 인간에게 의뢰를 맡길 거라고 생각하십니까? 아까 넘겨 드렸던 건 길드의 서한이 틀림없었을 겁니다.]

"……."

렘브란드 씨는 잠자코 듣고 있었다. 나는 말을 이어나갔다.

[제가 자신의 랭크에 대해 말씀드린 이유는, 그것을 나중에 알게 되셨을 경우에 당신이 불쾌한 감정을 느낄지도 모른다고 생각했기 때문입니다.]

길드의 서한은 루비 아이의 눈동자를 넘겨주는 의뢰를 내가 맡게 되었다는 간단한 내용이었다. 하지만 그것이야말로 내가 의뢰를 인수했다는 증명이기도 하다.

렘브란트 씨는 기분이 좋아 보이지는 않았지만 그래도 다시 한 번 자리로 돌아와 주었다.

"지금 알아도 불쾌한 감정은 변함없다만."

그는 날이 선 말투로 내뱉었다. 하지만 아까까지 보여줬던 혐오의 감정은 사라졌다.

[아닙니다. 지금 설명을 해드렸으니, 의뢰를 완료한 후에는 양호한 관계를 맺을 수 있을 거라고 생각합니다.]

"자네는 자신의 힘으로 루비 아이를 쓰러뜨리고 그 눈동자를 가지고 올 수 있다는 말인가? 의뢰를 완수할 능력이 있었다고 한다면, 나는 정중하게 스스로의 신분을 밝힌 자네에게 호감이 가는군. 설령 자네 스스로가 지닌 전투력이 낮다고 하더라도, 루비 아이를 쓰러뜨릴 수 있을 정도의 실력자와 연줄이 닿는다면 앞으로도 친밀한 관계를 유지하고 싶다고 생각할 걸세. 모험가 길드의 방침이 어떤지는 모르겠지만 의뢰를 제대로 완수만 해준다면 의뢰자의 입장에서는 그 모험가가 어떤 모험가가 됐건 간에 문제는 없으니 말이야."

좋았어, 그럭저럭 얘기가 정리되고 있었다.

그건 그렇고…… 렘브란트 씨는 모험가에게 좋은 인상을 가지고 있지 않은 것 같다. 신변 조사도 하고 있었고, 예전에 모험가 때문에 혼이 나기라도 한 걸까?

아니면 오랫동안 의뢰가 완수되지 않아서 불만이 쌓인 건가?

하지만 실제로 그가 모험가들과 불화를 안고 있었다고 해도, 지금 내가 그런 사항까지 헤아리는 건 무리일 것이다. 당장 의뢰에 관한 설명을 끝내는 게 우선이다.

"라이도우 님, 당신은 어떻게 저희 주인의 의뢰를 수행하실 생각입니까?"

집사가 실눈으로 나를 지긋이 바라보면서 질문해왔다. 이 사람은 모험가 출신일지도 모르겠군. 동작에 군더더기가 없고 눈빛도 강렬하다.

[그건, 지금부터 보여드리겠습니다.]

"보인다고? 그건 대체……!"

나는 렘브란트 씨의 말이 끝나기 전에 붉은 덩어리를 탁자 위에 내려놓았다.

[기일은 생각하실 필요가 없습니다. 왜냐하면 이미 소유하고 있기 때문입니다. 확인해보시죠.]

두 사람은 황급히 얇은 장갑을 착용하고, 침착하게 그 눈동자를 확인했다. 어라? 맨손으로 만지면 안 되는 거야? 만약 그렇다면 경솔한 행동이었군. 앞으로 상품을 만질 때는 장갑을 끼고 다뤄야겠다.

그들은 눈동자의 진위에다가 품질까지 확인하고 있는 걸까? 진품 여부는 문제없었다. 모험가 길드에서 OK를 받고 오는 길이니까.

"……놀랍군. 이건 진품이야. 뿐만 아니라 아직도 어느 정도 탄력이 남아있어. 채취하고 시간이 많이 지나지 않은 모양이야."

렘브란트 씨는 직접 감정을 할 수 있는 능력을 지니고 있는 듯하다. 역시 커다란 상회의 경영자라는 건가?

[시간이 지나지 않아서 무슨 문제라도?]

"아니, 오히려 귀중한 경우일세. 그만큼 가공하기 쉬워지니까."

그는 신중한 손길로 그것을 집사에게 넘겼다. 집사는 광택을 갖춘 천으로 눈동자를 감싼 채 탁자 위에 내려놓았다.

"……내가 그만 실례를 저질렀네. 귀중한 물품이다 보니, 우리도 조금 긴장할 수밖에 없어서 말이야. 자네의 성의를 의심한 것을 용서해주길 바라네."

렘브란트 씨는 자리에서 몸을 일으켜 머리를 숙였다. 그의 등 뒤에서 대기하고 있던 집사도 그를 따라 머리를 숙였다.

나는 두 사람이 얼굴을 들어 올린 타이밍에 맞춰서 말풍선에 글자를 표시시켰다.

[아닙니다, 두 분은 당연한 대응을 하신 겁니다. 신경 쓰지 마세요. 혹시 괜찮으시다면 눈동자의 용도를 여쭤 봐도 될까요? 지인에게서 이 아이템은 도구 등에 특수 효과를 부여할 수 있었다고 들었습니다만.]

사실 당연하지는 않을지도 모른다. 아무리 귀중품이라고 해도 모험가 길드에서 정식 의뢰서를 가지고 온 상대를 너무 의심한다는 느낌을 받았기 때문이다. 그저 지금 쓸데없이 따지고 들어갈 필요가 없을 뿐이었다.

"귀중한 물품을 양도해주는 이상, 이용 목적에 대해 궁금증을 가지는 것은 당연하네. 지금까지의 무례를 사과하는 의미에서 말씀드리지. 이봐, 부탁하네."

렘브란트 씨는 다시금 의자에 등을 맡겼다.

"……저희들은 지금 어느 특수한 치료약의 생성에 사용하기 위해, 루비 아이의 눈동자를 수집하고 있습니다. 그 원료로 루비 아이의 눈동자가 반드시 필요한 상황입니다."

집사가 내 의문에 대답해주었다.

병을 치료하는 약이라고? 그다지 많이 유통되지 않는 귀중품이라고 들었는데, 도구에 특수 효과를 부여할 뿐만 아니라 병을 치료하는 용도로 이용할 수도 있다는 건가?

루비 아이의 눈동자가 귀중품으로 거액에 거래되는 것도 납득이 갈 만하다.

[이 눈동자를 약의 재료로 사용할 수도 있었다고요? 그건 처음 듣는 얘기군요.]

"……일반적인 병에도 효과가 있는 만능약 가운데 하나이기도 하지만—."

렘브란트 씨는 완전히 기분이 풀렸는지 진지한 얼굴로 내 의문에 대답하고 있었다.

응? 일반적인 병이라고? 무슨 뜻이지?

[일반적인 병과는 다른 병이 있다는 말씀인가요? 저는 먼 지방 출신이라서 이 부근의 상식에 어두운 편이라…….]

집사가 입을 열었다.

"아닙니다, 평범하게 생활하는데 있어서 인연은 없을 겁니다. 저희들이 이 약을 필요로 하는 이유는 치료가 필요한 이들이 저주병이라는 특수한 병에 시달리고 있기 때문입니다."

[**저주병**?]

"예, 주술사가 의식을 통해서 발병시키는 병을 말합니다. 이 병에 걸리게 되면, 마법약을 사용하거나 술사가 직접 해제하는 방법 이외에 치료할 수단이 없습니다. 저주병 중에는, 술법을 사용한 술사조차 치료나 해제가 불가능한 경우와, 일단 발동하기 시작하면 무슨 방법을 써도 진행을 멈출 수 없는 경우까지 있습니다."

……정말 성가신 병이군.

마법약이 비싸질 수밖에 없는 이유를 대충 알 것 같다. 주술사도 이 술법을 사용할 때는 여러 가지 재료나 촉매를 준비할 필요가 있겠지만 당하는 쪽 입장에서는 장난이 아니겠군.

"그 중에서도, 마님과 두 분 아가씨가 발병하신 종류는 레벨 8의 저주병입니다. 일시적으로 증상을 완화시키는 정도라면 고가의 마법약으로 충당할 수 있습니다만 이 정도 레벨의 저주병을 완치시키기 위해서는 루비 아이의 눈동자로 생성할 수 있는, 암브로시아라고 불리는 특별한 마법약이 필요합니다."

집사가 침통한 표정으로 중얼거렸다.

그렇군. 렘브란트 씨의 가족이 그 저주병에 걸린 거야. 사업상 경쟁자의 소행인 걸까?

"술사 본인을 생포한 결과, 저주병의 레벨까지 알아낼 수 있었습니다. 그래서 길드에 눈동자를 수집해달라고 의뢰했습니다만 3개월 동안 하나밖에 모이지 않았습니다. 뿐만 아니라 사기꾼이나 다름없는 이들이 몇 사람이나 나타나더군요. 정말 손을 쓸 수 없는 상황이었습니다."

[그 술사는 지금 어떤 상황이죠?]

렘브란트 씨가 내 질문에 대답했다.

"증상을 경감시키는 수단 등을 실토하게 하고 싶었지만 자신이 작성한 주술식은 완벽하다고 호언장담하더군. 마지막까지 레벨 이외의 사항에 대해선 입을 열지 않았네."

마지막까지? 말인즉슨, 주술사는 이미 이 세상 사람이 아니라는 건가. 심각한 사태군.

[그렇다면 증상을 마법약으로 억제하면서 눈동자를 모으고 계셨던 거군요. 하지만 대체 왜 주술사의 표적이 되신 거지요?]

렘브란트 씨는 고개를 가로저을 뿐이었다. 두 사람의 분위기를 보고 있으면 레벨 8이라는 건 상당히 상위에 해당되는 것 같다. 커다란 상회를 경영하고 있으면 원한 한 두 개 정도는 살 만하겠지. 그쪽 방면이 원인인가?

"……상회의 규모가 커지면 말일세, 결국은 남들의 원한을 살 수밖에 없었다네. 아무리 능숙하게 사업을 키워왔어도 어쩔 수 없는 일이지. 나의 파멸을 바라는 경쟁자들은 셀 수도 없어서, 결국 누구의 소행인지는 알아낼 수 없었네. 최근에도 자택 부근을 들쑤시고 다니는 패거리가 있어서 생포한 후 심문했지만 그들은 감시 의뢰를 받았을 뿐인, 아무 것도 모르는 모험가에 지나지 않았어. 그런 자들은 주술사 사건 이전에도 얼마든지 있었고, 의뢰인도 모험가들마다 다 다르더군. 정말 손쓸 방법이 없다고 할 수 있네."

"하지만! 마님이나 아가씨를 노리다니 비열한 것도 정도가 있습니다!"

집사의 말투가 거칠어졌다. 렘브란트 씨는 그를 타이르듯이 말을 계속했다.

"내 주변은 철저하게 경호를 강화시키고 있었으니 수작을 부리기는 어렵다고 판단한 거겠지. 이번 일의 원인은 결국, 아내나 딸에게 손을 쓰지 못했던 내 얕은 생각으로 인한 것이네."

렘브란트 씨는 그렇게 말하고 고개를 숙였다. 어떻게 해줄 말이 없었다.

나는 3개월 동안이나 가족들이 고통에 시달리는 모습을 그저 지켜볼 수밖에 없었던 그의 고통을 상상도 할 수 없었다. 거기다 이 모든 일들을 꾸민 원수가 어딘가에 숨어있다고 한다면 스스로를 제어할 자신이 없었다.

렘브란트 씨는 적어도 표면상으로는 냉정을 유지하기 위해 노력하고 있는 만큼, 훌륭한 인물이라는 생각이 들었다.

답답한 분위기가 응접실을 지배했다.

그저 렘브란트 씨가 고통스러워하는 모습 그 자체를 바라는 녀석이 어딘가에 잠복해 있다는 건가? 치료하고 싶다면 뭘 어떻게 하라는 요구도 없이 갑자기 죽음에 이르는 병을 선물한 것이다. 상대는 매우 잔인한 인간인 것 같다.

"아내와 두 딸은, 최근 들어 죽음을 바라는 말까지 입에 담기 시작했네. 정말로 절망밖에 없었지……. 하지만 이제 겨우, 한걸음 정도는 나아갈 수 있을 것 같네."

렘브란트 씨는 얼굴을 들고 나에게 미소를 지었다. 그 모습은 이 사람이 정말로 기나긴 어둠을 걸어왔다는 사실을 보여주고 있었다.

기분 탓인지 카이저수염도 기운을 차린 것처럼 보이는군.

죽음을 바란다고? 만약 내 누이들이나 부모님이 그런 상태에 처하게 되면……. ……! 안 돼, 무리야! 생각은 그만두자!

[한걸음이라고요?]

"약 1인분을 제작하기 위해서는 눈동자가 두 개 필요하다네. 눈동자를 제외한 나머지 재료는 이미 3인분을 확보해 놓았으니, 이걸로 일단 한 사람을 고칠 수 있다는 의미지."

다른 재료는 전부 조달이 끝난 상태라는 건가. 그리고 마지막으로 필요한 것이 초 레어 소재라.

틀림없이, 이건 커다란 한 발자국이라고 할 수 있을 것이다. 지금까지 겨우 연명해올 수밖에 없었던 몸으로써는 말이지.

[그거 다행이군요. 그런데 그 암브로시아를 정제하는 작업은 문제가 없나요?]

"예. 이 츠이게에는 나름대로 레벨이 높은 모험가들이 모여 있으니까요. 저희들이 제작법과 재료만 준비해 놓으면, 술법을 사용할 연금술사의 레벨은 80 정도면 충분합니다."

렘브란트 씨가 아니라 집사가 내 의문에 대답했다.

호오, 귀중한 약인데 의외로 필요한 인재는 저렴한 편이네.

[제작법과 재료를 모으는 작업이 곤란한 거군요.]

"그렇습니다. 이번 경우엔, 암브로시아의 제작법도 습득할 수 있으니 평소 같으면 연금술사로부터 돈을 받고 참가시켜줄 정도의 조건입니다. 하지만 사정이 사정인 만큼, 일반적인 의뢰로 길드에 부탁드릴 생각입니다만."

집사의 말을 액면 그대로 받아들인다면, 약의 제작법 그 자체가 가치 있는 지식으로 거래되는 것 같군. 확실히 전문가라면 한 번 만들어보기만 해도 방식을 터득할 것이다.

만능약 가운데 하나로 꼽히는 암브로시아의 제작법이라고 하면 알고 싶어 하는 사람은 많을 것으로 예상된다.

그렇다면 토아와 함께 행동하고 있는 연금술사 청년에게 이야기를 가져가볼까? 아니면 미오나 아르케……. 아니, 이번엔 연금술사 청년에게 부탁하도록 하자. 미오의 능력은 미지수인 부분이 많고 또 무슨 실수를 저지를 지도 몰라. 아르케들은 아직 인간으로 변신할 수 없었다.

이왕 이렇게 된 거, 나도 마법약 제작에 동참하고 싶은 참이다. 내가 두 눈으로 보기만 해도 나중에 토모에가 기록해주니까.

……좋았어, 렘브란트 씨에게 부탁해보자.

[그런데, 저도 마법약 제작에 참가해도 될까요? 방해되지 않도록 하겠습니다.]

"흠, 그건……."

렘브란트 씨는 귀중한 약의 제작법이 쓸데없이 퍼져나가는 것을 경계하고 있는 건지, 잠시 생각에 잠겼다.

하지만 이 부탁을 거절할 수는 없을 걸? 왜냐하면 나는 비장의 카드를 두 장이나 가지고 있거든.

[제 지인 중에, 레벨 114의 알케미 마이스터가 있습니다. 그에게 제작을 부탁하면 길드에 의뢰할 수고와 시간을 절약할 수 있을 겁니다.]

"오오!"

렘브란트 씨가 감탄의 목소리를 냈다.

걱정할 필요는 전혀 없었던 것 같군.

[그리고—.]

나는 그렇게 말하고 주머니에서 추가로 다섯 개의 붉은 덩어리를 꺼내어 탁자 위에 올려놓았다. 이미 한 개를 입수했다고 들었지만 달성률이 너무나 낮은 나머지 의뢰서에 적힌 숫자를 수정하는 작업을 잊었던 것 같군.

응접실 안이 쥐 죽은 듯 조용해졌다. 두 사람은 눈이 휘둥그레졌다. 나는 빙긋 미소를 지었다. 재수 없을 정도로 우쭐대고 싶다.

아니, 사실 지금 우쭐대지 않으면 언제 우쭐댈 건데? 바로 지금이잖아! 그런 생각까지 들 정도로 절호의 타이밍이다.

[눈동자는 의뢰서에 적혀 있던 대로, 정확히 여섯 개를 가지고 왔습니다. 이걸로 의뢰는 완료된 거지요?]

그 순간—.

다 큰 어른 두 사람이 서로 얼싸안고 큰 소리로 엉엉 울기 시작했다.

그 모습은 많은 고용인들이 사전에 양해도 구하지 않고 응접실 문을 열고 날아 들어올 정도로 이상한 광경이었다. 렘브란트 씨와 집사의 모습을 보고 사정을 헤아린 이들은 그 자리에서 쓰러져 울기도 하고 가까이 있던 이와 서로 껴안기도 했다.

나는 현장의 분위기가 가라앉기를 기다리다가 렘브란트 씨의 수령 사인을 받을 수 있었다.

나는 내일 연금술사를 데리고 오겠다는 뜻을 그에게 알리고 상회를 뒤로 했다. 점포에서 나오면서 렘브란트 씨를 필두로 상회에서 근무하고 있던 전원으로부터 성대한 배웅을 받았다.

당연히 엄청나게 눈에 띄었다.

나는 왠지 모르게 몸을 웅크리고 다음 목적지인 상인 길드로 향했다.

하늘이 희미하게 붉은빛을 띠고 있었다.

이제 슬슬 저녁이 다가오고 있었다. 하지만 나의 하루는 아직 끝나지 않았다.

3

상인 길드에 드디어 도착했습니다!

어딘가에 점포를 개장하건 보따리 장사 스타일로 시장 바닥에 참가하건, 상인 길드에 가입해서 길드 카드를 발행받는 것은 반드시 필요한 사전 준비 과정이다. 무허가 암상인은 말하자면 일종의 범죄자라고 할 수 있었다.

저는 기합을 단단히 차리고 이곳에 당도했습니다만—.

길드 가입에 시험이 필요하다는 사실조차 방금 전에 알았습니다. 그야말로 무식하네요!

제발 부탁이니 시험이 1년에 한 번밖에 없다는 소리는 듣고 싶지 않다. 수시 모집이었으면 좋겠습니다. 이건 진심이라고요.

따릉, 따르릉~.

내가 문을 열자 약간 옛날 느낌의 다방을 연상시키는 소리가 울렸다.

실내는 그렇게 넓지 않았다. 조금 큰 규모의 편의점 정도였다.

도시의 규모를 생각하면 조촐하다는 느낌이 들었다.

접수 카운터와 그 코앞에 가로로 긴 로비 체어가 몇 개 정도 배치되어 있을 뿐이다.

내부 구조는 지방 도시의 그다지 크지 않은 은행과 같은 느낌이다.

정면 카운터에는 미인 누님이 업무를 보고 있었고, 20대 후반 정도로 보이는 차분한 어른의 매력이 느껴지는 여성이었다.

나는 카운터로 다가가 누님과 대면했다. 그녀는 가볍게 고개를 숙여 인사한 후 미소를 지으며 응대했다.

"어서 오세요, 오늘은 무슨 용건으로 찾아오셨나요?"

그녀는 나의 기묘한 차림새를 보고 입가와 눈썹을 조금 떨고 있었다. 그럼에도 불구하고 영업용 미소를 유지하다니, 이 사람은 꽤 유능한 편인 것 같다. ……내가 생각해도 참 울고 싶은 상황이다.

그녀의 프로 정신은 렘브란트 상회의 집사에 버금가는 레벨이었다. 애초에 그 사람은 얼굴색 하나 변하지 않았으니 비교하기가 좀 미안할지도 모르겠다.

나도 가볍게 인사를 한 후 [읽으실 수 있나요?]라고 눈앞의 공간에 말풍선을 만들어 글자를 적어 보였다. 누님은 그 모습을 보고 잠시 흠칫한 표정을 지었지만 곧바로 미소를 지으면서 괜찮다고 대답했다.

[죄송합니다, 상인 길드에 가입을 생각하고 있습니다만—.]

"가입, 인가요?"

누님은 의아하다는 듯 고개를 끄덕이며 기울였다.

흐에~ 대단히 요염한 포즈다.

정말 이 세계는 모든 사람들이 용모가 너무 단정하다고—.

그러고 보니 츠이게에 도착한 후로 대단히 소수파이기는 해도 나와 비슷한 외모의 사람들도 가끔 있었다.

……수인족이었지만 말이야. 두더지와 너구리 종족이더군.
"……제가 보기엔 마술사님으로 보입니다만."
[아닙니다, 모험가입니다.]
모험가라는 건 편리한 단어 같다. 백수나 다름없다는 느낌도 드는데 왠지 더 대단한 사람이라는 식으로 들린다.
"모험가……라고 하신다면, 다른 상인의 소개서 같은 것도 없이 완전한 신규로 저희 길드에 가입하실 생각인가요?"
[예, 흔치 않은 교역 품목을 발견해서요. 가능하다면 직접 장사를 해보고 싶어서 이곳을 찾은 겁니다.]
누님은 잠시 생각에 잠겼다. 완전한 신규 가입을 할 경우에 무슨 문제라도 있는 걸까?
"그런 사정이시라면, 교역 루트를 저희 길드에 매각하시는 형식으로도 접수하고 있습니다만."
교역 루트를 가르쳐주고 돈을 받을 수도 있는 모양이다. 특수한 세계인 것 같다. 아니면 내가 아는 게 없을 뿐인가?
이 세계에서는 평범한 경우인 것 같았고, 그녀의 분위기를 봐도 특별한 제안을 한 것 같진 않았다. 하지만 내 목적은 상인의 자격을 얻는 것이므로 지금은 확실하게 가입하고 싶다는 의사를 전달하자.
나는 교역 루트의 매매라는 방법에도 조금 흥미가 생겼지만 이번엔 그냥 넘기기로 했다.
[아니요, 어디까지나 장사를 시작하려고 생각하고 있습니다.]
"하지만 그런 가면으로 맨 얼굴을 숨기고 계실 뿐만 아니라 공통

어를 구사한 의사소통도 무리라고 하신다면 시험이나 기타 조건에 합격하신다고 해도 신용을 생명으로 삼는 상업의 세계에서 해 나가시기에는…….”

…….

특별한 문제가 있었다기보다는 내 꼴을 보고 앞날을 걱정해주고 있던 건가? 꽤, 아니 상당히 선량한 누님인 것 같네.

[걱정해주셔서 감사합니다. 하지만 일행이 두 사람 정도 있다 보니, 최악의 경우엔 저는 매장에 얼굴을 내밀지 않으면서 사업을 경영하는 방식도 고려하고 있습니다. 그보다 시험이나 기타 조건에 대해서 가르쳐주실 수 있나요?]

“일행 분이 계시다고요……? 그랬군요. 실례했습니다.”

그리고 누님은 시험이나 기타 조건, 덤으로 기존의 시험 과정에서 일어났던 각종 비화에 이르기까지 자세히 설명해주었다.

아무래도 상인 길드의 가입 시험은 일반적으로 수험 시즌이 있는 것 같다. 여러 개의 커다란 상회에 소속된 직원들이 한꺼번에 시험을 보러 온다고 한다. 시험을 처음 보는 수험자의 경우 그 시즌에 맞춰서 수험하는 케이스가 많다고 한다. 그래도 시험 자체는 수시로 접수하는 형식을 취하고 있으며, 시즌이 아닌 시기에도 수험자가 혼자서 시험을 보는 경우도 자주 있다고 했다.

시험은 2단계로 이루어져 있었고 필기와 자재 조달로 구성된다. 필기를 통해 상인으로써의 기본적인 지식을 확인하고 조달을 통해 실기 부문의 실력을 가늠한다고 했다.

필기시험에 관해서는 길드에서 발매한 교본을 구입하여 사전에 공부를 하고 임할 수 있었다.

필기시험 통과 후에 실시되는 자재 조달은 여러 종류의 자재를 수집해서 제출하는 형식이었다. 이 자재 조달 시험의 경우, 입수 수단이라는 측면에서 수험자에게 상당한 자유를 부여했다. 한 마디로 말해서 자금력을 지니고 있는 수험자라면 대단히 간단하게 통과할 수 있었다. 길드에 폐를 끼칠 가능성이 있는 불법적인 수단이라도 동원하지 않는 이상, 무슨 방법을 써도 문제는 없었다. 다만 개중에는 쓸데없이 난이도가 높은 과제도 존재하며 소위 「꽝」이라고 불린다고 한다. 만약 꽝을 뽑게 되면 속절없이 불합격되는 경우가 대부분이라고 했다.

그 외의 기타 조건은 수험료, 위탁금, 연간 길드 회비 등에 대한 사항이다. 말하자면 돈을 얼마나 가지고 있는지가 중요하다. 역시 상업에 종사하는 이를 뽑는 과정이다 보니, 일정한 경제력을 증명하지 못 하면 길드는 가입을 인정하지 않는다고 했다.

시험은 여러 번 수험할 수 있지만 수험료는 매번 지불할 필요가 있었다. 그리고 한번 불합격된 이는 향후 반년 동안 시험을 볼 수 없다고 했다.

……흠, 한번 떨어진 후에 반년 동안 시험을 볼 수 없다고 하면 시험 삼아서 수험하는 건 위험한가?

어쨌든 방금 설명 받은 교본이라는 걸 확인해볼까?

[그럼, 교본을 구입할 수 있을까요?]

"아, 예. 한권에 금화 두 닢입니다."

비싸다! 한권에 20만 엔이라고?! 대체 그건 어디서 나온 학술서야?!

아니, 기다려 봐.

……이 세계의 경우, 책이라는 건 상당히 비싼 물건일지도 몰라.

렘브란트 씨의 저택에 소장되어 있던 책들도 이런 경우를 보면 상당히 비쌀 것 같군.

하지만 큰일을 위해서는 어쩔 수 없었다.

"저기, 굳이 교본을 구입하시지 않더라도 어딘가 다른 상회에서 종업원으로 일하시면서 실제 경험을 통해 공부하시는 방법도 있답니다?"

누님은 가격을 전해 듣고 부들부들 떨고 있는 내 모습을 보고 예산 부족이라고 생각한 것 같았다. 그녀는 쓴웃음을 지으면서 대안을 제시했다.

하지만 그 방법을 쓰게 될 경우, 지식을 익히려면 대체 언제까지 견습생 노릇을 해야 할지 감도 안 잡힌다고. 실제 업무의 방식을 익힐 수 있다고는 해도 지금 내 입장에서는 무리야.

뭐, 상관없지. 귀중한 물품이라는 게 확실하다면 돈을 아낄 생각은 없어. 보석 상자(주: 과일입니다)를 팔고 번 돈이 아직 많이 남아있거든.

이 정도는 아주 쉽게 지불할 수 있는 금액이니까 아까울 것도 없어. 아까 완수한 의뢰의 보수도 내일 받으러 갈 예정이니 주머니는 두둑한 편이야.

[아니요, 괜찮습니다. 금화 두 닢이라고요? 자, 여기요.]

나는 금화 두 닢을 누님에게 넘겨줬다.

누님은 조금 놀란 표정을 지으며 돈을 받아들었다. 처음으로 시험을 보는 인간이 교본을 구입하는 건 흔치 않은 일인가?

어디 보자…… 과연 얼마나 대단한 내용인지 구경해 볼까요?

좌르륵…….

좌르륵…….

좌륵…….

어라? 이건—.

좌르르르르르르륵…….

—팡.

[저기, 지금 당장 시험을 볼 수 있나요?]

"예에?!"

무심코 큰 목소리로 고함을 내지른 누님에 의해, 길드 내부가 어수선해졌다.

◇◆◇◆◇

나는 다른 방으로 이동하라는 말을 듣고 그 말대로 들어간 방에서 대기했다.

시험 전에 교본을 읽고 대충 공부해둘까?

잠시 후 시험 조교가 문제 용지를 들고 방으로 들어왔다.

나는 용지를 받아들고 문제를 확인했다.

……산수에 털 난 정도의 계산 문제와 일부의 취급 금지 항목이나 면허 제도의 품목에 대한 암기 문제가 눈에 들어왔다.

하지만 명확하게 계산에 비중을 둔 문제 구성으로 암기의 비중은 많지 않았다.

계산에 관해서는 중학교 레벨의 지식만 가지고 있으면 해결할 수 있는 수준이다.

암기 문제도 운 좋게 방금 전에 교본에서 확인한 대목이 나와 있군. 완전 식은 죽 먹기야.

나는 제한 시간을 절반 정도 남기고 용지를 시험 조교에게 제출했다.

중학교 수준의 문제를 고등학생 출신인 내가 푸는 셈이니 솔직히 말해 식은 죽 먹기였지YO.

수험자는 나 혼자였기 때문에 이 자리에서 곧바로 채점에 들어간다고 한다.

응? 시험 조교의 분위기가 이상한데?

그는 내 해답 용지를 보고 부들부들 떨면서 두 눈을 크게 뜨고 있었다.

그는 잠시 동안 침묵을 지키다가 쥐어짜내듯이 한 마디 내뱉었다.

"합격……입니다."

조교는 굳은 표정으로 툭하니 중얼거렸다.

"만점 합격이란 건 들어본 적도 없어……. 기적이야."

시험관에 따르면 만점 합격의 경우엔 위탁금을 할부로 지불할 수 있는 선택지가 주어진다고 했다. 금액은 마찬가지지만 당장의 자금 운영에 자유도를 부여하는 방식이다. 하지만 일괄 지불을 생각하고 있던 나에겐 관계없는 이야기였다. 조금 다른 특전이었으면 좋았을 뻔 했다.

하지만 이 정도 레벨의 시험에서 만점 합격을 기적이라고 떠드는 걸 보면, 아마도 이 세계에 「학교」라는 제도는 없는 것 같군. 교육이라는 제도가 존재하는지의 여부조차 의심스럽다.

일단은 제1단계를 클리어한 건가?

당장 자재 조달 시험을 응시할 수 있는지 물어보니 가능하다고 한다.

"그럼 이 상자에서 구슬을 하나 꺼내 주십시오."

시험 조교가 그렇게 말하고 상자 하나를 내밀었다. 상자의 윗부분에 마침 손을 집어넣을 수 있는 구멍이 뚫려 있었지만 안은 어두워서 잘 보이지 않았다.

나는 그의 말을 따라 구멍에 손을 집어넣어 적당히 하나를 잡아서 뽑아 들었다.

시험 조교는 내가 넘겨준 구슬에 적힌 숫자를 확인했다. 그리고 그는 구슬 대신 메모 하나를 넘겨줬다.

……어쨌든 내용을 확인해볼까? 어디 한 번…….

『라이드 크리스탈, 메이즈폴마, 일루미나타스크, 하울 팡. 이상 네 종류의 소재. 혹은 이에 상당하는 가치 이상의 품목을 3일 이내에 지참할 것. 또한, 가치 감정은 길드에서 전문 시험 조교가 실시한다.』

메모에 기재된 네 종류의 소재는 전부 처음 들어보는 명칭이었다.

내가 메모를 뚫어지게 쳐다보고 있는 모습을 보고 시험 조교가 말을 걸어왔다.

"……자네는 운이 안 좋았던 것 같군. 이 소재들을 수집하려면, 레벨 50 정도의 모험가와 친분이 있지 않고서야 달성은 불가능할 거야."

그의 말투나 표정을 보고 짐작하건데 나는 아무래도 가장 어려운 케이스에 해당하는 구슬을 뽑은 것 같았다. 아, 혹시 이게 바로 꽝 구슬인 거야?

참고로 가장 간단한 경우는「포션 병(빈 것) 1개」라고 한다.

하하하, 저에게 행운 스테이터스가 부족하다는 거야 예전부터 알고 있었죠!

일반적인 견습 상인이 스스로의 힘으로 조달하는 건 불가능하다. 이 시험을 클리어하기 위해서는 어느 정도 쓸 만한 실력을 갖춘 모험가를 고용해야만 하며 그 결과로 필요 경비가 발생한다는 건가.

……하지만 이거 말인데, **상당하는 가치 이상의 품목**을 가지고 오면 된다는 거잖아?

그렇다면 황야의 마물로부터 채집한 소재로 해결할 수 있을 듯하다. 그곳은 진입 조건으로 레벨 95는 필요한 장소라고 들었다.

방금 한 말은 취소다. 나는 재수가 좋다! 당일 합격 결정!

◇◆◇◆◇

"도오오차아악!!"

나는 기분이 고조되어 무심코 일본어를 내뱉었다.

상인 길드는 아직 조명이 들어와 있었고 사람들의 기척도 느껴졌다. 조오아써!

[안녕하세요, 라이도우입니다.]

"어머? 라이도우 씨, 조달 시험을 응시하시고 있지 않았나요?"

[예, 조달이 끝난 관계로 확인을 부탁드립니다!]

"……예에?!"

누님이 오늘 두 번째로 지른 고함 소리가 길드에 울려퍼졌다.

[그러니까, 네 가지 소재의 조달 시험을 상당하는 가치 이상의 품목으로 지참했습니다. 확인을 부탁드립니다.]

"에, 예! 잠시 기다려주세요! 조교님! 조교님~!"

내가 자재 조달 시험용으로 여러 가지 아이템을 가지고 왔다는 사실을 알리자, 누님은 곧바로 돌아서서 안쪽에서 서류를 손에 들고 있는 아저씨를 부르며 뛰어갔다. 관계자 이외 출입 금지인 방일 텐데 문이 열려 있었던 덕분에 내부의 모습이 훤히 보였다. 아무도 오지 않을 거라고 생각해서 방심하고 있었던 것 같군.

저 아저씨는 틀림없이 필기시험을 볼 때 나를 담당했던 조교였다. 「합격입니다」라고 쥐어짜내듯이 내뱉던 광경이 생생한 기억으로 남아있었다.

저 아저씨가 조달 품목의 감정까지 맡아주는 걸까?

어이쿠, 두 사람이 이쪽으로 걸어왔다.

이대로 접수 카운터에서 확인해주는 건가? 만약 그렇게 해준다면 편해서 좋군.

"라이도우 군? 자네 말인데, 과제 발표 후에 몇 시간도 채 지나지 않았다네. 적당한 소리를 지껄이다간—."

[이 품목들을 확인해보시죠.]

나는 그렇게 말하고 뚜껑을 열어 보였다. 안에는 여덟 개 정도의 소재가 들어있었다. 상인 길드의 감정 기준이 불투명한 관계로 일단 두 배로 가져와봤다. 크기가 작은 아이템이나 중복된 아이템들을 적당히 골라서 가져온 건데, 과연 감정 결과는 어떻게 될까?

"응? 으으응?"

[어떻습니까? 과제로 제시하셨던 소재에 상당하는 수준의 품목이라고 생각합니다만.]

"자네, 이걸 대체 어디에서?"

[이전, 황야를 넘어오면서 동행했던 모험가 파티에게 양도받은 소재들입니다.]

"이걸 전부 말인가? 대체 누구에게서?"

[토아 양이라는 암흑 도적이 이끌고 있는 일행입니다. 그 사람들은 이미 자신들 몫의 소재들을 매각했다고 들었습니다만…… 조사해 보실 수 있나요?]

찌릿, 아저씨가 누님에게 시선을 돌렸다.

누님은 장부처럼 보이는 두꺼운 파일을 재빠르게 읽어나갔다. 그녀는 찾고자 했던 항목을 곧바로 발견할 수 있었다.

"분명히…… 대량의 희귀 소재가 금일 아침에 교역소 및 소재 거래소에 반입된 기록이 있습니다. 이미 합성이나 특수 효과 부여를 취급하는 점포나 연구 기관으로 흘러간 것 같습니다."

"이것은, 그 희귀 소재의 일부란 말인가!"

아저씨는 머리를 감싸 안고 있었다. 아무래도 그는 내가 이 시험을 간단하게 돌파한 사실에 대해 불편한 감정을 느끼고 있는 모양이다.

[예.]

"……라이도우 군이라고 했나?"

[예.]

"축하하네. 그야말로 완벽한 합격일세."

[해냈다. 기쁘네요.]

"……왠지 그다지 기뻐보이진 않는군. 상인 시험을 사전 예약도 없이 치르고 당일에 합격한 건 자네가 최초일세. ……도대체가."

기쁘지 않은 건 아니다. 하지만 몸 전체로 기쁨을 표현한 것도 아니고, 말풍선에 표시한 글자만 보고 있으면 많이 기뻐보이진 않을지도 모르겠군.

[감사합니다.]

"내일 낮부터 길드 카드를 발행할 수 있도록 작업을 마쳐 놓겠네. 카드로 할 수 있는 일들이나 규약에 대해서는 그때 설명하도록 하지. 내일 일정은 괜찮은가?"

[문제없습니다.]

"알겠네. 그럼…… 이보게, 그의 수속을 부탁하네."

아저씨는 누님에게 작업을 맡기고 마치 몽유병 환자와 같은 모습으로 어슬렁어슬렁~ 안쪽으로 들어가 버렸다.

혹시 무슨 실수라도 저질러 버린 건가? 하지만 이미 지나가 버렸으니 별 수 없지.

"깜짝 놀랐어요! 굉장히 우수한 분이셨군요! 이렇게 간단하게 합격하시다니!"

음! 누님의 시선이 랭크업했다!

[아니요, 그저 운이 좋았던 거라고 생각합니다. 지니고 있던 지식과 가지고 있던 물자로 합격해 버린 셈이니까요.]

"후후후, 겸손한 분이시네요. 그럼 이 종이가 수속용 기입 용지입니다. 위탁금과 첫해 분의 길드 회비는 어떻게 하실 거죠?"

지금 어느 정도를 지불할 생각이냐고 묻는 거겠지?

[이 자리에서 전액 지불하겠습니다. 위탁금 금화 열 닢과 길드 회비 금화 한 닢이지요?]

나는 카운터에 금화 열한 닢을 쌓아 올렸다.

"전액 지불하신다고요? 예, 금액은 정확합니다. 정말 대체 라이도우 씨는 어떤 분이신 거죠?"

눈에 띄는 짓을 한 덕분인지 그녀는 나에게 조금 흥미를 느낀 것 같다. 이야기가 길어질 것 같은 분위기였다.

[어떤 인간이냐고 물으셔도……. 딱히 이상한 인간은 아닙니다만 필담과 이걸 제외하면 말이죠.]

나는 그렇게 말풍선에 적어 넣고 가면을 가리켰다.

"가면을 쓰고 다니시는 분은 거의 없으니까요~. ……혹시 괜찮으시다면, 이유를 여쭤 봐도 될까요?"

호기심을 숨길 생각이 없군. 하지만 이런 미인이 나에게 흥미를 가져 준다는 건 솔직히 말해서 기쁜 일이다.

[어렸을 때의 일이라 그다지 기억은 나지 않습니다만 당시에 저주에 걸린 모양이라서요. 이 가면으로 저주를 억누른 것까지는 괜찮았습니다만 그 덕분에 가면을 벗을 수 없게 되고 말았습니다.]

"저, 저주라고요?"

[예, 덕분에 공통어를 구사할 수 없게 되어 고육지책으로 생각해 낸 방법이 이 필담 같은 수단입니다. 마법을 다룰 수 있었던 게 불행 중 다행이었지요.]

"그, 그건 딱한 일이네요. 빨리 가면을 벗을 수 있게 되면 좋겠네요."

아니나 다를까, 저주를 화제로 삼으면 상대는 물러난다. 저주병 같은 뒤숭숭한 주술도 존재하는 마당에 영문을 알 수 없는 저주라는 건 기피의 대상일 수밖에 없을 것이다.

[감사합니다. 하지만 공통어 이외의 언어는 몇 가지 정도 구사할 수 있어서요, 상대에 따라서 대화가 가능한 경우도 있습니다.]

여신에게서 휴만 취급을 받지 못한 덕분에 공통어는 구사할 수 없지만 마법에 사용되는 고대어나 소환 계약에 사용되는 정령어, 엘프나 드워프를 비롯한 아인들이 독자적으로 발달시킨 언어들은 이해할 수 있기 때문에 대화가 가능하답니다.

빌어먹을 여신 녀석! 언젠가 반드시 이 웃기지도 않은 스펙을 개선시켜 주겠어!

"헤에~. 아, 그런 능력을 지니고 계시다면, 어쩌면 거래를 하실 때 굉장한 메리트로 작용할 지도 모르겠네요. 휴만들 사이에서 그다지 거래되지 않는 상품을 취급하실 수 있을지도 몰라요."

[예, 저도 이 능력을 앞으로 사업에 써먹을 생각을 하면 기대가 큽니다. 자, 기입은 이만 하면 될까요?]

나는 필요 사항을 전부 기입한 용지를 누님에게 넘겼다.

"흐음~, 예! 문제없습니다. 아름다운 공통어 글자를 쓰시네요! 저, 그래서……!"

아직도 신경 쓰이는 구석이 있는 건가? 미인 누님이 이 정도로 관심을 가져 주시는 건 기쁘지만 슬슬 돌아가고 싶다.

[그럼 오늘은 시간도 늦었으니 이만 실례하겠습니다. 내일 찾아뵙도록 하지요.]

나는 아직도 질문을 계속하는 그녀의 이야기를 겨우 가로막고 길드에서 빠져나왔다.

……길드 시험에 당일 합격이라. 상인으로서의 가능성을 증명해 주는 훈장 중 하나로 써먹을 수 있으면 좋겠군.

휴우, 바쁘게 돌아다닌 덕분에 배가 고팠다.

그러고 보니 밥을 제대로 먹지 않았다는 사실을 깨달았다.

어딘가 가게로 들어가서 저녁을 먹도록 할까? ……하지만 혼자서 밥을 먹는 건 왠지 쓸쓸하다. 일전의 회식에서 즐거웠던 기억이 아직 남아있는 것 같다.

나는 가다가 멈춰 서서 잠시 생각했다.

……좋아! 토모에와 미오를 부르자!

아공에서의 보고를 들으면서 저녁 식사를 하는 거지!

두 사람이 도착할 때까지 버틸 수 없을 것 같아서, 저녁 시간대임에도 불구하고 그다지 손님이 없는 가게로 뛰어 들어가 안쪽 자리에 앉아 과일 주스를 주문했다. 이 정도라면 식사에 별 영향을 끼치진 않을 것이다.

잠시 기다리고 있으니 주문했던 주스가 도착했다.

흠, 노란색이다. 감귤 계통의 맛일까? 겉보기엔 괜찮은 느낌이다.

어서 먹도록 하자.

나는 주스를 한 모금 마셔봤다.

……꽤 하는군. 설마 바나나 맛일 줄이야. 뿐만 아니라 너무 연해. 내 미각은 깔끔한 바나나 주스에 조금 맞지 않는다는 사실이 밝혀졌습니다. 으웩.

"들었냐? 세계의 끝 입구 근처에 있다는 숲 말이야."

"음, 소문에 따르면 한 번 들어간 사람들이 돌아오지 않는다는군. 수색 의뢰가 나붙었더라고."

"아니, 그게 아니야. 문제는 그 다음이라고. 수색을 하러 들어간 패거리가 아무도 돌아오지 않는다는군. 지금 의뢰 랭크가 껑충 뛰고 있던데?"

나는 옆 자리에서 들려온 소문 이야기에 귀를 기울였다. 입구 근처의 숲이라…… 츠이게에서 세계의 끝으로 약간 나아간 자리에 있는 그 숲인가? 우리가 통과하지 않았던 장소다.

불길한 얘기다. 도시 근처에서 행방불명자가 속출하고 있다니.

……세계의 끝에 진입하기 위해서는 C랭크 이상이 필요하며, 지금의 나는 D랭크다. 의뢰의 랭크가 올라갔다는 말은 나하고 더더욱 무관한 이야기가 되고 있다는 뜻이지. 모험가 여러분들의 입장을 생각해보면 랭크와 레벨 양쪽을 만족시키는 건 상당히 피곤한

작업일 것이다. 그렇기 때문에 부정한 수단으로 침입하는 멍청이들도 있다고 들었지만 말이야.

랭크는 몰라도, 레벨이 부족한 상태로 황야에 숨어들어서 남들을 이용해 이득을 가로채려는 패거리들은 모험가들과는 또 다른 의미로 나사가 풀린 인간들이었다. 생명의 가치를 모르는 단순한 바보 멍청이들이다. 랭크와 레벨에 대한 설정은 모험가들을 쓸데없이 죽지 않게 하려는 배려 때문에 존재하는 것으로 보이는데 말이지.

아니, 어쩌면 그들이야말로 다른 의미에서 **올바른 모험가들**일지도 모르겠다.

지금 들려온 소문에 대해 생각해보면, 의뢰의 랭크가 상승하고 있다는 건 정식으로 황야에 진입한 패거리들이 대응할 수 없는 어떤 사건이 벌어지고 있는지도 모른다. 황야 데뷔한지 얼마 지나지 않은 신입 여러분은 제발 가까이 가지 말았으면 좋겠군. 불법 침입하는 패거리는 아무래도 좋지만 말이야.

오지에서 강력한 마물이라도 튀어나와서 숲에 둥지를 튼 건가?

그러고 보니 절야 부근에서 출발하고 나서 얼마 동안은 나름대로 강해 보이는 분위기의 마물들이 많았던 것 같다. 그때까지 인카운트조차 없는 장소를 걸으면서 고독 MAX를 경험했던 나는 오히려 반가울 정도였지만. 미오 때문에 접근해오지도 않는 녀석들을 포함해 사파리 공원 같은 느낌이라 나름대로 즐거웠다. 하지만 그 정도 레벨의 마물들이 이 부근에 출몰하게 되면 아마 토아 일행 정도의 레벨이라고 해도 고전하거나 전멸할 가능성도 있을 것이다. 츠이게에 머물고 있는 모험가들의 허용 용량을 초월하는 존재들이다. 아마 사망자가 속출할 가능성이 높다.

잠시 조용히 듣고만 있던 사내가 입을 열었다.

"별 일 다 있군. ……그러고 보니, 너 그 얘기 들었냐? 아무래도 그 의뢰를 달성한 녀석이 있다는군."

"아, 그거 말이야? 라임 형님이 조달을 방해하라고 하셨지만 애초에 만날 확률 자체가 굉장히 낮다보니 그냥 내버려둬도 그 의뢰를 수행하는 건 무리였잖아? 그래서 우리하곤 무관한 일이라고 생각한 뒤 신경도 안 썼지. 또 사기꾼 아냐?"

"아니, 그 상회 녀석들도 완전히 축제 분위기라고 들었어. 길드도 협력적으로 움직였다고 해서, 오랜만에 라임 형님의 신경이 예민해지셨더라고."

"어림없는 소리. 헛소문이야. 아마 라임 형님이라도 그 정도 아이템을 입수하는 건 하늘의 별 따기일 걸? 그 상회 녀석들은 지들 사업으로 우리 영역을 침범하려고 하니까 그런 꼴을 당했다는 자각이 부족한 모양이야."

"그래. 초보자라도 도전할 수 있는 잡다한 의뢰가 있으니까 후배들도 자라나는 거잖아? 그 자식들은 그걸 모르거든. 라임 형님께서 화내시는 것도 무리는 아냐."

"딸내미가 10대로 지낼 시간을 몇 년 정도 빼앗는 건 불쌍하게 됐다만 생명에 지장이 있는 건 아니라고. 그냥 퍼 자고 있을 뿐인데 허풍도 심하지."

"틀림없구먼. 딸내미가 일어나면 우리도 축하해주자고. 술자리에서 말이야."

"너는 마실 수만 있으면 이유는 아무래도 좋은 거잖아?"

"그럼 오늘은 어디 갈 건데? 슬슬 목이 마르지 않아?"

"그렇군, 오늘은—."

라임—.

내 기억이 정확하다면, 츠이게의 톱 랭커가 라임이라는 이름이었다.

그들의 대화를 훔쳐들은 정보를 종합해보면 라임은 아무래도 어떤 조직과 은근한 대립 관계에 있는 듯하다. 모험가의 영역? 시간을 빼앗고, 일어난다고?

뭐, 나하고 딱히 관계는 없어 보였다.

라임=라떼.

맛없어 보이는 조합의 이름이지만 아까 얘기를 들어보면 주변 사람의 인망은 모으고 있는 모양이다. 톱 랭커인데다가 리더십도 있다니 큰 형님 같은 느낌이라 좋은 인상이다.

……자, 이제부터 뭘 할까? 나는 주문한 음식은 다 먹는 주의라서 거북스러운 바나나 주스를 다 마셨다. 익숙해지니 의외로 맛있는 것 같군.

렘브란트 씨의 저주병에 대한 안건과 관련해 지금 할 수 있는 일은 없었다. 실행범은 이미 죽어버렸으니 그에게 의뢰를 맡긴 진범인을 찾아내서 이 세상에 태어난 것을 조금 후회하게 만들어주고 싶은 참이지만, 렘브란트 상회가 나름대로 정보망을 구사했는데도 불구하고 잡지 못한 꼬리다. 나는 아직 이 도시의 지리조차 제대로 알지 못 하니 아무리 치트 성능을 갖추고 있어도 범인 수색 같은 건 무리야. 용사 보정 같은 거라도 있으면 이벤트 발생을 기대할 수 있겠지만 그렇게 간편하게 해결할 수는 없겠지. 다만 상대편이 렘브란트 저택을 지금도 24시간 체제로 감시하고 있다고 가정한다면 범인은 나의 존재를 알아챘을 것이다. 상대편이 나에게 무슨 수작을 걸어올 가능성도 충분하다. 내 경우엔 나름대로 주변을 경계하면서 수동적인 자세로 적의 움직임을 기다린다는 방침으로 문제없을 것이다.

만약 상대편이 나에게 직접 공격을 걸어온다면 토모에가 아니더라도 장군님 무쌍을 벌일 수밖에 없겠지요, 크크큭.

토모에……. 그러고 보니 아공의 상황이 신경 쓰였다. 오늘 아침에 다녀 온지 시간이 많이 지나지 않았지만 남기고 온 미오가 혹여나 무슨 실수라도 저지르지 않았을지 걱정되고—.

◇◆◇◆◇

잊고 있었지만 나는 주인이다. 또 하나 잊고 있었지만 나는 배가 고프다.

나는 토모에와 미오를 불러서 함께 저녁을 먹자고 생각했었지. 식사하면서 아공의 상황에 대해 보고를 받으려고 마음먹고 있었다.

그래, 왜 내가 허겁지겁 보고를 들으러 가야 하는 건데? 그 녀석들이 보고를 하러 오는 게 정상이잖아!

좋아, 그럼 두 사람을…….

그렇게 생각하고 염화를 연결시키려고 마음먹은 바로 그 순간—.

'도련님! 도련님! 지금 괜찮으십니까?!'

최근에 소식이 없었던 트러블 메이커의 목소리가 들려왔다.

이보다 더할 수 없을 정도로 완벽한 타이밍이었다.

'아, 네. 무슨 일이라도 있나요~?'

'대체 뭡니까? 그 무기력한 목소리는!'

'으헤~, 요새 아무 연락도 안 하시던 분께서 갑자기 큰 소리로 지금 괜찮으냐고 물으셔도 말이죠~. 엄청나게 바빴는데 무슨 용무라도~?'

나는 있는 힘껏 비아냥거리며 대답했다.

도대체가, 명령한 임무에 대한 보고도 에마 양에게 전부 맡겨 버리고 실종된 주제에 태도가 너무 거만한 거 아니냐고!

'으, 으음. 도련님께서 말씀하셨던 일들은 제대로 성과를 올려서 보고할 수 있는 준비를 갖추고 있소. 아무런 문제도 없습니다! 그 준비를 위해 시간이 필요했다 이 말입니다, 도련님!'

헤에~ 그러셔~?

이 녀석은 밥을 못 먹는 상황에서도 새로 나온 게임을 구입하는 타입의 인간이란 말이지. 그 덕분에 한끝차이로 신용할 수 없는 구석이 있어. 한 마디로 말해서 일보다 취미를 우선시킬 것 같은 느낌을 받는다고.

당장 필요한 보고를 깔끔하게 생략해버리고 갑자기 정색한 표정으로, 「쌀을 찾아냈습니다」(척)라고 말을 꺼낼 것 같은 녀석이거든.

'그래서? 무슨 급한 용무라도?'

'그렇습니다. 서둘러서 아공에 행차해 주십시오. 미오 녀석이 큰 일 났습니다!'

미오?

……그러고 보니 그 녀석도 오전 중에 개별 행동을 시작한 후로 한 번도 연락을 하지 않았다. 지금까지 비슷한 경우에 처해도 30분 간격으로 염화를 걸고 싶어 하는 녀석인데 말이지.

오늘은 나도 여러 가지로 바빠서 제대로 확인하지 않았던 것이 좋지 않았던 건가?

혹시…… 내가 부여했던 마력이 고갈돼서 날뛰고 있는 거야?

'설마, 거미 모습으로 돌아가 버린 거야?!'

'그런 만만한 상태가 아닙니다! 크으윽, 도련님! 어쨌든 빨리 와 주십시오! 이 녀석을 말릴 수 있는 건 도련님뿐입니다!'

그 이상의 상황이라고? 이런, 젠장!

나는 가게에서 돈을 낸 후에 곧바로 뒷골목으로 들어가, 보는 눈이 없는 것을 확인하고 안개의 문을 열었다. 미오는 틀림없이 자료 창고라는 명칭이 붙어있는 내 기억이 수납되어 있는 장소에 있을 것이다.

자료 창고는 에마 일행이 사무 작업에 사용하고 있는 건물의 지하에 토모에의 지시로 만들어진 방이었다. 원래부터 내 저택이 완성되면 그쪽으로 이전할 계획이라서 지금은 간단한 구조라고 들었지만 내 관점에서 보자면 이미 충분히 훌륭한 지하 도서실이라고 여겨졌다.

미오에게 부탁한 일은 그곳을 정돈하는 일이었으니 다른 장소에는 없을 것이다.

곧바로 아공의 자료 창고에 도착한 내 눈에 날아 들어온 것은—.

"토모에! 다음 편, 다음 편을 어서요!"

"미오, 오늘은 이만 끝내는 게 어떤가? 자, 바깥도 벌써 어둡지 않은가? 도련님께서도 슬슬 도착하실 참이지 않나?"

"그럼 오실 때까지 만이라도 상관없어요!"

"이이익! 벌써 얼마나 연속으로 이 짓을 하고 있는지 알기는 하나?! 끝이라고! 끝!"

"……어머나, 그러세요? 그런 말씀을 하시다가 이제부터 이 수정 판에 마구 긁힌 상처가 생겨도 상관없는 거지요?"

미오는 A4 정도 크기의 투명한 판을 꺼내 들면서 한 마디 내뱉었다.

토모에가 그 모습을 보고 「누아아아?!」라고 영문을 알 수 없는 괴성을 내지르며 몸부림쳤다.

"이 녀석! 그건 이 몸이 갖은 고생을 해서 CF를 잘라내고 노이즈를 제거한 미토 코몬이 아닌가!"

"다음 편이 보고 싶어요. 굉장히 다음 편이 보고 싶어요~."

"으오오오오오오! 자, 잠깐! 경솔한 짓은 그만! 거기에 무슨 일이라도 생기는 날에는 이 몸은 앞으로 그 어떤 협력도 하기 힘들다! 그래도 상관없나!"

"그럴 수가! 만약 그렇게 나오신다면 저는 여기에 있는 모든 기록을 전부 먹어버릴 정도로 쇼크를 받을 걸요?!"

"뭐, 뭐, 뭐, 뭐라고오오?!"

—이건 무슨 난리래?

미오가 무언가를 졸라대고 있고 토모에가 그걸 말리고 있다고?

두 사람은 자료 창고에서 마치 애들 싸움처럼 실랑이를 벌이고 있었다.

아니 잠깐, CF를 자르고 노이즈를 제거했다고? 넌 대체 어디서 튀어나온 동영상 장인이냐?

내 기억은 대체 어떤 형태로 보관되어 있는 거지?

만약 저 한 장에 미토 코몬이 전부 들어있다고 가정한다면 현대인들도 깜짝 놀랄 정도의 기억 용량이로군.

아니, 지금 중요한 건 그게 아니지.

음, 두 사람 이외에 다른 사람들은 없나?

내가 주변을 둘러보니 조금 떨어져 있는 장소에 아르케들이 서 있었다.

"저기, 이건 대체 무슨 일이야?"

나는 사정을 듣기 위해 그녀들에게 말을 걸었다.

"도련님, 저희들, 도련님을 뵌 후, 여기서 미오 님과, 정리나 분류를 하고 있었습니다."

우오, 아직 조금 더듬거리기는 하지만 상당히 말이 똑똑해졌다. 굉장하군, 습득이 빠르다.

내 경우엔 아무리 노력해도 힘들었는데 삐치고 싶어지는군.

"응, 그래서?"

"도중, 토모에 님이 돌아와서, **감상**이라는 것을, 시작했습니다."

감상?

이봐 잠깐, 토모에? 당신 지금 할 일이 산더미처럼 쌓였거든요?

부탁이니까 윗사람으로서 책임감 있는 행동을 해달라고요!

“거기에 미오 님도 끼어들었습니다.”

……인마, 너희들 공범이냐?!

“하지만 토모에 님을 나무라시고, 곧바로 작업을 하러 돌아왔습니다.”

어라, 그럼 모범생이네. 그럼 이 사태는 대체 뭐야?

“미오 님, 저쪽 자료를, 정리하러 갔습니다.”

나는 아르케가 가리킨 쪽으로 고개를 돌렸다.

어, 그러니까 저기는 시대극 이외의 영상이나 기억 같은 게 보관된 곳이군.

그건 그렇고 아르케의 설명이 길다. 열심히 노력해서 자세하게 설명해준다는 건 호감이 가지만 말이야. 대체 언제 핵심에 도달하는 거지?

“그러더니, 저렇게 됐습니다.”

으에에?!

중요한 과정이 전부 빠져 달아났잖아?!

“미오 님, 저기서 멈추더니, 토모에 님을 끌고 가서, 그리고 저러고 있습니다.”

……영문을 모르겠군.

나는 아르케에게 고맙다는 말을 전하고 여전히 말다툼을 계속하고 있는 「충실」한 종자 두 사람에게 다가갔다.

일이 이렇게 된 이상 당사자들에게 물어볼 수밖에 없잖아?

"토모에, 나 왔어. 그래서 이건 대체 무슨 일이야?"

나 스스로도 깜짝 놀랄 정도로 기가 막힌 듯한 목소리가 나왔다. 당연한 건가?

"오, 오옷! 도련님! 잘 와주셨습니다! 어서 이 멍청이를 말려 주십시오!"

"……도련님. 토모에만 이런 재미를 독점하다니, 이런 건 편애라는 게 아닐까요?"

"무슨 소리냐! 이건 도련님께서 허가해주신, 정당한 이 몸의 오락거리다!"

토모에만? 허가?

이봐 잠깐, 혹시 이건 그런 얘긴가?

토모에에 이어서, 미오까지 시대극에 홀려버린 건 아니겠지? 그건 좀 너무한 거 아냐?

아~, 하지만 미오는 미토 코몬의 영상을 협박 재료로 삼고 있으니 그건 아니겠군.

두 사람이 또 다시 투닥거리기 시작했다.

어쨌든—.

"진정해!!"

고함을 질렀다.

어째서 겉보기에 젊은 여성으로 보이는 두 사람이 애들처럼 왁자지껄 떠들어대면서 유치한 싸움을 벌이고 있는 거야?! 그리고 왜 내가 그걸 중재해야 하는 거지?!

자료 창고에 침묵이 찾아왔다.

"어흠, 진정했어? 그럼 미오, 우선 그걸 토모에에게 돌려주도록 해."

"……예. 정말 죄송했습니다."

"음, 알면 됐어."

토모에는 싱글벙글 미소를 지으며 미토 코몬을 감싸 안았다.

"하지만 토모에, 이건 대체 어떻게 된 일인지 설명을 해 봐. 왜 내가 여기까지 와서 너희들 실랑이를 중재해야 했는지 그 점이 특히 중요하니까 제대로 설명을 해 보라고."

"읏……. 그건, 말입니다? 이 몸이 점심시간을 조금 넘긴 후에 이곳에 도착하니 이 자들이 먼저 와있었지요."

"우선 거기가 좀 이상하게 들리는군. 너는 내가 내렸던 여러 가지 명령을 수행하고 있었잖아? 왜 그 모든 보고를 전달하기 전에 먼저 여기로 온 거지? 일단 나를 찾아왔어야지."

내가 토모에의 변명을 가로막았다.

"아, 그러니까~ 몇 가지 확인해 볼 사항이 있어서 말입니다……."

"시대극을 감상하면서?"

"허걱! 아니, 그…… 정신을 가다듬는 의미에서……."

토모에는 입 안에서 중얼중얼 말을 얼버무렸다.

보고하기 전에 한 숨 돌리고 갈까~? 대충 그런 느낌이었다 이 말이지?

휴우, 내 주변엔 낙천적인 사람들이 너무 많아.

"그래서, 그러다가 왜 미오와 실랑이를……. 응? 이건 뭐지?"

어디서 본 적이 있는 영상이 눈에 들어왔다.

재방송이었던 걸로 기억하지만 그리운 느낌이 드는군.

“도련님, 들어 보십시오…….”

토모에가 어울리지 않게 가냘픈 목소리를 냈다.

“토모에? 그 피곤한 얼굴은 왜 그런 거야?”

“미오가…… 미오가…… 이 몸을 마치 가전 기기처럼 써먹었습니다!!”

으으윽, 토모에가 무릎을 꿇으며 쓰러졌다.

가전 기기라니…… 토모에, 당신은 대체 어디까지 현대인처럼 변할 생각인가요?!

아니, 그건 그렇고—.

심하게 초췌해진 토모에의 얼굴색은 거짓이 아닌 것 같았다.

대조적으로 미오는 장난을 들킨 어린 아이처럼 거짓 웃음을 짓고 있었다.

“도련님, 토모에에게는 시대극의 감상을 허가하셨다고 들었습니다. 토모에는 그 덕분에 임무도 설렁설렁 처리하면서, 이 영상의 편집 작업에 몰두하는 지경이지요.”

돌아왔는데도 연락이 없었던 이유는 여기서 동영상 편집에 몰두하고 있었기 때문입니까? 너는 대체 어디서 튀어나온 마니아냐?

“응, 그건 문제가 많군.”

“하지만! 이 정도로 매력적인 영상이라면 토모에가 그리 되는 것도 무리는 아닙니다.”

미오의 발언에는 힘이 넘치고 있었다. 이거 분위기가 수상해지는 것 같은데?

"저, 도련님께 부탁드립니다! 저에게도 감상을 허가해주세요!"

아니, 잠깐. 애초에 벌써 보고 있던 거 아니었어? 허가 같은 거하고 상관없이 말이지.

그렇군. 한 방 먹은 건가? 이 모든 일은 토모에와의 교섭으로 인해 생긴 일이다.

토모에가 시대극 감상의 허가를 받은 일에 영향을 받아서, 미오까지 나의 잡다한 일상에 대한 기억 중에 존재하는 특정의 TV 프로그램을 보고 열중하게 됐다 이거로군.

미오여.

내가 부탁했던 건 에마 일행의 업무에 심부름으로 참가하면서, 일본어를 이해할 수 있는 미오를 중심으로 서류나 탄원서를 정리해달라고 한 거였다고~. 자료 창고까지 들어와서 대체 뭘 하고 있던 거야?

글자는 모르더라도 말을 알아들을 수 있다면 나름대로 써먹을 수 있을 거라고 판단한 건데…….

이게 정말 뭔 일이래.

"그래서, 시대극 말이야? 딱히 상관 없—."

"아니에요! 저는 그런 거엔 흥미가 없습니다!"

"미, 미오! 그런 거라니 무슨 소린가! 말이 심하지 않나! 시대극이야말로 일본 문화의 극치다!"

미오는 다른 장르에 빠져든 건가? 토모에의 주장은 그냥 내버려두기로 하고—.

현재 자료 창고 안쪽에 위치한, 정리되지 않은 내 기억을 열람할 수 있는 건 여기까지 들어올 수 있는 허가를 받은 아르케와 미오, 그리고 토모에뿐이다. 에마 일행의 경우 정리를 끝내고 도감에 수록된 지식만을 열람할 수 있는 상태였다. 그 도감들은 자료 창고의 입구 부근에 진열되어 있으므로 안쪽까지 들어올 허가는 필요 없었다.

다른 장르라?

나는 아까 슬쩍 스쳐 지나갔던 영상에 시선을 돌렸다.

이건 애니메이션이군.

……이봐. 이봐, 잠깐! 이봐, 이봐!

이거, 너, 정말 진심이야?!

무심코 벌렁 자빠질 뻔했다.

"미오, 넌 이걸 보고 싶은 거야?"

이건 코몬님 못지않게 엄청난 장편 시리즈라고.

"예. 이 영상에 관한 감상 허가를 받고 싶습니다!"

의욕이 흘러넘치는 표정이다! 하지만 나는 언제 이 시리즈를 전편 제패한 거지? 일부러 모은 기억은 없고 당연히 DVD 같은 것도 안 가지고 있거든?

아, 그렇구나. 그 녀석 때문이다. 작년 여름에 궁도부 소속의 부르주아 친구 녀석에게 끌려가서 거의 감금에 가까운 상태로 고문이나 다름없는 전편 감상회를 열었었지! 완벽한 냉방 시스템을 갖추고 있는 AV 룸에서 뻗을 때까지 하염없이 화면을 쳐다보는 고행이었어!

으, 떠올리면 떠올릴수록 원망스러운 기억이다.

"……알았어. 토모에, 미오에게 이 영상을 보여주도록 해. 난 이제 피곤해."

"도, 도련님?! 정말로 괜찮겠습니까? 그렇게 되면 이 몸의 개인 시간이 줄어들—!"

"감사드립니다, 도련님!!"

"아~ 다만 그건 픽션이라는 것만 명심해. 창작물이라고. 현실과의 구별은 명확히 해달라고~. 토모에는 보고를 부탁해~."

보고를 듣는 김에 여러 가지 얘기를 해놓을 필요도 있으니까 말이야.

저는 앞으로 상인이 될 거라고요? 당연히 이 두 사람은 제 종자니까, 말하자면 종업원 같은 거죠. 그런데 한쪽은 사무라인지 산적인지 분간이 안 가는 상태의 시대극 흉내쟁이에, 또 한쪽은 아직도 세상 물정에 어두운데다가 저런 거에 빠져들고 말았지요.

눈앞이 캄캄하구먼.

나는 다른 방에서 토모에의 보고를 듣고, 갑작스럽게 사라져 버린 일에 대해 한바탕 설교를 끝낸 후에는 몸과 마음이 전부 고달픈 상태였다.

숙소에 모습을 드러내지 않으면 성가신 일이 생길 수도 있기 때문에 피로를 무릅쓰고 아공에서 숙소의 객실로 돌아왔다.

"피곤하다~."

나는 열어젖힌 창문을 통해 바깥을 내다보면서 중얼거렸다.

이미 완연한 밤이라고 할 수 있는 시간이었다.

술주정뱅이들도 밤을 새면서 난리를 치는 경우는 적기 때문에 츠이게의 밤은 의외로 빠르게 정숙을 맞이했다.

물론 도시의 번화가나 창관 거리 같은, 불야성이나 다름없는 장소도 찾아보면 있을지도 모른다.

내가 걸터앉은 의자는 마치 요람처럼 삐걱거리면서 흔들리는 타입이었다. 이게 예상보다 훨씬 편안하다. 마음에 들었습니다. 지친 마음에 최고의 치유 효과를 발휘한다.

오늘은 여러 가지로 바쁘게 돌아다닌 하루였다.

이 정도로 몸도 마음도 전부 피곤해진 건 정말로 오랜만이다.

실내에는 침대 2개와 커다란 소파가 하나 놓여있었다.

일반적인 경우엔 종자들이 교대로 소파에서 잠을 청하는 게 보통이라고 생각하지만 녀석들은 둘 다 침대를 점거하고 쌔근쌔근 숨소리를 내고 있었다.

잠시 전에—.

"어느 쪽 침대로 들어오셔도 문제는 없습니다!!"

"(끄덕끄덕!!)"

대충 그런 생쑈를 벌인 참이었습니다만—.

내가 어떻게 들어 가냐?!

휴우, 오늘은 소파에서 취침인가? 어쩔 수 없었다. 확정 사항이다. 내가 건전한 남자 고등학생 출신이라는 건 틀림없는데, 묘하게도 이 두 사람에게는 성욕을 전혀 느낄 수가 없었다. 본모습을 알고 있기 때문인지, 아니면 너무나 심각한 문제아들이라서 그런지는 모르겠다.

차라리 이렇게 바깥 야경을 바라보면서 밤을 새는 것도 나쁘지 않군. 밤바람을 희미하게 느끼며 달을 보고 지내는 밤이다. 마음이 차분해지는 것이 느껴진다. 츠쿠요미 님을 떠올린다. 덤으로 그 여신까지 떠올라 버리니 플러스마이너스 제로지만 말이야.

그 여신…… 츠쿠요미 님과 이야기했을 때의 느낌을 생각해보면, 혹시 달에 관계된 신인 건가? 부탁이니 제발 달만큼은 관장하지 말았으면 한다. 플래그 같은 게 아니고 진심으로 그것만은 아니길 기도한다.

자, 내일은 또다시 렘브란트 저택을 방문해야 한다.

연금술사 청년에게는 이미 연락을 보낸 상태였고 모험가 길드 앞에서 만나기로 약속했다.

연금술사 청년은 「비약(秘藥)이라고 일컬어지는 암브로시아의 정제에 관여할 수 있다니!」라고 상당히 감격하면서 흔쾌히 승낙했다.

다른 멤버들은 내일 하루는 휴식할 생각이라고 했다. 그리고 얼마 동안은 안정적으로 이곳에 머물 계획이므로 저렴하고 편안한 숙소를 찾고 있다고 했다.

우리도 장기간 이 도시에 머물 수 있는 숙소를 찾아놓을 필요가 있겠군.

여기서 사업을 일으킬 생각이라면 상품을 보관할 수 있는 창고도 필요할 것이다. 그 이외에도 준비해야 할 일이 잔뜩 있었다.

해야 할 일은 명확하니 얼마 동안은 이 도시를 나돌아 다니게 되리라.

제대로 정착하려면 아직 시간이 조금 더 필요할 듯하다. 그것만큼은 확실하다.

약간 차가운 바람이 몸에 스며들면서 마음까지 다잡아지는 느낌이 들었다. 마치 가을바람 같았다. 이 세계에 가을이라는 개념이 있을지의 여부와는 별개로, 단순히 내 개인적인 감각에 지나지 않지만 말이야.

"마음을 확실하게 다잡아야겠다고 생각은, 하고 있는데……."

입에서 자조적인 톤으로 말이 새어나온다.

"종자들이 두 사람 다 기괴한 취미에 눈을 뜨고 있어서 곤경에 처했소이다. 징글맞소이다."

결국 조금 서늘한 밤 날씨에 가볍게 떨면서 현실에서 도피하려는 듯이 중얼거리는 내가 생각하고 있던 것은, 푸른 종자의 칼싸움 취미와 검은 종자의 2차원 취미의 희생자로 전락할 것이라 예상되는 자신의 운명에 관해서였다.

……자자. 나는 잠을 청했다.

4

렘브란트 상회는 내가 생각했던 것보다도 훨씬 큰 상회였던 것 같다.

어제 방문했을 때 출입할 수 있었던 곳은 어디까지나 점포에 설치된 응접실이었다.

나는 너무나도 그럴 듯한 실내 장식을 보고 그곳이 점포 겸 주택이라고 착각했던 것이다.

내가 약속 시간에 연금술사 청년을 데리고 점포를 찾아가자 이미 집사가 우리를 기다리고 있었다. 그리고 우리는 상회의 소유물인 것으로 추정되는 화려한 마차를 타고 이동했다.

도착한 장소는 츠이게의 교외에 지어진, 아니, 우뚝 솟은 호화 저택이었다.

렘브란트 저택은 그야말로 어느 나라의 왕족이나 귀족이 살고 있어도 손색이 없을 정도의 대형 저택으로 일본에서는 구경하기 힘들 정도의 드넓은 정원까지 갖추고 있었다.

나는 물론, 연금술사 청년도 그저 할 말을 잃고 쳐다보고 있을 수밖에 없었다.

서민인 내 입장에서는 너무 굉장한 나머지, 한 바퀴 돌고난 후 솔직히 말해 현실 감각을 상실해서 긴장되지 않았던 것이 행운이었다.

오그라들어봤자 별 수 없잖아?

오늘은 비약의 조합 작업을 참관하기 위해 온 것이니, 우선은 연금술사 청년을 따라다니면서 본고장의(정말 본고장인지의 여부는 차치하고) 연금술이라도 견학해볼까?

그러다보니 나는 홀가분한 상태로 렘브란트 상회로 향한 것이다—.

하지만 그들이 계획하고 있던 예정은 내 예상보다도 훨씬 스피디해서 오늘 안에 비약을 제조하고 투약까지 실행한다고 한다.

솔직히 그럴 예정은 없었기 때문에 나도 갑자기 그런 취지를 전해 듣고 놀랄 수밖에 없었다.

나는 비약이라는 제목이 붙어있으니 제작에 시간이 오래 걸릴 거라는 고정관념을 가지고 있었다. 사전에 렘브란트 씨에게 상세한 이야기를 전해 들었다면 놀랄 일은 없었겠지만 말이야.

연금술이라고 하면 뭔가 커다란 가마솥이나 단지에 여러 가지 재료를 집어넣고 오랜 시간 삶는다는 이미지를 가지고 있었기 때문에 오늘 하루는 비약 제작으로 종칠 거라고 예상했답니다.

그건 그렇고 오랫동안 투병 생활을 보내고 있는 부인과 두 분 따님을, 만난 지 얼마 되지도 않은 우리에게 보여도 되는 거야?

괜찮을까……? 뭐, 렘브란트 씨 본인이 OK라고 생각한다면 괜찮겠지.

초장부터 일이 커질 것 같은 예감이 든다.

너무 특수해서 참고로 삼을 수 있을지 의심스럽지만 토모에나 미오의 사례를 생각해보면 이 세계에서 내 불안이 기우로 끝난 적은 거의 없었다.

불안하지만 렘브란트 씨를 믿어볼 수밖에 없었다.

"라이도우 씨, 비약 얘기를 듣고 덤벼들면서 상세한 사항에 대해 묻지 않았던 건 제 실수라고 생각해요. 하지만요! 상대가 렘브란트 상회였다면 사전에 한 마디라도 말씀해주셨어야죠!"

연금술사 청년은 응접실에서 안절부절 못하면서 나에게 말했다.

그는 비약의 명칭을 듣고 즉시 OK라고 대답했다. 난 실수한 거 없어.

참고로 말해두자면 나도 렘브란트 상회가 이 정도로 지명도가 높은 거상이라는 사실은 계산 밖이었다.

전통은 짧지만 규모는 크다고 한다. 나도 사전에 이 저택을 구경할 거라 알았다면 입고 오는 복장에 신경을 썼을 거라고!

차라리 드워프가 시범 제작한 옷 중에 골라잡아서 입고 올 걸 그랬나? 그들이 준비해준 장비 중에는 이런 저택에 입고 올만한 디자인의 옷도 나름대로 있었단 말이지. 여행길에 입고 있던 옷과 똑같은 차림은 명확하게 어울리는 자리가 아니었다.

지금 묵고 있는 숙소의 로비보다도 넓은 응접실에서, 우리는 필요 이상으로 부드러운 소파에 앉아 상대편을 기다리고 있었다.

눈앞의 테이블에 놓인 음료수에서도 고급스러운 향기가 났다.

나는 여행길 도중엔 가차 없이 주변에 탐색의 계를 전개하고 있지만 거리 한 가운데에서는 기본적으로 사용하지 않는다. 물론 이런 장소에서도 마찬가지다.

바깥에서는 사용하는 경우도 있지만 실내의 상황까지 뒤지고 다니는 건 자제하고 있었다.

나도 스스로가 주변을 경계하는 방식이 어중간하다는 자각은 있었다.

하지만 개인 정보나 사생활 보호에 대해 엄격한 세계에서 자랐기 때문에, 뒤질 수 있다고 해서 뒤지는 건 마음이 편하지 않다고.

애초에 이 저택에는 지병에 시달리고 있는 유부녀와, 아마도 한창 사춘기를 겪고 있는 소녀들이 두 사람이나 아픈 상태야.

이런 장소에서 도청이나 도촬을 하는 건 너무 비양심적이라고 생각해.

[저는 츠이게를 방문한 게 처음이라서, 렘브란트 상회의 이름도 알지 못했습니다.]

나는 긴장하고 있는 연금술사 청년에게 말을 걸었다.

"……에휴~, 그랬었죠. 아니, 저야말로 면목이 없습니다. 사실 렘브란트 씨는 이 츠이게에서 상당한 유명 인사라고 할 수 있어요. 그에게 찍히기라도 하는 날에는 머물기 힘들 정도로."

[그렇군요. 긴장할 만도 하군요.]

"그렇다고요! 거기다, 비약 암브로시아의 정제 의뢰라니! 제조법은 이미 준비해 놓은 상태라고 해도, 전 아까부터 진정이 안 되서……!"

실패라도 하면 보복이 돌아올 수 있다는 건가? 아니, 평범하게 생각하면 그럴 리는 없을 것이다.

……없겠지만 이번엔 가족의 생명이 걸린 일이란 말이지. 일단 어디까지나 상인이지 마피아는 아니니까 그럴 리는 없을 것이라 생각하고 싶다.

[괜찮을 겁니다. 암브로시아를 제조하기 위해서는 레벨 80 정도만 갖추고 있으면 문제없다고 했어요.]

"비약 암브로시아……. 이미 멸종했을 가능성도 존재하는 암브로시아의 꽃에서 채취할 수 있는 꿀을 주원료로 사용하는, 만능 계열의 해독약이라고 들었습니다만 대체 어떻게 정제하는 걸까요……?"

연금술사 청년은 자신의 세계로 돌입하여 이것도 아니고 저것도 아니라면서 중얼중얼 자문자답하고 있었다.

렘브란트 씨와 집사는 아직 오지 않았다.

우리를 대체 언제까지 기다리게 할 생각이지? 화가 나거나 그런 게 아니라, 단순히 이런 호화로운 방에서 기다리고 있다는 사실 그 자체가 견딜 수 없다고요!

내가 음료수(아마도 홍차의 일종이다)를 절반 정도 마시고 있으려니, 곧바로 메이드 아가씨가 찾아와서 훌륭한 솜씨로 새로운 차를 준비해줬다.

예전에 들었던 연금술사 청년의 직업과 레벨이라면 자격상의 문제는 없을 거라고 생각한다.

그건 그렇고 이럴 줄 알았으면 이 얼굴빛이 창백한 청년의 이름을 외우기 위해 노력할 필요가 있었던 것 같다.

찰칵.

우리는 응접실의 문이 열리는 소리를 듣고 동시에 그쪽으로 시선을 돌렸다.

"많이 기다리셨습니다."

렘브란트 씨와 그 집사가 응접실로 들어왔다.

……드디어 시작인가?

"준비가 끝났으므로 마중을 나왔습니다. 필요한 설비는 지하에 준비해 놓았으니, 저를 따라오십시오. 안내하겠습니다."

"아마 라이도우 님도 견학을 희망하시지 않았나? 하잘 님을 따라가면 될 걸세."

……! 렘브란트 씨, Good Job입니다! 그랬지, 이 녀석의 이름은 하잘이야. 확실히 그런 이름이었던 것 같은 느낌이 든다. 이름도 모르는 청년을 데리고 왔다는 걸 들키게 되면 신용에 문제가 생기

니까. 아, 살았다.

[렘브란트 씨는 어쩌실 생각이지요?]

나는 방금 나를 구해준 구세주인 렘브란트 씨에게 물었다.

“나는 아내와 딸들이 기다리고 있는 방에 먼저 가 있겠네. 제조가 끝나면 방으로 안내하지. 나중에 만나세.”

한시라도 빨리 이 약으로 회복될 가족들의 곁에 가 있고 싶다는 건가.

그렇지, 신용할 수 있는 집사가 있으니까 본인은 약의 제조 현장보다는 아내나 딸들과 함께 있고 싶다는 건 이해할 수 있었다.

[알겠습니다. 그럼 나중에.]

렘브란트 씨는 나와 하잘에게 가볍게 머리를 숙여 인사하고 방에서 나갔다.

약을 제조하기 위한 작업장은 지하에 있다고 한다. 우리도 지하실로 가는 길에 대해 간단한 설명을 듣고 응접실에서 출발했다.

나는 하잘과 나란히 늘어서서 집사의 뒤를 따라갔다. 곁눈질로 하잘을 보니 그는 창백한 얼굴빛에 게슴츠레한 눈빛을 하고 있었다. 지금부터 사형대로 불려가는 죄인과 같은 모양새다. 괜찮냐?

나는 하잘에 대해 약간 무례한 생각을 머리에 떠올리며 집사의 안내에 따라 작업장으로 향했다.

◇◆◇◆◇

암브로시아 꽃의 꿀과 약술을 프로즌 칵테일 방식으로 섞는다.

비약 암브로시아의 제조법은 간단히 말하자면 그런 느낌이었다.

여러 가지 종류의 약술과 암브로시아 꽃의 꿀을 정해진 양만큼 용기에 집어넣는다. 그리고 특수한 물을 얼린 얼음과 같은 물체(영하 20도 정도에 얼어붙었다)를 빙수처럼 잘게 부순 것에 꽃의 꿀과 약술을 조합한 액체를 일정량만큼 여러 번으로 나누어 떨어뜨린다.

그냥 그것뿐이었다. 연금술은 온도, 분량의 조절이나 바깥 공기와 환경을 갖추기 위해 사용되었다. 이 세계에서 연금술이라는 분야의 마법은 화학 반응을 일으키거나 촉진시키는 역할을 수행한다. 하지만 주로 환경이나 온도의 조절, 무균실이나 클린 룸(Clean room)과 같은 상황을 만드는데도 사용하는 것 같았다.

내가 보기엔 매우 간단한 제조 과정으로 느껴졌다. 하잘도「이게 끝이라고?」라고 생각한 것 같으니 내 추측도 틀리지 않은 것 같다.

하지만 이 과정에서 사용하는 주문의 효율이 너무나도 형편없었다.

나도 모르게「뭐땀시!」라고 태클이라도 걸고 싶을 정도로 영창과 술식을 조합하는 방식이 어중간하다. 1의 마법을 발생시키기 위해 10의 마력을 사용하고 있다고 해야 하나?

아무리 하위의 고대 언어를 사용하는 마법이라고 해도 이건 심했다. 그런 마법으로 괜찮겠냐고 묻고 싶다. 으음~, 혹시 이 정도가 이 세계에 널리 알려진 마법의 평균인 걸까? 황야를 통과하는 와중에도 토아 일행이 사용하고 있던 공격 마법이나 지원 마법은 대충 이런 느낌이었는데, 마력이 아깝지 않아?

좀 더 술법의 본질에 가까운 언어를 모방해서 재현하면 하위 고대어로도 효율적인 사용이 가능할 거라고…….

어쩌면 에마 양이 전수해준 마법은 쓰기 편리한 귀중한 형식인지도 모르겠다.

나는 비약을 제조하는 과정을 구경하면서 이번 사건에서 가장 중요했던 사실에 대해 재차 확신할 수 있었다.

그것은 암브로시아 꽃의 꿀을 조달하는 방법에 관해서이다. 사실 그 이외에 딱히 곤란한 장애물은 없었다. 하잘의 말에 따르면 암브로시아는 절멸한 것으로 추정되는 품종이며 그 꽃의 꿀을 상당량 필요로 한다는 사실이 이 제조 과정을 진행하면서 가장 해결하기 어려운 요소라고 했다. 그리고 그 점을 해결하는 것이 레어 소재인 루비 아이의 눈동자라고 할 수 있었다. 이 눈동자에 특수한 가공을 가함으로써, 예의 꽃의 꿀과 완벽히 동일한 성분을 추출할 수 있다고 한다. 아마 이 방법이야말로 가장 특수한 비법일 것이다.

나는 당연히 그 비법을 실행하는 모습도 보고 있었지만 문외한이다 보니 전혀 감도 잡히지 않았다. 나중에 토모에를 통해 아공 사람들에게 기억을 보여주면 뭔가 알아낼 수 있을 것이다. 아마 아르케라면 대충 파악할 수 있지 않을까?

설마 루비 아이가 레드 비의 변종이 아니라, 암브로시아의 꿀을 주식으로 삼는 레드 비를 가리키는 말일 줄은 몰랐다. 암브로시아의 꿀은 레드 비의 눈동자를 붉은색으로 변색시키는 효과를 가지고 있단 말인가…….

말인즉슨 루비 아이와 조우했던 부근에 남 몰래 암브로시아가 잔뜩 꽃을 피우며 군생(群生)하고 있는 지역이 있다는 거로군. 루비 아이의 행동 범위를 파악하지 않으면 정확한 장소를 찾아낼 수 없겠지만 실제로 존재하고 있는 것만은 확실하다.

그렇다면 암브로시아의 꽃은 아직 남아있긴 한 거야. 괜찮은 정보를 획득했어.

모든 혼합액을 받아들인 프로즌 칵테일은 잠시 후 굳기 시작하더니 진홍색 결정으로 응고되었다. 그리고 기재 위에 놓인 결정에 하나의 커다란 금이 간 뒤 그 밑에 준비되어 있던 용기로, 결정의 색을 보고 상상했던 것보다 훨씬 투명한 핑크색 액체가 흘러 들어갔다.

반대로 위에 위치한 결정의 진홍색은 더욱 짙어졌다. 상당히 아름다운 광경이다.

하잘이 조용히 용기의 뚜껑을 닫았다.

그는 잠시 동안 용기 안쪽을 살펴보다가 크게 한숨을 내쉬었다.

그렇다면—.

"……완성됐습니다. 비약 암브로시아입니다."

오오오, 감탄하는 목소리가 울려 퍼졌다. 이 장소에는 나와 하잘, 그리고 집사 이외에도 조수로 따라온 렘브란트 가문의 고용인이 여러 사람 대기하고 있었다.

효과에 비하면 간단한 제조법이지만 상당히 거액의 돈을 투자한 것으로 보였다.

주로 원재료를 모으는 과정에서 필요한 돈이었지만—.

하지만 들어간 비용을 고려하면 예상했던 것보다 훨씬 용량이 적었다. 그 액체는 영양 드링크보다도 조금 작은 용기를 3분의 2 정도 채우고 있었다. 원재료는 양이 꽤 많았다고…….

하잘은 중압감에서 해방된 안심 때문인지 김이 빠져 달아난 듯한 표정을 짓고 있었다.

……앞으로 두 번이나 더 해야 하는데 괜찮겠냐?

3인분을 한꺼번에 제작할 경우, 한번 실패하면 전부 끝장나버린다. 따라서 이번 작업은 세 번으로 나눠서 제조하기로 한 것이다.

물리친 루비 아이는 여섯 마리였으므로, 필요한 눈동자는 두 배나 지니고 있었지만 지금은 그 사실에 대해 입을 다물고 있었다. 나머지 눈동자를 사용할 필요 없이 작업이 끝나게 되면 다른 활용 방법도 고려하고 싶으니까.

결코 짧다고는 할 수 없었던 츠이게로 오는 여행길에서도 루비 아이와의 조우가 한 차례밖에 없었던 것은 사실이다. 따라서 이 눈동자가 귀중품이라는 사실은 틀림없었다.

나중에 리자드맨에게 황야의 어딘가에 존재하는 암브로시아의 수색을 부탁하자. 만약 재배할 수만 있다면 괜찮은 돈벌이가 될 가능성도……♪

아, 그리고 미오에게도 동행하라고 하자. 그 녀석도 일단 약 같은 분야에 박식한 것 같으니까 좀 더 확실하게 발견 가능성을 올릴 수 있을 것이다.

으후후후.

“그, 그럼 곧바로 주인님께 비약을 드리고 돌아오겠습니다! 하잘 님은 부디 다음 약을 제작해 주십시오!"

집사는 그런 말을 남기고 양손으로 약병을 소중하게 감싸 안은 채 빠른 걸음으로 작업장에서 빠져나갔다. 그의 말투에서 짐작하건데 상당히 기쁜 것 같았다. 그러나 표정은 평소와 다를 바 없었다.

흠, 똑같은 과정을 다시 한 번 쳐다보고 있어도 별 소용은 없겠지만…… 일단은 잠자코 약을 제조하는 과정을 견학해야겠다.

렘브란트 씨와 집사는 또 다시 감격에 겨워서 오열하고 있을 것이다. 솔직히 말해서 다 큰 어른들이 소리 높여 울고 있는 모습을 목격하는 건 매우 거북했다.

내가 할 일은 작업을 재개하기에 앞서 렘브란트 저택에 도착한 이후, 긴장의 연속으로 강한 피로를 느끼고 있을 그에게 본심을 털어놓을 기회라도 선사하는 정도일 것이다.

"……아무래도 성공한 것 같군요."

나는 하위 고대어로 하잘에게 말을 걸었다. 아까 영창하고 있었으니 하위 고대어라면 이해할 수 있을 것이다. 조수들은 내 말을 이해하지 못하는 모양으로 「무슨 소릴 한 거지?」라는 표정을 짓고 있었다.

"라이도우 님? 고대어로 일상 회화를 구사하실 수 있는 건가요?"

하잘도 놀란 표정을 지었다. 토모에의 말에 따르면, 하위 고대어는 간단한 암호의 대용품으로 사용하는 경우도 있다고 하니 그다지 이상한 일은 아닐 텐데……? 뭐, 토모에가 한 말이니 상당히 과거의 정보였을 가능성이 높겠군.

"예, 공통어 이외의 언어라면 몇 가지 정도 습득했답니다. 그 중에 의사소통에 쓸 만한 언어가 있을지도 모른다고 생각했거든요."

"아, 그렇다고 하셨지요. 공통어를 사용할 수 없는 저주라니 정말…… 그런 악질은 들어본 적도 없어요."

내 말이 그 말이야!

"다른 사람들은 모르는 것 같으니 마침 잘 됐네요. 서둘러 나머지 두 개도 만들어 버립시다. 빨리 고쳐주고 싶으니까요."

"……. 예, 생각보다 시간이 많이 없어 보이네요."

"저는 저주병이라는 질병에 대해 아는 게 별로 없습니다만 역시 의뢰인과 실행범에게 강한 분노를 느낍니다."

"라이도우 님은 자상하시네요. 저는 은혜를 크게 베풀어두면 나중에 쓸 만하겠다고, 조금 불손한 생각을 하고 있었어요."

하잘 녀석, 다른 사람들이 못 알아듣는다고 꽤 본심을 털어놓는군. 어쩌면 그에게 저주병이란 어느 정도 친숙한 존재이며 이렇게 약을 제작하는 과정도 익숙한 작업인 걸까?

아니면 모험가라는 떠돌이 신분으로 생활하고 있어서 이런 강인한 정신력을 갖추게 된 걸까? 나처럼 모든 일에 감정 이입을 하게 되면 끝이 없을지도, 아니면 몸이 버티지 못할지도 모른다.

"……아마 충분한 액수의 보수를 준비해줄 겁니다. 자, 어서."

내가 짧게 재촉하자, 하잘은 황급히 제약 과정으로 복귀했다.

고대어로 대화한 덕분에 그와 긴밀한 이야기를 나눌 수 있었지만 생각해보면 조수 중에 누군가가 그 뜻을 이해하고 있을 가능성도 충분하단 말이지. 위험한 짓을 한 걸까?

잠시 구경하고 있다 보니 두 번째 약도 간단하게 완성됐다.

렘브란트 씨의 입장에서 생각해보자면 필요한 재료에 비해 제조 과정 자체가 간단하다는 사실은 불행 중 다행이었다. 만약 제약 단계 자체의 성공률이 흉악할 정도로 저조한 작업이었다면 그가 겪었을 절망은 헤아릴 수도 없었을 것이다.

그건 그렇고 완성품 자체는 간단한 방법을 통해 작성할 수 있는데도 불구하고, 마치 참치를 사들여서 대뱃살 이외의 부위를 전부 버리는 거나 다름없는 사치스러운 원재료의 사용 방식 때문에 약의 가치가 필요 이상으로 폭등하고 있는 것처럼 느껴졌다.

재료의 사용 방식을 개량해서 효율적인 제작 과정을 확립하면 보다 타당한 가격으로 상품화시킬 수도 있지 않을까? 어쩌면 쿠즈노하 상회의 주력 상품으로 삼게 될지도 모른다.

상품에 대한 아이디어를 입수할 수 있었던 것은 예상치 못한 수확이었다. 흔치않은 비약을 양산할 수 있다면 강한 임팩트를 줄 수 있을 테니 말이야.

어제 미오가 만들어준 또 하나의 고민거리 덕분에 두통에 시달리던 내 입장에서는 조금 마음에 평화가 찾아오는군.

"……휴우~~~~, 제약은 다 끝났습니다."

하잘이 한손에 두 개의 약병을 든 채 나머지 한손으로 땀을 훔치면서 이쪽으로 걸어왔다.

너무 대충 다루는 거 아냐? 집사가 양손으로 소중히 감싸 안고 가져갔던 모습을 본받으라고!

콰당!

"라이도우 님! 하잘 님!"

이럴 수가――?!

이 기회를 안 놓치고 뻔한 패턴으로 작업장에 난입한 이는 집사였다!

“으와?!”

나는 목소리가 들린 방향으로 고개를 돌렸다. 갑작스런 침입자의 난입에 놀란 하잘의 손에서, 약병이 미끄러져 나갔다.

두 개의 병은 친절하게도 좌우로 나뉘면서 바닥으로 낙하하기 시작했다.

하잘! 네 녀석은 나중에 때려주마!

―나는 자유 낙하를 시작한 약병을 두 눈으로 똑똑히 확인했다.

어이를 상실한 상황에서도 몸을 움직일 수 있는 초인적인 육체에 감사할 따름이다.

뛰어 오른다는 표현이 딱 맞을 정도의 동작으로, 나는 맞은편 오른쪽으로 추락하는 병을 향해 날아들었다. 그리고 오른팔을 뻗어 목표를 확실하게 포착했다. 병이 깨지지 않도록 부드럽게!

하지만 반대 방향으로 떨어지는 나머지 목표까지는 이 위치에선 도저히 손이 닿지 않는다.

제엔장! 아직이야!

나는 왼손으로 바닥을 지탱하고 최대한 약하게 마력을 발사했다.

마력이 작렬한 충격으로 인해 몸이 가볍게 날아가는 형상으로 병을 향해 튕겨 나갔다. 하지만 손이 닿을 거리가 아니다.

부탁이다, 등짝 부근으로 떨어져 주십쇼!!

신께서 내가 마음속으로 바친 소원을 들어준 건지―.

등에 가벼운 물체가 떨어진 감촉이 느껴졌다. 그 직후 머리에 충격이 느껴졌다.

제길, 책상에 부딪힌 모양이다. 약만 무사하다면 OK지만 말이야.

"라, 라이도우 님, 역시 대단하세요!"

너 인마, 하잘! 반드시 두 대 때려주마!

◇◆◇◆◇

우리는 집사를 따라서 렘브란트 씨가 기다리고 있다는 방으로 향했다.

도착한 장소는 아까 우리가 기다리고 있던 응접실이었다. 여기에 도착하는 동안 지독하게 달콤한 냄새가 코를 찔렀다. 화장품이나 잡화를 취급하는 가게에서 풍겨오는 듯한 냄새였다. 가로지른 복도 저편에 위치한 방에서 나는 냄새다.

응접실에 도착하자 우리를 기다리고 있던 렘브란트 씨의 분위기가 이상했다.

그는 소파에 걸터앉아 피투성이의 왼팔에 치료를 받고 있었다.

힉, 연금술사 청년이 숨을 삼켰다.

마물에게 공격이라도 당한 건가? 얼핏 보기엔 이빨이나 손톱에 당한 상처 같다. 상처의 크기로 판단하건데 그다지 몸집이 커다란 상대의 공격인 것 같지는 않았다.

렘브란트 씨가 우리의 도착을 알아채고 얼굴을 들었다.

"……오오, 라이도우 님. 그리고 하잘 님도 오셨군."

그가 꺼져 들어가는 목소리로 우리를 반겼다. 내가 없는 동안 습격이라도 당한 건가?

[약은 여기에 확실하게 가져왔습니다. 걱정하지 마세요.]

하잘 같은 녀석에게 맡기기엔 너무 불안해서 약은 직접 가지고 왔다.

"이건…… 대체 무슨 일이 있었던 거죠?!"

하잘은 새파랗게 질린 표정으로 렘브란트 씨에게 질문했다.

하지만 렘브란트 씨는 고개를 힘없이 가로저을 뿐이었다. 설명할 수 없다기보다는 어떻게 설명해야 할지 고민하고 있는 분위기였다.

나는 그럼에도 불구하고 계속 질문하려는 하잘을 제지하고 렘브란트 씨가 안정을 되찾을 때까지 기다렸다.

렘브란트 씨의 팔을 치료하는 소리만이 실내에 울려 퍼졌다.

—그 소리도 멈췄다.

"……실례했네. 자네가 시간을 준 덕분에, 조금은 진정이 됐네."

[무슨 일이 있었는지, 가르쳐주시겠습니까?]

나는 그에게 전후 사정에 대해 물었다. 이세계에 오기 전의 나였다면, 아마 눈앞에서 중상을 입은 사람을 목격했을 경우엔 그대로 공황 상태에 빠졌을 것이다. 지금 스스로 느끼고 있는 이 냉정한 심정은 이 세계에 익숙해졌다는 증거일까?

당장 떠올릴 수 있는 것은, 누군가가 저주병에 걸린 세 사람을 납치하려고 시도한 참에 렘브란트 씨가 그것을 몸을 던져 막아냈다든가?

“비약을…… 집사인 모리스가 전달해 줬을 때의 일이네.”

렘브란트 씨가 나지막이 이야기를 시작했다.

“아내의 침실에서 소리가 났네.”

장소는 아까 통과했던 달콤한 냄새를 풍긴 복도의 안쪽이다. 그렇군, 그 끝이 부인의 방이라는 거군.

[소리?]

“그렇다네. 나는 평소처럼 발작이 일어났다고 생각했지만—.”

발작이라고? 그건 처음 듣는 얘기다. 나는 렘브란트 씨의 말을 가로막고 질문했다.

[발작……이라고요?]

“아, 그렇군. 증상에 대해서 얘기한 적이 없었군. 세 사람은 처음엔 계속 발열을 호소했을 뿐이었네만…….”

처음엔 마치 감기와 같은 증상이었지만 서서히 상태가 이상해졌다고 한다. 그녀들은 물과 빛을 기피하게 되었으며, 가끔 제정신을 잃고 날뛰면서 방의 벽이나 가구를 부수기 시작했다고 한다. 얼핏 듣기엔 광견병에 걸린 개의 증상처럼 들리는데…….

이윽고 저주병은 그녀들의 겉모습까지도 좀먹기 시작했다.

아름다웠던 머리카락은 빠져 달아나고, 뺨은 홀쭉해지고, 눈동자는 붉고 강렬하게 번쩍이며—.

그야말로 본래 모습은 찾아볼 수가 없을 정도의 무시무시한 변모였다.

본인들은 가끔 제정신으로 돌아와 스스로의 참혹한 모습을 직시하고, 절망에 시달리면서 통곡을 쏟다가 남편과 부모에게 사죄했다고 한다.

……도저히 할 말이 없었다. 증상에 대해 설명해주는 렘브란트 씨의 얼굴을 똑바로 쳐다볼 수도 없었다.

"……그리고, 가끔 엄청난 힘으로 날뛰기 시작했다네. 사실 최근에는 그렇게 날뛸 수도 없을 정도로 몸이 허약해진 상황이었지……. 신음소리나 겨우 내고 있을 정도로……."

만약에 내가 똑같은 입장이었다면 전후 사정을 이렇게 담담하게 이야기하는 것은 무리다. 나라면 틀림없이 그 실행범과 의뢰인, 그리고 그 가족에 이르기까지 전부 찾아내서 남김없이 죽여 버릴 방법을 생각할 것이다.

"그런…… 그런 지옥도 오늘 드디어 끝날 것이라고 생각했네!! 그런데, 그런데—!"

렘브란트 씨는 비명을 지르듯이 말을 뱉어냈다.

"나는 모리스가 가지고 온 약을 받아들고, 곧바로 아내의 방으로 향하려고 했네. 이걸로, 고통에 시달리는 아내를 구할 수 있을 거라고 생각하니 눈물이 멈추지 않았지. 그리고 침실 앞에 도착했을 때—."

그때—.

침실 안에서 날뛰는 소음이 한층 더 커진 그 순간—.

생기가 느껴지지 않는 팔이 목제 문을 꿰뚫고 나왔다.

"순식간에 일어난 일이었어. 아내가…… 내 손을 향해 덮쳐 오더니—."

그는 겨우 손에 넣은 희망을 필사적으로 지키려고 했다.

"—아내는, 스스로를 치료하기 위해 만든 이 약을…… 나에게서 가로채서 산산조각으로 깨뜨려…… 버렸네."

그에게 해줄 말을 찾을 수가 없었다. 그는 다시 한 번 크게 한숨을 내쉬고 말을 이어 갔다.

"지독할 정도로 달콤한 냄새가 사방에 진동하는 가운데, 아내는 넋을 잃고 있던 나에게 또 다시 달려들었지. 만에 하나의 경우를 대비해서 고용해두고 있던 호위 인원과 모리스가 아내를 제압해준 덕분에, 그녀에게 죽임을 당하지 않고 살아남을 수 있었어……. 그 후로도 아내는 괴성을 지르다가, 이빨을 드러내고 발악을 하더군. 그리고 잠시 후, 갑자기 쓰러지더니 잠이 들었네."

그리고 지금에 이르고 있었다 이 말인가?

하지만 운 나쁘게도 이런 타이밍에 발작이 일어날 수 있는 건가?

"……그건 발작이 아닐 겁니다."

지금까지 잠자코 듣고만 있던 하잘이 자신의 견해를 밝혔다. 그의 말투도 매우 울적했다.

"아마도 비약이 접근할 경우에 그런 반응을 하도록 술식을 조합한 술법일 겁니다. 약의 투여를 막기 위한 예방책이군요. 술법의 대상 본인을 해독의 마지막 장애물로 설정한—."

하잘은 과거의 사례를 들어본 적이 있는 건 아니지만 레벨 8의 저주병이라면 가능할 것이라고 덧붙였다.

"부상당한 호위의 의견은, 그녀들을 제압하기 위해선 상당한 레벨의 근접 공격직이 필요하다고 하더군."

움직이기조차 힘들었던 인간의 몸이, 커다란 성인 여러 사람이 달려들어서 겨우 움직임을 억누를 수 있을 정도로 강력한 힘을 발휘했다. 전투직을 전문으로 하는 인간이 필요하다는 말도 납득이 간다.

……상당한 레벨의 근접 공격직이라. 나에게는 몇 사람 정도 떠오르는 얼굴들이 있었다.

정상적으로 생각하면 이번 일은 토아 일행에게 연락해서 의뢰를 맡겨야 한다는 사실은 알고 있었다. 만전을 기하기 위해 토모에와 미오를 부르면 완벽할 것이다.

하지만 나는 직접 이 일을 해결하기로 마음먹었다. 레벨 1인 인간이 그런 소리를 하면 어떤 대답이 돌아올지는 상상이 가는데도 불구하고—.

부상을 입은 렘브란트 씨나 호위 병력의 모습을 보고 이 일은 내 역할이라는 강한 느낌을 받았다.

여기서 무슨 일이 일어났을 경우, 확실하게 대처할 수 있는 건 나밖에 없었다.

나는 고개를 숙이고 있는 렘브란트 씨와 모리스 씨를 보고 말했다.

[제가 그 역할을 하겠습니다. 자, 가시지요.]

렘브란트 씨가 경악한 표정으로 고함을 질렀다.

"라이도우 님! 자네의 힘으로는 무리일세!! 자네는 레벨이—!"

나는 몸을 일으키려고 하는 그를 손으로 제지했다. 그리고 분노를 담아 그를 직시했다.

렘브란트 씨는 내가 발산한 기척에 주눅이 들렸는지 다시 주저앉았다.

나는 렘브란트 씨를 진정시킨 후, 하잘의 목덜미를 잡아끌고 남아있는 재료를 사용해서 무슨 수를 써서라도 추가로 1인분을 더 만들라고 전했다.

하잘은 반론도 하지 않고 지하의 작업장으로 달려갔다. 만약 만들 수 없는 경우에도 나머지 눈동자를 넘겨주면 문제없었다. 지하에 준비된 나머지 재료는 여유가 있던 편이라고 기억하고 있었다. 내가 아공으로 돌아가면 추가로 눈동자를 가지고 올 수 있겠지만 시간이 필요하다. 아직 약을 만들 수 있는 가능성이 있다면 한 시라도 빨리 렘브란트 씨의 가족을 구하고 싶다는 것이 본심이었다.

나는 가지고 왔던 두 병의 약 가운데 하나를 렘브란트 씨에게 넘겼다.

……지하의 작업장에서는 냄새를 조절하고 있었기 때문에 눈치채지 못 했지만 비약은 이런 달콤한 냄새였던 모양이다.

절망의 상징이 달콤한 냄새라, 폼 좀 적당히 잡아라. 웃기지 말라고.

자, 이 어처구니없는 저주를 끝내러 가볼까?

◇◆◇◆◇

[자, 어서 약을.]

나는 본래 모습을 찾아볼 수가 없을 정도로 처참한 몰골을 하고 있는 렘브란트 부인의 양 팔과 몸을 구속하여 깔끔하게 제압했다. 약의 접근에 따라, 그녀의 신체 능력은 또 다시 활성화된 것 같았다.

머리카락이 전부 빠지고 뺨은 홀쭉해진 상태에서, 그 눈만을 새빨갛게 물들이고 침을 질질 흘리는 모습은 주위를 긴장하게 하는 박력이 있었다.

뭐였더라? 변이한 바이러스 때문에 멸망해버린 도시에서 애견과 함께 살아가는 주인공이 나오는 스토리가 있었지? 거기에 나오는 바이러스에 침식된 인간들의 서글픈 몰골을 보는 것 같다.

아니면 구울이라고 해야 하나? 이 사람의 원래 모습이(본 적은 없지만) 아름다운 유부녀라고 해도 아무도 안 믿을 거다.

그녀는 아직도 다리를 파닥대면서 날뛰고 있었지만 입에다가 약을 억지로 부어넣는 정도는 문제없었다.

"자, 자네가 정말로 레벨 1이란 말인가?"

렘브란트 씨가 그 입으로 경악스럽다는 의사를 표시했다. 당연한 반응이다. 레벨 1이라는 건 어린애나 다름없는 수치다. 말하자면 수치상으로 틀림없이 렘브란트 씨보다도 못한 숫자이기 때문이다.

[그보다도 어서 약을.]

"아, 알았네!"

그는 내가 혼자서 그녀를 구속하고 있다는 사실에 놀라 잠시 넋을 놓고 있었다. 하지만 나의 한 마디를 듣고 제정신을 찾은 것 같았다. 실제로 부인은 몸의 구조 자체가 크게 변화한 상태는 아니었다. 따라서 인간에게 통하는 포박 방법을 사용하면 반드시 통할 수밖에 없었다. 포박술이라고 하면 좀 과장된 것 같지만 유도를 익히고 있는 누나에게 상대의 움직임을 봉쇄하는 방법을 몇 가지 정도 배운 적이 있었다. 그때는 기술을 제대로 구사하지 못 했는데 지금의 신체 능력이라면 가능하다.

내 신체 능력은 그야말로 규격 밖이다. 상대가 아무리 육체의 한계를 초월한 괴력을 발휘하고 있다고 해도 원래 모습이 평범한 여성인 이상 문제될 일은 없었다.

하지만 인간의 턱이 지닌 힘이라는 건 생각보다 훨씬 강하다.

지금의 그녀처럼 리미터가 풀린 상태라면 더욱 말할 것도 없었다. 모험가도 아닌 일반인의 관점에서 보자면 충분히 공포의 대상이라고 할 수 있을 것이다.

하지만 렘브란트 씨는 그녀에게 물어뜯길 수 있는 상황에서도 주저하지 않고 약을 부어넣었다. 나는 그 표정을 보고 손가락을 물어뜯기는 한이 있더라도 주저하지 않겠다는 강한 결의를 느꼈다.

부인의 온몸이 조금씩 경련을 일으키기 시작하더니 광기를 상징하고 있던 분홍색 눈동자가 서서히 그 색깔을 잃고 있었다.

이윽고 그녀는 온몸을 탈력시키고 규칙적으로 숨을 내쉬기 시작했다.

"오오…… 리사. 이제, 또 다시 당신과 대화를 나눌 수 있는 거겠지? 서로 미소를 나눌 수 있겠지……?!"

그의 눈물샘은 계속 열려만 있었다. 아무리 저라도 이런 감동적인 상황에 태클을 걸 생각은 없지만요. 렘브란트 씨는 주변의 시선에 전혀 신경 쓰지 않고 복받쳐 울고 있습니다.

무표정이 주특기인 집사, 모리스도 손수건을 꺼내 슬쩍 눈물을 닦아내고 있었다.

나는 적당한 타이밍을 봐서 렘브란트 씨에게 말을 걸었다.

[자, 두 분 따님 중에 어느 쪽부터 치료하시겠습니까? 병세가 좋지 않은 쪽을 우선하시는 편이 낫다고 생각합니다만—.]

그녀들은 약이 접근하면 광폭화를 일으키는 이상, 내가 제압하지 않으면 약의 투여조차 불가능하다. 그렇다면 동시에 치료할 수는 없으므로 어느 쪽에 먼저 약을 투여할지 선택해야만 했다.

뭐, 나머지 약 하나는 현재 하잘이 제작 중이니까 어찌됐건 지금 선택해야 하는 상황인 건 변함이 없었다.

아내를 끌어안고 목 놓아 울고 있던 렘브란트 씨가 나에게 고개를 돌렸다.

"……그, 그렇군. 아직 딸들의 치료가 끝나지 않았는데……. 밑에 아이가 증상이 더 나쁜 편이니, 그쪽부터 부탁하네."

렘브란트 씨는 눈가를 문지르더니 약간 자세를 바로 잡고 나에게 대답했다. 하지만 너무 울어서 얼굴이 새빨갛습니다, 렘브란트 씨. 아, 그리고 제 앞에서 콧물을 훌쩍거리지 말아 주실래요?

[알겠습니다.]

그들은 나를 딸이 기다리고 있는 방으로 안내했다. 모리스가 선두에 서서 렘브란트 씨와 내가 그 뒤를 따라 복도를 걸어갔다.

부인이 있던 방에서 조금 거리가 있는 편이었다. 만약 딸을 재운 방이 부인의 방의 바로 옆 같은 장소에 있었다면 렘브란트 씨는 갑자기 두 사람의 습격을 받고 죽임을 당했을지도 모르겠군.

"이 안일세."

렘브란트 씨는 그렇게 말하면서 복도 끝에 위치한 문을 가리켰다.

[알겠습니다. 먼저 움직이는 쪽이 반드시 이긴다고 했습니다. 열쇠를 주세요.]

"괘, 괜찮겠나?"

아까 부인을 제압한 모습을 보고도 아직 불안한지 렘브란트 씨가 물어왔다.

[문제없습니다. 따님을 구속하고 나서, 라이트의 마법으로 알리겠습니다. 하지만—.]

나는 일부러 심각한 분위기를 조성하면서 말을 끊었다.

꿀꺽, 두 사람이 숨을 삼키는 기척이 느껴졌다.

[혹시 제가 실수해서 가슴이나 엉덩이를 만지더라도 화내지 말아주세요, 아버님.]

"……?!"

나는 긴장이 풀린 두 사람에게 손을 살랑살랑 흔들면서 문을 열었다.

너무 긴장하는 것도 별로 좋지 않으니까~. 이 농담을 듣고 조금은 누그러졌으면 좋겠는데…….

찰칵, 찰칵.

나는 손잡이를 돌려서 신중하게 문을 열었다.

음, 방안 오른쪽에 위치한 침대에는 없는 것 같다.

나는 입구로부터 조금 이동해서 방 중심까지 간 뒤 한 번 발걸음을 멈췄다.

어두운 실내는 고요했다.

나는 탐색의 계를 전개했다.

—찾았다.

내 시야가 미치지 않는 사각이라고 할 수 있는 장소였다. 왼쪽에 위치한 천장 끝자락에 달라붙어서 내 등을 노려보고 있었다. 원숭이냐? 거미 남자야?

그리고 갑작스럽게 나를 향해 날아 들어왔다. 아무래도 비약의 냄새는 나에게도 옮겨 붙은 것 같았다. 이런 경우를 불행 중 다행이라고 해야 하나?

나를 장애물로 인식해주고 있는 것 같으니 말이야.

부인보다는 상태가 양호하다고 들었지만 몸집이 작고 날렵한 만큼 광폭화의 효과는 강렬했다. 체력도 남아있다고 들었고—.

나는 뒤돌아봄과 동시에 벽을 박차고 날아든 그녀가 뻗어온 왼손을 붙잡았다.

그녀는 의미를 알 수 없는 괴성을 내지르며 크게 벌린 입과 오른손으로 나를 공격했지만 나는 그보다 먼저 기세를 타고 업어치기와 같은 형태로 그녀를 내다 꽂았다.

나는 그녀가 머리부터 떨어지지 않도록 힘을 조절해서 바닥으로 내던졌다. 그녀는 던져져서 당황했는지 한 순간 행동을 멈추고 말았다. 나는 곧바로 그녀의 움직임을 확실하게 봉쇄했다.

해, 해냈다아—.

유키 누나, 고마워.

당시엔 남동생 학대라고 생각했지만 꽤 도움이 된 것 같아.

나는 이 자세를 유지하고 라이트의 마법으로 방 바깥에서 대기하고 있는 렘브란트 씨와 집사 모리스 씨에게 연락했다.

두 사람이 발소리도 숨기지 않고 방으로 들어왔다.

[빨리 목으로 넘겨주세요.]

나는 약을 보고 더욱 날뛰는 그녀를, 아까보다 강한 힘으로 억누르면서 렘브란트 씨에게 약을 먹이도록 재촉했다.

한창 사춘기 소녀라고 들었기 때문에 때려서 기절시키고 싶진 않다고. 이번엔 내가 생각해도 잘 처리한 편이라고 생각해.

그녀는 약을 마신 후 부인과 마찬가지로 곧장 잠이 들었다. 나는 그녀를 구속으로부터 해방시키고 침대에 눕혔다.

그러자 메이드 아가씨들이 방으로 들어와서 잠이 든 소녀의 몸을 닦아내거나 옷을 갈아입히는 등 여러 가지 시중을 들기 시작했고 병행해서 방 청소도 시작했다.

아, 이건 내 입장에선 알아챌 수 없는 일이었다. 집사의 배려일까? 아니면 렘브란트 씨의 지시인 건가?

그때, 뻔뻔하고도 난폭한 발소리가 실내에 울려 퍼졌다.

"헉! 헉!! 라이도우 님, 겨우 해냈어요! 성분은 비약 그 자체, 이 하잘이 혼신을 다 한— 아앗?!"

멍청이———!!

또 미끄러지다니 일부러 그러는 거냐!!

이번엔 거리가 너무 멀어서 도저히 내가 캐치할 수 없다고!

하지만—.

모리스 씨가 실로 경쾌한 동작으로, 또 다시 하잘이 저지른 대형

실수로부터 약을 지켜주셨습니다. 이 집사 말인데, 한 가정 당 한 사람은 필요한 것 같아. 차라리 아공으로 와 주세요. 아무쪼록 내 보좌를 담당해주셨으면 합니다!

그리고 하잘. 오늘 저녁은 네가 사는 거다. 맛이 있건 없건 하여간 비싼 음식을 우선적으로 시켜서 마구 먹어 주마! 당연히 쥐어 팬 후야!

"오늘이라는 날에 일어난 기적에, 나는 감사합니다. 여신이여……. 감사드립니다."

……부탁이니 **그 녀석**에게만큼은 감사하지 말아줘. 힘이 쭉 빠질 것 같다.

나는 렘브란트 씨의 기도에 진심으로 부정을 보낼 수밖에 없었다.

마지막으로 남아있던 언니 쪽은 동생보다 재빠르고 강한 완력을 지니고 있었지만 기본적으로 큰 차이는 없었다.

쓰고 남은 재료로 만든 약이 제대로 효력이 있을지 불안했는데, 하잘이 말하기로는 성분의 대조는 정확히 끝낸 상태라고 하니 믿어보기로 했다.

그녀는 아직 어느 정도 이성이 남아 있었던 모양으로, 광기에 저항하려는 듯 분홍색으로 물든 눈동자를 깜빡거리면서 가끔 이성이 깃든 눈빛을 되찾기도 했다. 그녀는 나를 향해 「도망쳐요」라고 호소하면서도 덮쳐왔다. 나는 그런 그녀의 고통이 내 마음을 무겁게 억누르는 것을 느꼈다.

의식이 남아있는 상태에서 이런 고통을 당하고 있다니……. 나는 내 말을 못 알아듣는 것을 알면서도 일본어로 「괜찮아. 구하러 왔어. 조금만 참아」라고 그녀에게 속삭이면서 움직임을 봉쇄했다.

나는 뭐라 말할 수 없는 피로감을 억누른 채, 렘브란트 씨를 불러 약을 먹이도록 재촉했다.

휴우~.

나는 그녀를 침대에 눕히고 크게 한숨을 내쉬었다. 큰일을 하나 끝냈으니 이 정도는 봐 달라고.

"저기 말이죠? 라이도우 님이 상인 자격으로 점포를 경영하실 생각이라는 건, 적성을 완전히 무시한 처사라는 느낌을 받는군요."

하잘이 스스로가 저지른 여러 가지 추태를 망각해버린 듯 느긋한 말투로 터무니없을 정도의 무례한 발언을 입에 담았다.

렘브란트 씨와 모리스 씨도 그의 말에 고개를 끄덕이며 동조하고 있고!

"훌륭한 포박술이었네. 레벨 1이라는 건 뭔가 잘못된 거겠지."

포박술이라고 할 정도로 대단한 기술을 쓴 건 아니에요, 렘브란트 씨.

"상인보다는 모험가 쪽이 명확하게 적성에 맞는다고 생각합니다."

상인으로 노력해 보려고 결의를 새롭게 다진 참인데, 그쪽 방면의 선배인 당신들이 그런 식으로 말하지 말라고!

[종자들 덕분에 단련된 편이라서요.]

"그 정도의 힘을 소유한 일행이 있다면 당연한 얘기겠죠. 누가 뭐래도—."

……이봐, 하잘. 너, 오늘은 계속 어리바리 떨고 있는데 적당히 해두라고?

분위기를 파악하는 방법을 육체 언어로 그 몸에 때려박아 줄까?

"―종자인 두 분은 양쪽 다 레벨 1000을 능가하는 고수들이니까요."

God Damn!

이 깜빡이 하치베[#4]를 어떻게 혼내줄까?

나는 그의 발언을 듣고 굳어버린 두 사람을 곁눈질로 바라보면서 하늘을 쳐다보고 탄식했다. 말해도 되는 일과 안 되는 일 정도는 제발 구별해 달라고요.

◇◆◇◆◇

하잘의 말실수 덕분에 렘브란트 씨로부터 온갖 질문 공세를 당했지만 그 모든 질문을 미소로 흘러 넘기며 훗날 나중 기회에 보답을 하겠다는 말을 듣고 저택을 뒤로 한 라이도우, 본명 마코토입니다.

부디 저녁이라도 먹고 가라는 초대를 받았습니다만 (하잘을 물 먹이기 위해) 정중하게 사양했습니다. 그리고 토모에와 미오의 레벨에 대해서는 입 밖에 내지 말아 달라고 조금 강한 어조로 부탁했다. 가족의 생명을 구해준 은인의 부탁이니, 아마도 렘브란트 씨와 모리스 씨는 내 종자의 레벨에 대해 함부로 발설하고 다니진 않을 것이다. 사실 이런 종류의 소문은 쥐도 새로 모르게 퍼져나

#4 깜빡이 하치베 시대극 미토 코몬의 등장인물인 가공인물. 도적 출신. 기본적으로 개그 캐릭터의 역할이다.

가는 성질의 것이라서 거의 포기하고 있었다.

아직 날이 밝았기 때문에 일단 하잘과는 헤어졌다.

그리고 미오와 토모에 두 사람을 긴급 호출했다. 모험가 길드에서 등록을 마치기 위해서이다. 렘브란트 씨에게 이 녀석들의 존재를 들키기도 했고 이렇게 된 이상 더 숨길 수도 없는 노릇이지.

하지만—.

"죽어라."

들려온 목소리보다도 빨리 발밑에 마법진이 출현했다. 거기다 표적은 나와 토모에뿐이었다. 왜 미오는 노리지 않는 거지?

당연한 얘기지만 정체불명의 기술을 일부러 당하고 싶지는 않았다.

따라서 나는 마법진으로부터 휙 물러나 피했다. 다행히도 추적 기능은 없었다.

하지만 토모에는 태연하게 마법진 위에 멈춰선 상태로 움직이지 않았다. ……왜?

마법진을 전개하는 과정에서 영창이 느껴지지 않았는데, 내가 알지 못하는 술식이라도 있는 걸까? 영창을 은폐하는 기술이 존재한다면 알아둘 필요가 있겠군.

목소리의 장본인은 우리 위치에서 조금 떨어진 장소에 서 있는 사내였다. 그 녀석의 신호를 받고, 상당히 멀리 떨어진 숲속에 있는 회색 로브를 걸친 인물이 뭔가 손을 복잡하게 움직이고 있었다. 저 손동작으로 영창을 대신하고 있는 걸까? 방금 목소리의 장본인은 날씬하고 키가 컸다. 이 녀석이 두목으로 보인다. 그리고 주위에서 숨을 죽이고 있는 사람들의 기척이 여러 개 느껴졌다.

로브를 걸친 인물의 손짓은 예상대로 공격의 기동을 위한 동작이었던 것 같다. 내 발밑(이었던 장소)과 토모에의 발밑에 출현한 마법진에서, 거리가 떨어져 있어도 강한 열기가 느껴질 정도의 불기둥이 솟아올랐다.

「죽어라」라는 선언대로, 죽이기 위한 의도의 공격이었다는 사실을 한눈에 알 수 있었다. 두 개의 마법진에서 발생한 불기둥이 내 눈앞에서 불타오르고 있었다.

불기둥은 토모에의 몸을 태워버리기 위해, 상당한 높이까지 솟아올랐지만—.

"흥!"

토모에가 왼손을 전방으로 털어내듯이 휘두르자 그녀를 둘러싸고 있던 불길이 순식간에 흩어졌다. 나 이거 참, 이 녀석은 일부러 위력을 확인해 본 건가? 정말 호전적인 누님이구먼.

"넌 그냥 평범하게 피하면 덧나냐? ……도대체가."

"아니, 아니지요. 자객의 역량을 확인해야 하지 않겠습니까? 설마 도련님의 부르심을 받자마자 이런 사태가 찾아오다니 유쾌하고 통쾌합니다! 역시 도련님이세요! 이 몸의 소원을 아주 잘 알고 계신 듯하니 다행입니다."

너를 위해서 습격당한 거 아니거든! 이 상황은 틀림없이 전형적인 시추에이션이긴 하지만…….

습격자 일당은…… 한명, 두 명, 세 명, 너이, 다섯……. 이봐, 아무리 렘브란트 저택에서 번화가까지 가는 길에 인기척이 없었다곤 하지만 너무 많은 거 아니야?

육안으로 확인할 수 있는 인원은 두 사람이었다. 한 사람은 우리가 있는 장소에서 조금 떨어진 거리에 서 있었다. 우리에게 죽으라고 불온한 대사를 내뱉은 날씬한 사내와 저쪽 숲의 나무 사이로 보이는 로브를 걸친 사람이다.

하지만 계를 확대시켜서 확인해 본 결과, 숨을 죽이고 대기하고 있는 녀석들이 우글우글했다. 이거 다 합쳐서 20명 정도는 되는 것 같은데?

으음—, 이 녀석들은 렘브란트 씨의 관계자들인가? 아니면 나 개인에 대한 원한이라도 있나?

이 장소와 타이밍을 고려해보면 역시 렘브란트 씨와 관련된 녀석들이라는 추측이 자연스러울 듯하다.

예상대로 렘브란트 씨와 관련된 녀석들이라면 묵사발은 확정 사항이다. 이 녀석들이 흑막인지 아닌지의 여부와는 별개로, 악행의 대가는 반드시 치르게 해주지.

주범 격으로 보이는 날씬한 사내가 천천히 다가왔다. 외모는 척 봐도 쿨한 인상이다. 아마 이 세계의 기준으로 보면 평균적인 건달일 것이다.

"피했나? 거기다 끄떡도 없었다니……. 저 검은 녀석 이외에도 솜씨가 있는 것 같군."

미오의 실력을 알고 있다고? 우리가 츠이게로 오는 여행길에서 활약했던 미오 무쌍을 목격한 건지도 모른다.

"이봐, 거기 검은 누님? 미안하지만 잠자코 구경만 하고 있을 순

없을까? 당신한테 손은 안 댈 거라고 약속할 테니까 말이야."

남자는 말을 계속했다. 그 말투로 판단하건데 아직 초조하거나 당황한 기색은 없어 보인다. 그렇다면 미오의 전투를 직접 봤다기보다, 대충 소문으로 들려오는 정도의 사전 정보밖에 없는 건가?

나는 상대에게 발각되지 않도록 염화를 사용해서 미오에게 그 제안을 받아들여 보라고 명령했다. 토모에도 옆에 서 있었고 내가 직접 부탁했기 때문에 그녀는 불만을 표정에 드러내지 않고 바로 행동으로 옮겼다.

"……무료로, 말인가요?"

"공짜라고 하진 않았어. 금화 열 닢 정도면 어때?"

"알았어요. 이번엔 못 본 걸로 치지요."

"미오, 네 녀석!"

토모에가 분노를 노골적으로 드러내면서 미오에게 덤벼들려고 했다. 물론 연기지만 말이죠. 여하튼 아까부터 그녀의 즐거운 감정이 이쪽으로 줄줄 새고 있거든요.

미오는 토모에의 팔을 살짝 피하며 우리에게서 거리를 두고 제3자의 태도를 취했다.

"미안하군, 돈은 곧바로 넘겨줄까?"

"나중에 주셔도 상관없어요. 그보다, 당하지나 마세요."

"틀린 말은 아니군. 누님 성격 끝내주는데? 미안하군, 너희들. 이게 바로 세상사라는 거라고."

사내는 한 바탕 웃어넘기더니 다시 나와 토모에를 향해 고개를 돌렸다. 나름대로 레벨이 높은 건지, 아직 여유가 있어 보인다.

뭐, 내 입장에서 보자면 잔챙이라는 건 확정된 사항이지만 말이지. 정말로 강자라면 토모에와 미오를 보고 느끼는 게 있었을 테니까. 상대의 실력을 감지할 수 있을 만한 야성이나 직감은 가지고 있지 않은 것 같다. 이건 무도를 갈고닦은 이들에 해당되는 얘기니까 이 세계에 들어맞는지는 모르겠지만 말이야.

"……."

"네놈들 따위, 이 몸 혼자서도 충분하다!"

나는 침묵을 지키고 있었고 토모에는 의기양양하게 호언장담했다.

우리의 반응을 신호삼아 단체 손님이 우글우글 행차하셨다. 멀리서 무언가를 준비하고 있는 패거리도 있었다. 마술사나 궁수들인가? 과연 어떤 움직임을 보여줄지 기대되는군.

"렘브란트 같은 녀석과 연루되지만 않았어도 죽음은 면할 수 있었을 텐데! 해치워!"

……OK, 묵사발 확정—.

구도를 봐서는 우리가 일방적으로 당하는 모양새로 보이기도 한다. 하지만 나는 솔직히 말해서, 각자 흉기를 꺼내들고 덤벼드는 여러분을 쳐다보고 있어도 무섭다는 생각은 전혀 들지 않았다. 마력과 방어의 계를 사용하여 온힘을 다해 방어하게 되면 꿈쩍도 안 하는 정도가 아니라 상대방의 몸이 위험할 정도거든.

토모에는 움직이지 않은 채로 상대의 공격을 받아넘기고 흘려보내며 공격을 하려는 분위기가 전혀 없었다.

"이봐, 토모에! 밥 값 좀 해라!"

"하지만 도련님. 역시 신호가 필요하지 않겠습니까?"

응? 신호라고? 무슨 소리야?

토모에는 말로 하기엔 흥이 살지 않는지, 염화를 통해서 그럴 필요도 없는데 소곤대는 목소리로 나에게 의사를 전달해 왔다.

토모에 가라사대—.

'자, 도련님. 그거를 하셔야지요. 「혼쭐을 내 주세요![#5]」라고 하는 그거 말입니다. 역시 싸움의 신호탄이라고 하면 그게 있어야지요. 이 몸은 도련님의 그 한 마디를 고대하고 있다고요?'

—이 녀석, 대체 뭔 소릴 하는 거야?

토모에는 분위기를 전혀 파악하지 않고 어처구니없는 소리를 내 머릿속에서 중얼거렸다. 나는 어이가 없는 나머지, 하마터면 상대의 공격을 그대로 받아버릴 뻔 했습니다.

가능한 한 초짜처럼 오버를 떨면서 도망 다니고 있었는데, 무심코 맞을 뻔한 공격을 정확한 동작으로 회피해 버렸다.

에휴. 계속 이러고 있어도 별도리 없으니, 각오를 다질 수밖에 없겠다.

"토, 토모에?"

"옛!"

"……혼쭐을, 내 주세요……."

"옙!!"

기분이 내려 앉는다아~. 창피하다고~. 이대로 가면 언젠가 「혼쭐을 내 주세요!」(척!) 같은 소리를 천연덕스럽게 내뱉을 수 있는 날이 오게 될까?

#5 혼쭐을 내 주세요! 시대극 미토 코몬의 간판격인 명대사.

"흐갹!"

토모에는 기운 넘치는 대답과 함께, 단검으로 찌르려고 달려든 도적 같은 분위기의 사내의 면상에 등주먹을 때려 박았다. 물론 그녀는 죽이지 않을 정도로 힘을 조절하고 있었기 때문에 상대는 호쾌하게 날아가 버렸다.

만약 그녀가 온힘을 다해 주먹질을 날렸다면 머리가 펑! 하고 터져버렸을 것이다. 잘 한다, 토모에.

토모에는 덮쳐오는 패거리를 때리고, 차고, 메치면서 차례차례 요격해 나갔다.

이거야 원, 아주 신났구먼. 카쿠노신[#6]을 자칭하는 만큼 정말 맨손으로 적들을 제압하고 있었다. 음, 나도 뭔가 해야 하지 않을까 그런 생각이 드네.

수 미터 정도 떨어진 장소에서 한 손 검을 정면으로 잡은 여성이 나를 바라보고 있었다.

온다!

그렇게 생각한 순간 그녀가 나를 향해 돌격해 왔다. 이상하게 생긴 검이군.

끝 부분은 찌르기 쉽도록 양쪽에 칼날이 붙어있지만 그 외의 부분은 외날이다.

이 세계는 서양식 양날검이 주류이므로 이런 변칙적인 형태의 외날 검은 흔치 않았다. 일본도에 가까운 형태인가? 말하자면 칼등 공격도 할 수 있는 일본도에 가까운 검이었다. 특수 주문으로 만든

#6 카쿠노신 미토 코몬의 가신으로 알려진 가공인물. 유술의 달인이라는 이미지.

걸까? 이 세계에서는 그다지 본 적이 없는 형상을 하고 있었다.

여성은 건강미가 넘치는 갈색 피부에 솟아오르는 팔 근육이 대단했다. 식스팩을 복부에 새긴 채 그 근육미를 아낌없이 드러내고 있었다. 대검이나 도끼가 어울려 보이는 몸매군.

내가 상대의 공격을 살짝 회피한 후에 목덜미에 손날을 한 방! 날리고 폼이나 잡아볼까~ 생각을 하고 있으려니, 나와 그녀 사이에 그림자가―.

이봐 잠깐, 토모에. 대체 얼마나 싸움을 하고 싶었던 거야?

아니군, 토모에의 시선은 무기로 향하고 있었다. 옆으로부터 우리 사이로 뛰어 들어오면서 틀림없이 무기를 바라보고 있었다! 혹시 저 무기에 흥미가 동한 거야? 무기를 수집하고 싶어 하다니, 벤케이 속성이라도 가지고 있냐? 그건 모습이 비슷해 보일 뿐이지 일본도가 아니거든?

어찌됐건, 지켜준다면 상관없지. 나는 회피에 전념하도록 하자.

아니나 다를까 원거리 공격반은 아군을 공격하는 것이 두려운 건지, 대단한 공격은 해오지 않고 있었다. 그리고 근접해서 덮쳐오는 패거리도 나와 토모에의 위치 선정에 의해, 아군을 공격하는 사태를 우려해서 많아봐야 두 사람씩 동시에 공격해오는 정도가 고작이었다.

기껏해야 두 사람을 원 모양으로 포위해 놓고 오히려 움직임을 컨트롤 당하다니 레벨이 아주 낮군……. 그 패거리 중에서도 아까 날아들어 왔던 그녀는 그나마 양호한 편이었다. 이쪽의 타이밍을 무너뜨려서 나를 공격할 기회를 노리고 있었으니까.

리자드맨과의 훈련을 통해 여러 명을 상대로 하는 전술은 꽤 익숙해진 편이었다. 따라서 나나 토모에의 다수를 상대로 한 전투 스킬은 나름대로 단련된 편(이었을 것)이다. 자신을 노리는 원거리 무기나 술법의 궤도에 적을 배치하도록 거동하는 방법 같은 건 확실하게 깨우쳤다.

토모에가 그녀와 한 차례 정도는 주고받을 수도 있지 않을까 생각했지만—.

"그 옷은 대체 어떻게 되먹은 거야……?"

여성 모험가는 상단 자세에서 토모에를 향해 검의 일격을 내질렀다.

그런데 토모에는 놀랍게도 그 공격에 타이밍을 맞춰서 카운터 돌려 차기를 시전하여 그녀의 옆머리에 명중시켰다. 아무리 남성용이라고 해도 기모노를 입고 어떻게 그런 킥을 날릴 수 있는 거지?!

"윽!"

우람한 체격을 자랑하던 건강 미인은 그 한 순간에 토모에를 보고 환하게 웃더니, 곧바로 눈의 검은자위를 위로 이동시키면서 털썩 무릎을 꿇고 쓰러졌다. 머리에 클린 히트로 들어갔으니 무리도 아니다.

"드디어 칼등 치기를 할 수 있는 무기를 GET했다!"

역시 그게 목적이었냐? 거짓말이라도 좋으니 「도련님, 괜찮으십니까?」라고 한 마디 하는 게 그렇게 어렵냐고!

철컥.

토모에는 지체 없이 칼등 치기 용으로 무기를 고쳐 잡았다.

콰직.

쿵!

푸슈우우우!

카, 칼을 사용하는 효과음으로 들리지는 않는군.

"으갸————!!"

"히이이이이이이이익!"

"히데부!"

아, 마지막 녀석은 뭘 좀 아는 녀석이군.

어깻죽지가 제대로 찌부러졌다. 저건 뼈가 산산조각이 난 모양새군. 인간의 어깨라는 건 원래 저렇게 흐물흐물하진 않는다고.

토모에의 검기에 따라갈 수 있는 녀석은 아무도 없었다.

아니 잠깐, 이 녀석. 상당히 검의 취급에 익숙해진 것처럼 보인다. ……여러 가지 용무를 부탁했는데 검기를 수행할 여유가 있었단 말야?

"갸!"

"아욱!"

"아쟈파!"

응, 그래. 또 마지막 녀석이 괜찮은 센스를 보였어.

숲 쪽에서도 가끔 비명이 들려오고 있었다. 토모에가 칼등 치기를 연습하는 과정에 짬을 내서, 쓰러뜨린 상대가 떨어뜨린 무기를 주운 뒤 숲에 숨어있는 적을 향해 던지고 있었다. 이 비명은 그 무기들이 명중했다는 증거일 것이다.

"너, 너희들……!"

드디어 날씬한 사내의 표정에 초조함이 깃들기 시작했다.

남아있는 수령 격인 그 남자와 또 한 사람의 술사는 우리에게서 조금 거리를 두고 어느샌가 합류했다.

"뭐냐, 이게 끝인가?"

토모에가 지루하다는 표정으로 그렇게 내뱉었다.

"……."

두 사람은 말이 없었다. 그야 이 정도로 일방적인 싸움을 목격하면 당연히 그렇게 될 수밖에 없나?

아! 그러고 보니, 나 한 마디도 입 밖에 내지 않았군.

문학소녀 비슷한 문학소년이니까 마음속에선 수다스럽다는 설정은 어때? 음, 침묵은 금이다.

"누, 누님! 당신 우리 쪽에 붙었잖아! 가세를 부탁한다고!"

사내가 하필이면 미오에게 협력을 부탁했다. 우와, 꼴사납다!

"싫어요."

사내는 미오의 냉담한 태도에 더욱 안달하기 시작했다.

"돈이 필요 없는 거야?!"

"딱히 살아있는 당신에게서도 받아도, 죽은 당신의 호주머니에서 슬쩍해도 마찬가지잖아요?"

"큿……! 가만히 듣고 있으려니, 이 자식! 나를 누구라고 생각하느냐! 츠이게의 넘버원 모험가, 랭크 S에 레벨 201! 라임=라떼 님이라고!"

라임과 라떼……. 역시 상성이 별로 좋지 않은 이름이다.

카페라떼나 라임소다 같은 걸로 해두라고.

하지만 츠이게의 넘버원이라?

절야에서 사건이 벌어졌을 때도 토모에와 미오의 사후 보고를 듣고 생각했지만 각 길드의 넘버원 모험가라는 녀석들은 멍청한 악당만 있는 건 아니겠지?

술사가 속삭이듯 중얼거리고 있었다. 무슨 소리를 하고 있는 거야?

"위, 위계에 계신 여덟 다리의 신마(神馬)에게 부탁, 드, 드립니다. 나를 흉터의 옛 장소로 옮겨—."

어, 공통어로 영창한다고? 그런 짓도 가능한 거야? 아니, 그보다 이 녀석 도망칠 생각인가?

"인마! 도망칠 생각이냐!"

"전이 술식인 것 같습니다, 도련님."

"알아쓰~."

아, 혹시 이거 처음으로 말한 건가?

나는 느릿느릿 영창하고 있는 그에게 돌진해서—.

"미안! 헛!"

"—주십시, 호? 으, 아아앗?!"

아슬아슬하게 힘 조절을 하여 남자의 얼굴을 붙잡아 그대로 땅바닥에 쳐 박았다.

"원 펀치로군요!"

설명해주지! 원 펀치란 무엇인가!

무지막지하게 아프지만 아슬아슬하게 치명상을 입지 않을 정도로 적당히 봐주면서 공격하는 비살상 필살기다. 상당히 특수한 마력 컨트롤과 체술을 동시에 구사함으로써 사용할 수 있는 기술이자, 원래는 아공에서 훈련을 쌓는 와중에 마코토가 주민들의 부상을 염려해서 고안해낸 자애의 공격이다!

특별히 펀치에 한정된 기술은 아니지만 처음에 선보였을 때 펀치였었다는 사실과 최초로 얻어맞은 하이랜드 오크가 누가 봐도 죽은 것처럼 보일 정도로 화려하게 굴러가 버렸기 때문에 훈련에 참가했던 전사 일동이 공포와 원념(어라?)을 담아서 명명했다. 생명력을 단 한 조각만 남기는 주먹, 즉「원 펀치」라고 명명하여 그대로 정착한 것이다. 그 후 마코토가 구사하는 즉각적 전투불능 기술의 일격들은 전부 원 펀치라고 불리게 되었다.【이상 정보통으로부터】

……뭔가 머릿속에 묘한 해설이 흐른 것 같다.

술사는 연기가 날 정도로 땅바닥과 키스를 나누면서 날아가 버렸다. 그리고 꼼짝도 하지 않는다.

"도련님, 훌륭하십니다!"

토모에가 감탄의 목소리를 냈다.

"……….(멍—.)"

날씬한 사내가 입을 크게 벌리고 도주를 시도했던 술사의 말로를 쳐다보고 있었다.

"남은 건 네 녀석뿐이다! 순순히 무릎을 꿇도록!"

"웃기지 마!"

"훅!"

"앗!"

"에잇."

"으아아아아아아아아아아앗?!"

"영차."

"큭?! 코, 코피가! 우습게 보!"

"옷!"

"헷? 나, 하늘, 이라?"

"흠!"

"힉! 무, 무슨 짓이든 할게! 사, 살려줘!"

어, 그러니까 해설하자면—.

사내가 토모에의 말을 듣고 흥분해서 단검을 뽑아들고 덤볐습니다만 토모에는 검을 버리고 양손으로 칼날을 잡아냈습니다.

그리고 가벼운 한 마디 기합 소리와 함께 단검을 뚝하고 부러뜨렸다. 곧바로 그 손으로 사내의 얼굴에 잽을 날렸다. 그래도 저항을 시도하는 사내에게 던지는 거나 다름없는 밭다리후리기를 시전했다.

벌렁 나자빠져서 굴러다니는 사내의 바로 옆에 다시 주워잡은 일본도 비슷한 검을 꽂아 넣자, 결국 사내가 패배를 인정했다. 대충 그런 느낌이었습니다.

……라임, 너무 약하잖아~!

"도련님, 이 녀석에게 물어볼 말은 있으십니까?"

라임은 어느샌가 우리 앞에 무릎을 꿇고 앉아서 얌전히 처분을 기다리고 있었다.

[왜 우리를 습격한 거지?]

라임은 내 말풍선을 보고 한 순간 당황을 숨기지 못 했다. 하지만 곧바로 표정을 바로 잡은 뒤 입을 열기 시작했다.

"그, 글자? ……아, 아니! 이상하다는 건 아니고요! 아무 것도 아님다! 이유, 아 그렇지! 이유 말씀임까?!"

그는 토모에의 분노를 느끼고 방금 생긴 개인적 의문을 순식간에 억누르더니 내 질문에 대답하기 시작했다.

라임의 증언에 따르면—.

렘브란트 상회는 규모를 확대시키면서, 저레벨의 운반 의뢰나 채집 의뢰를 대행하는 자회사(子會社)와 같은 조직을 만들었다고 한다. 그 결과 모험가들이 인수할 수 있는 간단한 의뢰가 대폭으로 감소했다고 한다.

원래 실력이 있는 모험가들의 입장에서는 용돈 벌이가 조금 줄어든 정도에 지나지 않았지만, 힘없는 모험가 그룹의 경우엔 생사가 걸린 문제였다고 한다. 그 결과, 모험가에서 발을 씻거나 다른 도시로 이주하는 저레벨 모험가가 증가했다. 그러나 그런 행동조차 일으킬 수 없을 정도로 레벨이 낮은 모험가 패거리 중에는 굶어 죽는 이까지 생겼다고…….

그렇게 쌓인 울분으로 인해 복수라는 방법을 떠올리고 계획 후에 실행에 옮겼다는 것이 이번 사건의 전모였다. 그들의 입장에서 생각해보자면 렘브란트 상회에게 정의의 철퇴를 선사하겠다는 기분이었을 것이다. 이익을 독점하려고 드는 악덕 상인을 용서할 수 없었다! 대충 그런 느낌이었겠지.

렘브란트 상회가 츠이게의 모험가들로부터 원한을 사고 있다면,

루비 아이의 눈동자를 조달하는 의뢰가 뜻대로 풀리지 않았다는 것도 납득할 만하다. 제대로 의뢰를 수행하려는 사람은 없었을 테니까 당연한 결과였다. 어쩌면 나는 그 의뢰를 인수했을 때부터 모험가들의 표적이 된 건지도 모르겠군.

복수의 실행자로서 앞장서서 습격에 참가한 인물이 츠이게의 톱 랭커인 라임이었다는 건가?

……왠지, 정말 어이가 없을 정도로 모험가들의 자업자득이었다는 느낌이 드는데?

황야로 모험을 떠나는 것도 아니고, 츠이게 근방에서 달성할 수 있는 간단한 의뢰밖에 수행하지 못 하는 모험가라는 직업에 대체 무슨 의미가 있는 거지? 은퇴하고 다른 직업을 찾아보는 게 낫지 않아?

이 이야기를 들어도 그들을 동정하기는 힘들어. 렘브란트 씨의 가족을 악질스런 저주를 사용해서 괴롭힌 이유라고 한다면 너무 염치가 없다고.

[하지만 너희들 말이야. 그런 잔인한 수법을 쓰면서 양심이 켕기진 않았던 거야?]

"잔인한 수법이라뇨……? 기껏해야 몇 년 정도 퍼질러 잘 뿐인 수면의 저주 아님까? 도중에 풀리지 않도록 굉장히 빡센 술식을 사용했다는 얘긴 들었습다만."

응? 이 녀석, 거짓말을 하고 있는 건가?

[무슨 소리야? 렘브란트 씨의 가족에게 걸려 있던 건, 확실하게 죽음에 이르는 레벨 8의 저주병이었어. 그것도 흉악한 옵션이 달

린 최악의 술법이었지.]

"예?"

"네 놈은 시치미를 떼는 거냐!!"

토모에가 땅에 꽂아놓고 있던 검을 뽑아, 라임을 베려는 시늉을 했다.

"거, 거짓말이 아님다!! 죽이다니요! 저희들은 그저, 렘브란트 녀석에게 모험가들이 성장할 기회를 빼앗으려 하면 혼이 날 거라고 가르쳐주고 싶었던 것 뿐임다!"

그렇게 외치는 라임의 얼굴은 거짓말을 하는 얼굴로는 보이지 않았다.

하지만 만전을 기하기 위해 토모에의 능력을 빌리기로 했다.

나는 염화로 토모에에게 전했다.

'토모에, 이 녀석의 기억을 확인할 수 있어?'

'맡겨주시죠.'

나는 고개를 끄덕이고 작업을 시작한 토모에를 잠시 동안 지켜봤다.

"이 녀석, 거짓을 고하지는 않았습니다."

기억을 들여다 볼 수 있었던 모양이다. 그럼 더 물어볼 것도 없었다.

……이거야 원, 대체 어디서 얘기가 어긋난 거지? 서로 간에 어느 정도 오해가 있었던 모양이지만 (아마) 아무도 죽지 않은 이 상황은 바람직한 건가?

깔끔하게 한 화에 완결 나는 분위기는 아니지만, 일단 이걸로 이 자리는 한 건 해결로 볼 수 있을 것이다. 토모에가 기억을 들여다봤다면 이 이상 라임을 추궁해서 사정을 캐낼 필요도 없었다. 그가 모든 진실을 입 밖에 내리라는 보장도 없고 나중에 토모에가 들여다 본 기억을 확인하면 끝나는 이야기다.

[알았다. 이제 됐어.]

"……! 그럼 눈감아주시는 겁니까?"

[그래. 부하들을 치료라도 해주도록 해.]

"헤헤헤! 죄송함다!"

라임이 몸을 일으키려고 했던 바로 그때—.

덥썩.

누군가가 그의 손을 붙잡았다.

"왜, 왜 그러시죠? 검은 누님?"

그를 붙잡은 인물은 어느샌가 내 옆으로 돌아온 미오였다.

"돈."

"아, 예. 돈 말입죠. 알겠슴다…… 아니, 잠깐, 어라?!"

미오는 사내의 손에서 지갑 대신으로 사용하고 있는 것으로 보이는 주머니를 빼앗더니, 그 안에 들어있던 돈을 전부 자신의 손에다가 쏟아 부었다.

그는 금화 열 닢을 제안했던 것으로 기억하는데 명확하게 그 이상의 금액이었다.

"어라, 대체 이건 무슨……?"

"자."

미오는 텅 빈 주머니를 사내에게 돌려줬다.

"아니, 아니, 잠깐만요! 너무 많이 가져가신 거 아님까, 누님?!"

"이자."

금화 수십 닢이 이자라. 고리대금업자 빰치겠네.

아무래도 미오가 최근에 배운 단어인 것 같은데 사용 방법은 완전히 잘못되어 있었다.

"이, 이자요?"

"그래, 이자."

"……그런 터무니없는……!"

그러게…….

"이, 자!"

미오는 한층 더 강한 말투로 선언했다.

"……아, 예. 알겠슴다."

시선으로 공갈이라. 미오…… 무서운 아이! 라임은 조금 불쌍하게 됐다.

이대로 그냥 돌려보내는 것은 조금 불쌍하니 조금 도와줄까?

[종자가 부러뜨린 단검은 나름대로 명검인 것 같군. 나중에 그에 상응하는 물품을 준비할 테니, 용서해 주시길.]

나는 라임의 어깨를 두드려서 말풍선을 보였다.

"어?"

나는 그의 얼굴을 쳐다보며 고개를 끄덕였다. 부러져서 지면에 굴러다니고 있는 단검에서 마력이 느껴진다. 마법 효과를 부여받은 검이었다는 건 틀림없었다.

[그래. 라이도우의 이름으로 모험가 길드에 말을 전달해 두지.

미안했소. 그럼 우리는 이만.]

"도련님! 그렇게까지 신경 쓰실 필요는 없지 않을까요~?"

"아, 도련님! 기다려 주십시오~!"

토모에가 라임에 대한 미오의 처사에 영향을 받았는지, 땅바닥에서 신음을 흘리고 있는 패거리의 호주머니를 뒤적이기 시작했다. 나는 그 행동을 말리려는 의도도 있었기 때문에 빠른 발걸음으로 현장에서 물러나기로 했다.

……그런 짓을 저지르면 그냥 평범한 노상강도라고요!

5

◇◆ 토모에 ◆◇

며칠 후—.

라임=라떼는 도련님과 함께 렘브란트 저택을 방문하여 집주인에게 저주병과 관련된 사건에 대해 사죄했다. 일부의 계획이 어긋난 상황이었다고는 해도 라임이 렘브란트 가문에 위해를 가하려고 했던 것은 틀림없는 사실이니까 말이야. 때문에 렘브란트의 태도도 엄격할 수밖에 없었다. 당연한 반응이로고.

하지만 라임은 도련님이나 이 몸, 그리고 미오에게 부탁을 해 오면서 여러 차례 사죄를 위해 렘브란트 저택을 방문했으며 계속해서 용서를 청했다. 며칠이나, 며칠이나 계속해서 시도했다.

은인이기도 한 도련님의 중개 덕분인지 결국 렘브란트는 도련님 앞에서 라임을 용서했다.

사죄에 대해 라임이 금전적인 배상 책임을 지는 일은 없었다. 물론 렘브란트는 그를 무조건적으로 용서한 것은 아니었다.

모험가 은퇴—.

렘브란트는 라임을 용서하는 조건으로 모험가 활동에 제한을 둘 것을 요구했다. 라임은 그 요구에 대해 스스로 더욱 극단적인 제안을 제시한 것이다.

도련님께선 라임에게 향후 계획에 대해 여쭈셨다. 라임은 인맥까지 사라지는 것은 아니니 할 일은 얼마든지 있다고 웃으면서 대답했다.

도련님께서는 그도 아직 20대 중반이니 재출발이 불가능하진 않을 것이라고 말씀하시며 그 이상 추궁하지는 않으셨다.

렘브란트 저택에서 나와서 조금만 걸으면 도착할 수 있는 장소에 조금 높은 언덕이 있었다. 츠이게의 거리를 한 눈에 내려다 볼 수 있는 장소였다.

라임이 혼자서 멍하니 서 있었다. 이 몸은 잠자코 접근했다.

"할 일은 얼마든지 있습다? 그렇게 말은 했지만 서도, 실제로 조건에 맞는 일 같은 게 쉽게 굴러다닐 리가 없지. 나도 슬슬—."

"뒷골목 세상에라도 발을 들여놔야 할 참이다 이건가?"

"……?!"

이 몸이 갑자기 말을 걸어 놀랐는지 라임은 황급히 고개를 돌려왔다.

"뭘 하고 있나, 라임?"

"……토모에 누님? 여기는 누님 같은 분이 오실 장소가 아닙니다."

적이 아니라는 사실을 확인하고 안도했는지 라임의 표정이 누그러들었다.

"흠, 그렇군. **저게** 바로 너의 조건인가?"

"헉?!"

이 몸이 이어서 입에 담은 말을 듣고, 라임은 또 다시 경악스러운 표정을 지은 뒤 그저 멍청히 이쪽을 쳐다봤다.

—라임이 머릿속에서 생각하고 있는 조건을 이 몸은 완전히 파악하고 있었다.

비교적 높은 장소에 위치한 이 언덕에서, 저 멀리 보이는 건물을 바라보고 있던 모습만 봐도 라임의 생각은 불 보듯 뻔했다.

저 곳이 바로, 라임이 신경 쓰고 있는 장소다.

"흔한 얘기로군. 어렸을 때 신세졌던 장소를 지원하고 있다니 말이야. 그것도 모험가로 성장해주길 바라는 게 아니라 좀 더 안정적인 직업을 가질 수 있도록 말인가? 틀림없이 교육까지 책임지려면 평범한 기부와는 비교가 안 될 정도로 큰돈이 필요하겠지."

"누님께선 실력만 황당무계한 분이 아니셨군요. 라이도우 어르신뿐만 아니라 누님께서도 말이죠. 지금까지 그 누구도 저와 저 곳의 관계를 알아냈던 적은 없었습니다."

이 몸은 라임의 말에 대답하지 않고 계속했다.

"……그런 귀찮은 방법이 아니더라도, 전원을 모험가로 키워서 한꺼번에 책임지면 되지 않나?"

라임은 땅바닥에 주저앉아, 기가 막혀 하면서도 포기한 듯한 불가사의한 표정으로 이 몸을 올려다봤다. 이 몸이 그가 모험가가 된 이후로 철저하게 감춰왔던 사실을 깔끔하게 지적할 수 있었던 데는 이유가 있었다.

—인간의 기억을 읽는 능력 덕분이었다.

그것도 웬만한 장애물 따위는 아랑곳하지 않을 정도로 강력한 능력이다.

평범한 인간이 이 몸을 상대로 거짓말 따위를 할 수 있을 리가 없었다.

"……어이가 없으신 말씀임다. 전 모험가라는 직업에 관해선 말임다, 아—주 잘 알고 있어요. 다른 길을 선택할 수 있는 방법이 있다면 일부러 선택할 만한 짓거리가 아니라고요. 그게 제 생각입니다. 거기다, 제가 저 고아원과 관련이 있다는 사실이 알려지면 무슨 성가신 일이 벌어질지……."

이름이 팔린 모험가의 약점이 주위에 알려지면 당연히 그 점을 이용하려는 녀석들도 나타날 것이다. 그 약점이 개인이라면 몰라도 고아원 하나가 통째로 약점이라고 할 경우엔 혼자 힘으로 지킬 수 있을 리가 없었다. 라임도 그 결과 일어날 수 있는 비극에 대해 예측할 수 있는 머리는 있었다.

"모험가라는 직업은, 다행히 저에게는 적성에 맞는 편이었지만요. 이런 짓거리는 오랫동안 계속할 수 있는 것도 아니고, 어느 정도 위치에 올랐다고 해서 잘난 척 할 수 있는 것도 아니죠. 저에

비하면—.”

“고아원을 혼자서 지탱하고 있는, 같은 나이의 여성이야말로 훨씬 훌륭하다 이 말인가?”

“—두 손 두 발 다 들겠네요. 혹시 저 말인데 그렇게 알기 쉬운 편인가요?”

“그래, 알기 쉽다. 조금은 우리 도련님을 본받도록.”

라임이 쓴웃음을 지으며 대답했다.

“어르신 정도 되면 너무 정체불명 아닌가요?”

라임은 일전의 습격을 준비하면서 도련님에 대한 정보의 수집을 시도했다고 한다. 하지만 황야에서 훌쩍 나타난 인물에 대한 상세한 정보가 존재할 리 없었다. 따라서 이 녀석의 도련님에 대한 감상은 틀리진 않았다. 도련님께서도 실제 성격은 알기 쉬운 편이지만 말이지.

“훗. 자, 네가 말한 그 정체불명의 도련님께서 주신 선물이다.”

“어…… 이건, 검?”

라임은 이 몸이 내던진 검을 잡아들고 신기하다는 표정을 지었다.

이 녀석이 「검?」이라고 의문형으로 반응한 것도 무리는 아니다.

상당히 날렵한 도신(刀身)과 독특한 장식이 달린 칼자루—.

그것이 일본도라고 불리는 무기와 흡사한 형상을 지니고 있다는 사실은, 애초에 일본도를 처음으로 목격한 라임이 알리가 없었다.

라임은 칼집을 손에 넣자마자 그 힘을 느꼈는지 숨을 삼켰다.

“호오! 손에 쥐는 것만으로도 그 녀석의 가치를 깨달았나? 이 몸은 사실 그것을 길드에 맡기러 가는 길이었다만 도중에 네가 눈에 띈 관계로 직접 넘겨주고 일을 끝낼 심산이었다……. 하지만 이거 생각을 바꿀 필요가 있어 보이는군.”

일본도를 손에 쥔 라임의 반응을 보고 조금 기쁘다는 감정을 느끼고 말았다.

라임은 자리에서 일어나 칼집에서 일본도를 단숨에 뽑아 들었다.

“이렇게 하는 건가. ……괴, 굉장해.”

라임은 칼집을 내려놓고 양손으로 일본도를 쥔 채 자세를 잡았다.

모습을 드러낸 도신에 홀린 듯한 표정이다.

“어떠냐? 힘과 아름다움이 공존하는 최고의 무기를 본 감상은?”

“최고의 무기…….”

“검의 아종이라고 하면 알아듣겠나? **일본도**라고 하는 무기다. 사실 그 형태는 아직 미완성품이지만 무기로써의 품질로만 치면 이미 상당한 수준이라고 할 수 있지.”

“이걸 저에게?”

“그렇다. 도련님께서 너에게 하사하시기 위해 특별히 준비하신 물건이다. 손질하는 방법은 나중에 가르쳐주지. 장인에게 맡기고 싶을 때는 언제든지 연락해도 좋다.”

라임은 당황하면서 고개를 가로저었다.

“이런 걸 어떻게 받습니까?! 누님께서 부러뜨린 검과 이걸 비교하는 것도 어처구니가 없을 정도라고요!”

라임은 그렇게 말하면서 일본도를 칼집에 집어넣은 후 이 몸에게 돌려주려고 했다.

이 몸은 손으로 일본도를 되밀면서 라임에게 말했다.

"이 몸도 네 실력을 생각하면 아까운 무기라고 여긴다만 너에게 줄 무기의 수준과 종류는 도련님께서 직접 정하신 거다. 도저히 써먹을 자신이 없다면 집에 걸어두기라도 해라. 이걸 돌려받기라도 하는 날에는 이 몸이 도련님께 꾸중을 듣는다."

"하하, 한 판 붙으셔도 누님이 더 세지 않으세요?"

"……무슨 멍청한 소리냐? 대련이라도 하게 되면 이 몸은 항상 도망 다니는 게 일이다."

"……."

"이 몸과 미오가 둘이서 협공을 해도 도련님에게 이길 수는 없어."

"차라리, 상회가 아니라 용병단이라도 결성하시는 게 어떠심까?"

"도련님께서 바라신다면 이 몸은 상관없지. 그보다 너에 관해서 말이다만."

"……."

"이대로 헤어지게 되면, 결국 너는 그걸 팔아넘겨서 돈으로 바꾼다는 한심한 결말을 맞이할 것 같은 예감이 든다."

"윽."

아픈 곳을 찔린 모양이다. 라임의 표정이 일그러졌다.

"네 소원은 무슨 일이 있어도 저 고아원을 지키고 싶다는 거 아닌가?"

"……무슨 문제라도 있나요?"

저 고아원은 라임이 모험가가 된 이후로도 빈번히 가명으로 기부를 계속하고 있는 장소였다. 당연히 무슨 수를 써서라도 지키고 싶을 것이다. 소중하지 않을 리가 없었다.

"아니. 가족에게 자상하다는 것은 호감이 간다. 도련님께서도 그러시니까."

"어르신께서도……?"

"일본도의 성능을 알아볼 수 있는 안목도 갖추고 있는 듯하고. 너, 이 몸의 부하가 되 보는 게 어떠냐?"

"누님의 부하라고요? 상회의 종업원이 되라는 의미인가요?"

"뭐, 그런 일도 장래적으로 일어날 수 있지. 하지만 당분간 우리에게 필요한 일은 정보 수집이다."

"정보 수집이요?"

"음. 다행히 너는 발이 넓은 편인 것 같으니 말이야. 그리고 이 일을 하게 되면 모험가로서의 경험도 살릴 수 있을 것이다. 우선은 너를 시범적으로 채용해 본 다음에 정할 일이다만 이 몸의 밀정으로 일해 볼 생각은 없냐고 묻고 있는 거다."

"밀정……. 말인즉슨, **개**가 되라는 말씀인가요?"

라임의 표정이 한 순간 험악해졌다.

"그래. 주로 이 몸에게 도시의 사정에 대해 보고하는 일이다."

라임의 표정은 여전히 엄격한 상태였다. 어디 보자, 조금만 더 부추겨 볼까?

"왜 그러나? 개라고 하니 자존심이 허락을 안 하나?"

약간 짓궂은 말투를 사용하고 말았다.

라임은 쓴웃음을 지었다.

"……설마요. 하지만 괜찮으심까? 스스로 말하기도 좀 그렇지만 전 돈 잡아먹는 벌레라고요?"

—고아원의 유지와 직업 훈련을 비롯한 교육까지 지원하고 있었다. 그것은 결코 저렴한 투자가 아니었다.

스스로의 사정을 빗댄 말투라니 멋쩍어하는 것도 정도가 있지 않나?

"너야말로 각오해라. 앞으로 네 눈앞에 펼쳐질 세계는, 너의 상상을 아득히 초월할 것이다. 우리와 관여한다는 사실은 우리의 비밀에 접촉하다는 뜻이니까. 자, 이건 당분간 사용할 착수금과 활동 자금이다."

이 몸은 그렇게 말하면서 라임에게 주머니 하나를 집어 던졌다. 라임은 주머니를 열어 보며 대답했다.

"헤헤, 무슨 말씀을 그렇게 무섭게 하심까? 말하자면 단순한 정보통 역할이잖아요. 그리고 어르신이나 누님은 이미 충분히 이상한 분들이라는 건 알고…… 잠깐, 이, 이게 착수금과 활동 자금이라고요?!"

라임은 주머니의 내용물을 확인하고 두 눈을 크게 떴다.

"호오, 그 정도가 놀랄 만한 금액인가? 혹시 그렇다면 네가 밀정이라는 임무를 우습게보고 있다는 증거다. 목숨을 잃을지도 모르는 위험한 일이기도 하니까 말이야. 하지만 이 일에 네가 온힘을 다해 임하고, 이 몸의 기대에 보답한다면…… 설령 네 몸에 무슨 일이 일어난다고 해도 너의 소중한 존재들은 이 몸의 힘으로 수호해 주겠다."

"……이게 대체 뭔 일일까요. 저한테 엄청나게 기대하시고 계신 듯한 느낌이 드네요. 제가 그 말씀을 진심으로 믿어도 될까요?"

라임이 미소를 지으며 말했다.

"기대하고 있겠다."

이 몸도 웃으면서 대답했다.

"애초에 이거, 대체 다 합쳐서 얼마나 되는 거죠? ……자, 잠깐! 설마 이거 전부 금화?!

"당연히 전부 금화다. 대충 170닢 정도로 기억하고 있었다만 어중간한 금액인 이유는 대충 손으로 들고 나왔기 때문이야. 용서해라. 어서 그 이상의 급료를 받을 수 있도록 노력하도록. 알겠나?"

"……대체 얼마나 꿈과 희망이 넘치는 직장임까?"

흐흥, 쓸만한 밀정으로 거듭나도록 해라. 라임.

이 몸에게, 아니지. 오니○○한카초[#7]에게 감사해라.

도련님, 오니○○를 전부 시청하신 일에 대해 정말로 감사하고 있습니다.

음, 그렇다면 이 몸이 하세가와 헤이조[#8] 역할인가?

그렇다면 도련님께서는 쿄○○[#9] 님이군. 음, 문제없어!

라임이여, 기뻐해라.

너는 기념비적인 밀정 제1호다.

야무지게 훈련을 시켜서 어디 내놔도 부끄럽지 않을 정도로 단련시켜 주마.

크크큭, 도중에 죽지나 말라고?

#7 오니○○한카초 오니헤이한카초. 시대극 드라마로 밀정을 풀어 범죄를 단속하는 내용.
#8 하세가와 헤이조 오니헤이라고 불리는 오니헤이한카초의 주인공..
#9 쿄○○ 쿄고쿠 타카히사. 하세가와 헤이조의 상관.

이리하여—.

라임은 이 몸의 밀정이 된 것이다.

그리고 본인도 모르는 사이에 도련님의(이 몸의) 밀정 제1호가 탄생했다.

◇◆◇◆◇

의외로 라임은 정말 아무 것도 몰랐다.

녀석의 기억 가운데 렘브란트의 아내와 딸들에게 걸린 저주병에 대한 정보는 하나도 없었다.

일이 이렇게 돌아가면 저주병의 술법을 거행한 술사의 머릿속을 들여다보는 방법이 최선이라고 할 수 있겠지만, 그 녀석은 이미 이 세상 사람이 아니라고 한다. 아무리 이 몸이라고 해도 육체와 혼이 사라져 버린 죽은 이의 기억까지 들여다볼 수는 없으니까…….

라임은 벌써부터 매일 같이 열심히 돌아다니고 있는 모양이다.

일을 시작한지 얼마 지나지도 않았는데 잘도 하는군.

우리가 넘겨준 일본도의 숙련도를 올리기 위해 필사적으로 수련에 임하는 모습도 호감이 갔다.

원래부터 한 손 검을 사용했던 경험이 있다고는 하나, 애용하고 있던 무기는 양날 검이었으니 일본도를 능숙하게 다루기 위해서는 상당한 시간이 필요할 것이다. 하지만 진척 상황을 보면 비교적 빠른 시기에 숙달할지도 모르겠군.

녀석은 매일 마다 거르지 않고 기초 훈련에 매진하고 있을 뿐만 아니라, 그에 병행해서 시간이 날 때마다 황야를 포함한 츠이게 주변 지역에서의 실전 훈련도 시작했다.

만약에 도련님께서 비슷한 상황에 처하셨다면, 몇 개월이고 연습이나 품새 같은 준비 과정을 철저하게 거치신 후에 실전에 임하셨을 것으로 예측된다. 라임의 경우, 그런 측면에선 훌륭한 과감성을 발휘하고 있다고 할 수 있었다.

라임은 지금으로써는 가야할 방향만 정해주면 일사천리로 나아가려고 하는, 손이 많이 가지 않는 우등생이었다. 확실하게 향후의 성장을 기대할 수 있는 그릇으로, 녀석과 만날 수 있었던 것은 이번 사건에서 얻은 뜻밖의 수확이라고 할 수 있었다.

적당한 시기를 봐서 아공에도 불러들여 이 몸이 직접 대련 상대로서 한층 더 높은 경지로 끌어올려 주도록 하지.

녀석의 저런 모습을 보시면 도련님께서도 긍정적으로 대응해 주실 터—.

이 몸이 그런 계획을 세우면서 츠이게 거리에 위치한 서점에서 책의 내용을 확인하고 있으려니 묘한 기척이 느껴졌다.

“음? 저건…… 분명히, 렘브란트의 집사인 모리스라고 했나? 이 몸을 미행하고 있는 건가? 흠.”

아마 모리스는 아직 이 몸에게 들키지 않았다고 생각하고 있는 것 같군.

휴만이 기척을 느낄 수 있는 거리에서 이 몸이 눈치를 못 챌 리가 없는데 말이야.

이 몸을 누구라고 생각하는가?

이 몸을 우습게보고 있는 건지, 아니면 스스로의 실력에 자신이 있는 건지 모르겠군.

틀림없이 지금까지 만나본 휴만 중에선 톱클래스라고 할 수 있는 몸놀림이긴 하지만 말이야.

참고로 이런 서점에서 지금 이 몸처럼 책의 내용물을 확인하려고 시도하는 날에는, 보통은 곧바로 쫓겨나는 경우가 정상이다.

이 세계는 도련님께서 계시던 세계와는 달리 인쇄, 제본 기술이 발달되지 않았을 뿐만 아니라 지식의 가치가 상당히 높은 편이었다. 페이지를 넘김으로써 책에 상처를 입히고 내용물을 봄으로써 상품으로 진열되어 있는 정보를 공짜로 취득한다는 것은, 양쪽 다 최악의 행위라고 할 수 있었다.

이 몸의 경우, 매번 상당한 양의 서책을 현금으로 구입하고 있기 때문에 서점 측이 묵인하고 있을 뿐이었다. 참고로 도련님께서도 단골이시다. 이 몸처럼 구입 전에 내용물을 확인하시는 경우는 별로 없지만—.

미오는 이런 장소에선 절대로 마주치는 일이 없었다. 그 녀석은 정말로 책하고는 거리가 먼 녀석이거든.

지금은 그게 중요한 게 아니지.

……호오, 모리스라는 녀석도 서점으로 들어왔다.

책장을 능숙하게 사용해서 시야의 사각으로 이동하고 있지만 다음 동작 후에 이 몸의 모습을 한 순간 놓치게 될 것이다. ……지금이다!

"무슨 용무신지? 아마…… 모리스 님이라고 하셨나?"

이 몸은 등 뒤에서 녀석의 어깨에 손을 올려놓고 미소를 지으며 그렇게 말했다.

굉장한 형상으로 고개를 돌리는 녀석의 표정을 즐기며 이 몸은 문득 하나의 아이디어를 떠올렸다.

라임의 기억 속에 등장했던 주술사는 렘브란트를 증오하고 있었다.

녀석은 이미 이 세상에 없지만 렘브란트나 그의 관계자라면 그 이유를 알고 있지 않을까?

이 몸은 마음을 먹은 대로 당황한 모리스와 적당히 잡담을 나누면서 그의 기억을 뒤지기 시작했다.

—아니군, 아니다. 이것도 아니야.

고속으로 모리스의 기억을 자세히 조사하고 해당 사항이 없는 정보는 그대로 통과시킨다.

츠이게로 오기 전의 기억이나 렘브란트와 무관한 정보는 일단 무시하도록 할까?

하지만 렘브란트 상회라는 녀석들은 상당히 악랄한 수단까지도 아낌없이 사용해 온 것 같군.

한 세대 만에 도시를 대표하는 거대 상회의 자리를 차지했으니 어쩌면 당연한 일인지도 모르겠다만…….

사기, 매수, 압력 행사, 뇌물, 그리고— 살인.

이거야 원, 도저히 도련님께 그대로 보고드릴 수 있는 내용이 아니로군.

렘브란트 본인은 딸들이 태어난 이후로 꽤 성격이 부드러워진 편이지만 이건 너무했군.

……음? 이놈은 그 주술사와 인상착의가 닮았다.

이 기억을 되감아서—.

"……그렇게 된 거로군."

"토모에 님? 무슨 말씀을—."

"아니, 신경 쓰지 마시오."

이 몸은 모리스의 말을 가로막듯 한 마디를 내뱉고 대화를 중단시켰다.

그리고 평소처럼 대량의 책을 구입한 뒤, 그길로 렘브란트 상회로 향해서 렘브란트 본인의 기억까지 확인했다.

적당한 용건을 명분삼아 갑작스럽게 방문했지만 가족의 생명을 구해준 은인의 부하인 만큼 손쉽게 만날 수 있었다. 편해서 좋군. 그리고 개인적인 용무를 보는 김에, 집사가 이 몸을 미행했던 사실에 대해 한 마디 항의를 남기고 상회를 뒤로 했다.

구입한 서책을 아공으로 옮기고 이 몸은 자신의 방으로 향했다.

곧바로 자료 창고로 향하는 것이 평소의 생활 습관이었지만 오늘만큼은 도련님께서 정해주신 내 방으로 곧바로 복귀했다.

방금 전에 두 사람의 기억으로부터 입수한 정보를 정리하면서 나도 모르게 한숨이 세어 나왔다.

"……렘브란트 녀석, 이래가지고서는 그야말로 자업자득이 아닌가? 정말로 응징해야 할 악당은 네 녀석이었군."

이 사건이 만약 시대극의 세계에서 일어난 일이었다면—.

라임 역시 죄를 물어 벌하기는 했겠지만 렘브란트는 확실하게 응징의 대상이었을 것이다.

그러다 보니 무심코 한숨 따위를 내쉬고 말았다.

지금부터 비밀리에 렘브란트를 처단하는 일은 도련님의 체면상 어려운 일이고, 지금의 녀석이 도련님께서 높게 평가하실 정도로 큰 상회를 경영하는 수완가인 것도 사실이다.

과연, 이번 사건은 그야말로 오니○○ 같은 느낌이군.

항상 그런 건 아니지만 요시무네 공이나 코몬 님과는 달리, 오니○○의 에피소드 중에는 권선징악이라고 딱 잘라 말할 수 없는 씁쓸한 이야기도 있으니까 말이야.

지금은 선량한 인간이지만 옛날엔…… 대충 그런 설정도 많은 편이다.

오니○○에서도 그런 경우엔 나름대로 벌을 받는 경우가 많았다.

렘브란트의 경우엔 가족들에게 걸렸던 저주가 그 벌에 해당되는 건가?

녀석의 과거를 알아버린 지금에 와서는 이 정도의 벌은 너무나 가볍다는 느낌이 들지만, 이것만큼은 지금부터 이 몸이 해결할 수 있는 성질의 것이 아니었다.

……거기다, 녀석은 틀림없이 지금의 도련님께 유익한 인물이다.

하지만 도련님께 진상을 말씀 드리면 성실하신 도련님께서 녀석을 용서하지 않으실 지도 모른다. 이 몸은 사실을 숨기는 일을 그다지 선호하는 편이 아니고 하물며 도련님을 상대로 비밀을 가지고 싶진 않다.

—언젠가.

그렇군.

언젠가 때가 오게 되면 그때—.

모든 것을 고하도록 하자.

그때까지는 이 몸의 마음속에만 담아두어야 할 것이다.

이 잔혹 무도한 이야기를—.

◇◆◇◆◇

핸저 상회—.

지금은 이미 존재하지 않는, 츠이게에서도 오랜 전통을 지닌 상회였다.

그들이 취급하고 있던 품목은 병장기였다.

황야에 도전하는 이들이 많은 이 츠이게에서, 양질의 무기를 제공하는 핸저 상회는 당연히 상당한 세력을 자랑하고 있었다. 핸저 상회는 무기를 제작하는 장인들과도 여러 루트로 연줄이 닿아 있었으며, 이 도시를 찾는 모험가 중에서 이 상회의 명칭을 모르는 이는 없다고 할 수 있을 정도로 높은 명성을 얻고 있었다. 하지만 그럼에도 불구하고 자만에 빠지거나 거만한 태도를 겉으로 드러내는 일 없이, 만인에게 무기를 판매하고 있었다.

핸저 상회가 순조롭게 사업을 전개하고 있던 이 츠이게에, 젊은 시절의 렘브란트와 모리스가 찾아오면서 모든 것이 변하고 만 것이다.

—이 당시, 모리스는 렘브란트의 집사가 아니라 일개 모험가 자격으로 츠이게를 찾아왔다. 두 사람은 이미 주종 관계를 맺고 있었지만 그런 사실을 대외적으로 숨기고 겉으로 드러낼 수 없는 더러운 임무를 모리스가 담당했었던 것 같군.

그들은 황야 근처에서 가장 발달한 도시인 츠이게의 특수한 환경에 착안하여, 새롭게 사업을 전개할 생각으로 다른 도시에서 이곳으로 사업체를 이전한 것이다.

그들은 여러 명의 종업원을 고용해서 렘브란트 상회를 창설하고, 곧장 뒷구멍으로 여러 가지 계략을 전개한 후 취급하는 품목이 겹치는 동업자들부터 순서대로 조금씩 제거해갔다.

렘브란트는 표면상으로는 청렴한 신진 상인이었다. 하지만 뒤에서 심복인 모리스를 사용하여 마피아를 연상시키는 수법으로 동업자들을 차례차례 처리해가는 악인이었다.

—현재의 아내와는 이미 알고 지내는 사이였던 듯하지만 이때는 아직 결혼을 하지 않았군. 그녀는 이 안건에 전혀 나오지 않는 정도가 아니라, 당시엔 츠이게에 데리고 오지도 않았다.

렘브란트는 교묘하게 사악한 본색을 숨기고 급속도로 힘을 키워나갔다. 그리고 드디어 눈여겨봐 왔던 황야의 이권에 관여할 수 있는 단계까지 사업을 진행시킨 것이다.

황야는 잘만 다루면 황금알을 낳는 거위라고 할 수 있었다.

렘브란트가 아니더라도 그 이권에 주목하는 이들은 많았지만 그가 단기간에 이 단계까지 도달할 수 있었던 이유는 천성적으로 지니고 있던 비범한 재능과 수단을 가리지 않는 냉철한 성격 덕분이었던 건 틀림없었다.

—하지만.

렘브란트가 아무리 취급하는 분야를 확장시키고 츠이게에서 힘을 키워도—.

이미 츠이게에 거주하고 있는 우수한 장인들 가운데 대부분을 거느리고, 품질과 실적을 모두 갖추고 있는 핸저 상회가 존재하는 이상 렘브란트의 머리 위엔 보이지 않는 천장이 있는 거나 마찬가지인 상태였다. 모험가들도 핸저 상회에 대한 의리는 지키고 있었기 때문이다.

렘브란트 상회와 같은 신규 세력에게 가장 두꺼운 벽이라고 할 수 있는 기존의 질서가 엄연히 존재하고 있었다.

렘브란트는 핸저 상회가 너무나 걸리적거려서 견딜 수가 없었다.

그러나 핸저 상회는 정상적인 방식으로는 절대로 무너뜨릴 수 없는 상대였다.

핸저 상회는 자금력 측면에서 렘브란트 상회를 능가하고 있었으며 도시 전체에 대한 발언력도 강력했다.

렘브란트는 대외적으로는 존경하는 선배로 대접하며 핸저 상회와 교우 관계를 맺고 있었지만, 그는 항상 이 「적」을 제거하기 위한 작전을 세우고 있었다.

그러고 있는 와중에 렘브란트는 모리스의 보고를 듣게 된다.

핸저 상회의 대표가 사망했다는 소식이었다.

그것은 황야 입구 부근에서 일어난 사고였다.

사실 이 사고에도 모리스가 비밀리에 소극적으로 관여하고 있었다.

—정말 철두철미한 악인이로고.

어쨌든—.

핸저 상회는 대표를 교체할 수밖에 없는 상황에 처했다.

렘브란트가 움직인 것은 바로 그때였다.

핸저 상회의 다음 대표는 10대 후반의 미혼 여성이었다. 당연히 상인으로서의 경험도 부족했다. 하지만 거대 상회인 만큼 인재는 풍부한 편이었다. 본래대로라면 그녀가 경험을 쌓을 때까지 체제 유지에 문제는 없었다. 렘브란트는 그런 와중에 교묘하게 그녀에게 접근하여, 때때로 렘브란트 상회의 손해가 되는 사업에도 기꺼이 협력했다.

핸저 상회의 간부들은 처음엔 의심스러운 눈초리로 그의 모든 행동에 주목했지만 여러 해에 걸친 헌신적인 행동의 결과로 렘브란트는 그들의 신용까지 획득하는데 성공했다.

그리고 동시에 렘브란트는 간부들도 모르는 사이, 대표인 여성 개인까지도 농락했다.

핸저 상회와 렘브란트 상회는 마치 원앙새 부부에 비유할 만큼 깊은 관계를 맺게 된 것이다. 대표인 두 사람도 결혼은 하지 않았지만 그 관계는 대단히 양호했다.

핸저 상회는 츠이게에서 제일가는 상회로써 그 명성을 더욱 드높였으며 렘브란트 상회는 남편을 내조하는 현모양처와 같은 존재였다.

하지만 그 실상은 핸저 상회의 대표인 여성이 렘브란트의 꼭두각시로 전락한 상태였다. 보는 방향을 바꾸면 그들의 관계는 상당히 다르게 보였다.

이미 렘브란트의 계획은 거의 달성되고 있는 거나 다름이 없었지만 그는 신중하게 「마지막 한 수」를 둘 수 있는 기회를 노리며 여러 날을 기다렸다.

그는 본인이 경영하는 상회의 이익을 줄이면서까지 핸저 상회에 봉사했으며, 츠이게를 찾아왔을 때부터 추진했던 우악스러울 정도의 사업 확대도 중단시킨 상태였다. 대부분의 이들은 그의 변화를 보고, 그가 핸저 상회와 교우 관계를 맺은 뒤 젊은 혈기를 성장 동력으로 삼고 있던 상인에서 한 단계 발전하여, 도시 전체의 이득을 생각할 수 있는 인물로 변모했다고 높은 평가를 내렸다.

—일부 소식통이 전한 핸저 상회 대표와의 남녀 관계에 대한 소문도, 그것을 사업에 이용하고 있는 분위기가 없었기 때문에 그의 신용을 한층 강화시키고 있었다. 만약 렘브란트가 핸저 대표와의 연인이라는 관계를 이용해서 스스로의 이익으로 유도하는 모습을

보였다면 문제로 불거지거나 좋지 않은 소문이 퍼졌을 것이다. 정말 신중하기 짝이 없는 녀석이다.

—모든 것은 렘브란트의 손아귀 안에 있었다.

성실한 인물을 연기하고 있던 렘브란트의 대외적인 얼굴이, 본인이 경영하고 있는 상회뿐만 아니라 핸저 상회의 내부나 도시 주민들에게까지 침투한 것이다. 그리고 그가 머지않아 핸저 상회의 대표와 결혼하여 두 상회를 지탱하게 될 것이라고 촉망받기에 이르렀다.

렘브란트의 숨겨진 얼굴이 미소를 지은 것은, 바로 이때였다.

—때가 왔다고 판단했을 것이다.

마지막 한 수를 둘 수 있는 상황이 찾아온 것이다.

남은 요소는 적절한 기회뿐이었다.

그리고 그 기회는, 의외로 빨리 찾아왔다.

핸저 상회의 대표가 이웃 마을로 거래 교섭을 위해 출타한 것이다.

그것도 렘브란트가 황야에 위치한 베이스로 가 있는 기간에 일어난 일이었다. 이것은 완전한 우연이었다. 하지만 렘브란트가 이렇게 좋은 기회를 그냥 놓칠 리 없었다.

렘브란트는 철저한 극비리에 부하인 모리스를 동원해서…… 안전한 도로로 이동하고 있던 핸저 상회 일행을 몰살시켰다.

임무를 완료했다는 보고를 들었을 때의 렘브란트의 목소리와 표정—.

연민이나 죄악감 따위는 전혀 없었다. 오히려 실로 만족스러운 표정을 짓고 있었다.

그렇다. 렘브란트는 핸저 상회의 대표를 상대로 일말의 연애 감정을 가졌던 적이 없었던 것이다. 그녀는 렘브란트에게 있어서 무능하고 조종하기 쉬운 어리석은 여자에 지나지 않았다.

그녀를 손에 넣고 꼭두각시로 삼을 생각조차 없었다.

준비가 끝나면 죽인다.

—그녀에게 접근했을 때부터 그렇게 결심하고 있었던 거로군.

렘브란트는 그녀의 싸늘한 시체를 안고 목 놓아 울면서 범인을 응징하기 위해 사유재산을 털어 넣었다.

—물론 모든 것은 연기에 지나지 않았다.

하지만 주위 사람들은 그의 행동을 본 뒤 감동했고, 사랑하는 여성을 잃은 그를 동정하는 이들도 계속해서 나타났다.

그리고—.

렘브란트는 핸저 상회 간부진의 간청을 받아들이는 형식으로 핸저 상회의 경영까지 책임지게 된 것이다. 사실상 렘브란트 상회는 핸저 상회를 흡수 합병했다.

지금도 많은 핸저 상회 출신자가 렘브란트 상회에 소속되어 있으며 뿐만 아니라 렘브란트에게 충성을 맹세하고 있었다.

나이를 이유로 모험가를 은퇴한 모리스를 집사 겸 호위로 고용하며 현재 렘브란트 상회의 원형이 완성된 것이다.

—저 남자는 스스로의 본색을, 결국 모리스와 아내 이외의 인물에게는 보이지 않는다.

다른 도시에서 어떻게 행동하고 있는지는 모르겠다만 적어도 츠이게에서는 두 사람 이외엔 아무도 믿지 않았다. 딸이 태어나고 시간이 경과하자 그 잔인한 본색도 서서히 모습을 감췄다. 딸 바보이자 가족 바보인 렘브란트가 탄생한 것이다.

말인즉슨, 이 도시에서 렘브란트의 이미지는 비극을 이겨내고 인정이 깊은 인격자이자 딸에게 무른 바보 부모로 알려진 것이다.

핸저 상회의 흡수 합병을 진행했을 때, 핸저 상회와 관계가 깊었던 일부 장인들로부터 거래 연장을 거부당하고 관계가 끊어졌다. 하지만 그러한 사실을 특별하게 문제시하는 이들도 없었다. 그 정도로 렘브란트 녀석은 츠이게라는 도시에서 절대적인 권력을 손에 넣었다고 할 수 있었다.

—그리고 그 장인들 가운데 한 사람이, 바로 그 녀석이었다.

렘브란트의 가족에게 저주병의 술법을 시전한 주술사가 있었다.

무기 장인 출신이 주술자로 전직한다는 것은 평범한 일이 아니지만, 이 남자의 렘브란트에 대한 증오는 그만큼 뿌리가 깊었다.

……그는 핸저 상회 대표의 옛 연인이었던 사내였다.

그녀가 대표 자리를 계승했기 때문에 두 사람의 관계는 갈라지고 말았다.

그녀는 실연의 상처에 시달렸고, 그래서 교묘한 수법으로 접근한 렘브란트의 화술과 포용력에 마음까지 뺏겼다.

사실 꽤 흔한 얘기다만 가엾은지고.

그러한 배경으로 인해, 이 사내만큼은 렘브란트의 모든 행동을 편집증적인 의심에 입각하여 해석한 것이다. 그리고 아마도, 옛 연인의 장례식이 치러지기 전에 렘브란트의 본색을 밝혀낸 것이리라. 적어도 스스로가 납득할 수 있는 근거를 입수하고—.

그녀의 장례식에서 대표의 죽음을 슬퍼하며 눈물을 흘리는 렘브란트를, 녀석만큼은 증오에 가득 찬 눈빛으로 쳐다보고 있었다.

—먼 지방에서 사업을 끝내고 아내가 될 여성을 데리고 츠이게로 돌아와서 도시를 열광시켰을 때.

—모험가에 대한 지원을 추진하겠다고 발표하고 모험가 출신의 모리스를 집사로 맞이했을 때.

—딸이 태어나서 스스로 온 도시에 그 소식을 자랑하고 다녔을 때.

이 주술사의 증오는 점점 깊어만 갔을 것이다.

지극히 치사성이 강한 독자적인 저주병을 창조해내고, 그 술식에 일부러 자그마한 희망을 남기는 수법만 봐도 이 사내의 깊고 격렬한 증오를 알 수 있었다.

그리고 주술사는 라임을 꾀어내서 모험가 패거리의 협력을 얻어 계획을 실행한 것이다. 아마도 계획을 실행한 후 본인이 사로잡혀 죽을 것이라는 사실까지 계산에 포함된 복수극을—.

……복수에 사로잡힌 일생이라.

이 몸이 보기엔 너무나 허망한 삶이라는 생각이 든다만 과연 본인은 만족했을까?

녀석은 렘브란트나 모리스와 마주쳤을 때도, 스스로의 복수에 대한 동기를 입 밖에 내지 않고 그저 웃고만 있었다. 렘브란트에 이르러서는 사내에 대해 기억조차 하지 못 했다.

복수라는 이유를 입에 담지 않고, 어두운 미소로 렘브란트에게 절망을 내리고 죽은 사내라…….

그 웃음.

만족스럽게 보이긴 했지만 역시 어딘지 모르게 공허한 표정이었다.

도련님께서 그런 표정을 짓지 않으시도록 열과 성을 다해서 모셔야 할 것이다.

—그럼 이별이다. 이름도 모르는 주술사여.

너에 대한 기록은 이 몸의 기억 속에만 새겨두도록 하마.

섣불리 눈에 보이는 형태로 남겼다가 도련님의 눈에 띄게 되면 곤란하니까. 용서해라.

……언젠가 도련님께 이 이야기를 전할 날이 올 것인가……? 아니면 평생 말씀드릴 일이 없을 것인가?

이거야 원, 정말 골치 아픈 기억을 떠맡게 되었군.

번외 1 ~리미아의 용사~

왕도는 활기에 차 있었다.

이곳 리미아 왕국은, 휴만 세력권의 북단에 위치한 대(對) 마족 전선의 최종 방어선을 구축하고 있는 강대국이다.

참고로 동쪽에 위치한 그리토니아 제국도 마찬가지로 강대국이다. 왕국과 제국은 방어선을 공유할 정도의 굳건한 동맹 관계를 구축하고 있었다. 이 두 나라가 실질적으로 마족의 침공을 저지하고 있기 때문에 각국에 대해 강력한 발언력을 보유하고 있는 것이다.

지금 리미아 왕국은 크게 붐볐다. 마족과의 전쟁이 격렬해지고 있는 현재 상황에서 이러한 경우는 흔치 않았다.

물론 현재의 이 활기찬 분위기에는 이유가 있었다.

여신의 계시―. 축제가 벌어져도 이상하지 않을 정도의 사건이 일어났기 때문이다.

최근 10년 동안 여신은 사람들이 아무리 기도를 바쳐도 귀를 기울이지 않았으며 그저 침묵을 지켰다.

마족에 의한 유래 없는 대량 침공을 앞에 두고, 마음먹은 대로 여신의 축복을 받지 못했던 휴만은 철저할 정도로 참패를 당했다. 과거에 5대국이라고 불리던 강대국 중 하나인 엘리시온이 멸망했으며 대륙의 세력 구조는 크게 변모했다. 북단의 가혹한 빙하 지대에 살던 마족들이 지금은 얼지 않는 항구와 비옥한 대지를 획득하여 큰 나라를 일으킨 것이다.

손쉽게 엘리시온을 집어삼킨 그들의 침략에 중소 규모의 국가들이 견딜 수 있을 리가 없었기에, 몇 개나 되는 이종족의 국가들도 손쓸 방도도 없이 멸망했다.

과거에 휴만들의 낙원과 같이 존재했던 대륙은 마족 번영의 터전으로 그 모습을 바꾸고 있었다.

그런 와중에 휴만을 버린 것으로 예측되던 여신으로부터 신탁이 내려왔다. 나라 전체가 축제 분위기로 들썩여도 이상하지 않았다.

항간에 떠도는 소문에 따르면 여신은 마족이 강대한 세력을 떨치고 있는 현재 상황을 우려하여, 그들을 멸망시키기 위해 스스로가 지닌 권능을 최대한으로 행사함으로써 기존에 유래가 없을 정도로 우수한 용사를 우리나라에 파견하셨다는 상당히 떠들썩한 이야기가 돌아다니고 있었다. 하지만 신탁의 실제 내용은 그렇게 장황하지 않았다.

「용사를 파견한다. 마족을 토벌하라.」

이게 끝이었다. 어쨌든 여신으로서의 자질을 의심할 수밖에 없는 내용이었다. 포○트 잇에 적어놓은 메모를 연상시킨다.

리미아는 이 신탁을 받고 용사를 영웅이자 구세주로 받들기 시작했다. 이 세계에 소환된 세 사람의 이세계인 가운데 가장 양호한 대접을 받은 이가 바로 이 리미아에 강림한 용사였다.

마족의 손에 의해 멸망당한 종교 국가 엘리시온이 각지의 주요 도시에 조성한 여신의 신전—.

이 날, 성의 일부와 연결되어 있는 그 장소에 황금색 빛이 갑작스럽게 작렬했다. 제단에 놓여있던 공물들이 사방으로 흩어져 날아가고 빛이 잦아든 자리에 서 있었던 것은 한 사람의 소녀였다.

진한 흑발. 나이는 10대 중반에서 후반 정도. 170센티미터를 넘는 키와 뚜렷한 이목구비에 날씬한 몸매. 가장 인상적인 것은, 흑발과 같은 색깔의 날카로운 눈동자다. 그녀의 눈은 강한 의지로 가득 차 있었다.

신관들은 그녀의 갑작스런 등장에 크게 당황했다.

수상한 인물이었지만 황금색은 여신을 상징하는 색이다. 그녀가 그 황금색 빛과 함께 등장했다는 사실이 신관들이 곤혹스러워 하는 원인이었다.

그런 상황에 하나의 계시가 떨어졌다.

최근 10년 동안 들리지 않았던 여신의 목소리가 다시금 울려 퍼진 것이다.

「이 자가 바로 용사다. 그에 걸맞게 맞이하라.」

신관들은 갑작스런 사태에 넋을 잃었다.

나이가 많은 신관들 중에는 엘리시온에서 리미아로 망명한 이도 있었다. 그들은 과거에 여신의 목소리를 분명히 들은 적이 있었다. 그들은 눈물을 흘리며 크게 기뻐했다.

여신이 눈을 뜨셨다. 뿐만 아니라 용사님까지 파견하셨다!

평소엔 정숙한 신전에 신관들의 환희에 찬 목소리가 울려 퍼졌다.

◇◆◇◆◇

제단에 소환된 용사, 오토나시 히비키는 주위의 반응을 보고 무심코 쓴웃음을 지었다. 스스로를 올려다보면서 합장하고 있는 이들과, 스스로의 출현으로 인해 사방으로 날아가 버린 공물로 바쳐졌던 과일들을 보고 있으려니 그녀는 그렇게 반응할 수밖에 없었다.

그녀에게 있어서 여신과 접촉한 후에 벌어진 일들은 마치 꿈을 꾸는 것처럼 느껴졌다.

묘하게 반짝거리며 황금색으로 빛나는 공간에서, 엄청난 미모의 금발 여성으로부터 일의 전말에 대해 전해 들었다. 내가 수호하는 세계가 「사악한」 마족에게 침략당하고 있다. 내가 가능한 한 많은 능력을 하사할 테니, 부디 힘을 빌려달라고 했다. 그녀에 따르면 원래 세계에 살던 주민이라면 다른 세계로 넘어갈 수 있는 자격이 있다고 한다. 그 중에서도 여신인 본인과 파장이 통하는 당신에게 의지할 수밖에 없다고 했다.

대충 그런 식으로 애원을 해 왔다.

상당히 수상한 얘기였다. 특히 사악한 마족이 어쩌고저쩌고하는 부분은 너무나도 수상쩍었다.

히비키도 가족이나 지인들의 얼굴을 떠올리고 한 번은 거절했다.

하지만 그녀는 곧 생각을 바꿨다.

정말로 여기가 아닌 다른 세계로 갈수만 있다면…… 그것은 사실 그녀가 남몰래 마음속에 품고 있던 바램이었다.

여신은 신체 능력을 향상시키고 강대한 마력을 부여할 것이며, 사람들을 끌어 모을 수 있는 카리스마와 자신이 보유하고 있는 신기(神器)도 양도할 것이라고 히비키를 유혹했다.

히비키는 자신의 세계에 싫증을 느끼고 있었다. 솔직히 말해서 히비키는 원래 세계에서의 생활에 그다지 미련이 없었다.

그녀가 태어난 집은 매우 유복하여 생활이 곤궁해질 일은 없었다. 또한 빼어난 미모를 타고났으며 공부와 운동 양쪽에 심상치 않은 재능이 있었다.

말하자면 그녀는 타고난 승리자로 태어났다. 어떤 분야에서도 금세 톱의 자리에 오를 수 있을 정도의 철저한 승리자였다. 그러한 환경은 형제자매들 사이에서도, 초등학교나 중학교에서도 마찬가지였다. 그리고 지금 다니고 있는 고등학교에서도 다를 건 없었다.

—가지런한 외모에, 학업 성적은 전국 레벨에서도 상위권. 운동 부문에서는 동아리인 검도부에서 전국구 급의 실력을 발휘했다. 다른 종목의 스포츠에 조력자로 참가해도 즉시 강력한 전력으로 활약했다. 만장일치로 학생회장에 당선됐다.

성격도 부드럽고 훌륭한 리더십까지 갖추고 있었다. 주위의 평판도 흠잡을 데 없었다.

그녀는 못 하는 게 없었다. 따라서 히비키는 타인과 노력을 공유했던 기억이 없었다.

너무 완벽하기 때문인지 친밀한 지인은 수도 없이 많았지만 진정한 친구라고 부를 수 있는 이는 한 사람도 없었다. 적어도 그녀가 진심으로 친구라고 부를 수 있는 이는 존재하지 않았다.

단 한 사람, 재미있어 보이는 학생이 같은 학교에 있었다. 하지만 아직 지인이라고 부를 수 있는 단계도 아니었고, 이제 그 사람과 친밀해질 기회도 없었다.

너무나 모든 측면에서 충족되어 있었기 때문에 그녀는 현실과

세계에 그다지 집착이 없었다.

따라서 여신이 내뱉은 용사라는 단어에 조금 끌리고 만 것이다.

용사란 고난을 뛰어넘어 목표를 달성하는 이를 뜻한다. 이루기 위한 목표가 존재한다는 사실도 끌렸다.

여신이 아무리 먹어도 살찌지 않는 체질을 추가로 부여할 필요도 없이, 그녀의 대답은 정해져 있었다—.

"오오, 용사 님. 부디 위대하신 존함을 들려주시길 고대합니다.

신관들이 히비키의 앞에서 정렬했다. 그리고 가장 고위인 것으로 보이는 이가 앞으로 나서서 히비키에게 질문했다.

"히비키. 오토나시 히비키라고 합니다."

술렁술렁, 그녀의 대답에 파문이 퍼져 나갔다.

히비키는 상대의 언어를 알아들을 수 있다는 사실에 한숨 돌렸다. 여신으로부터 언어에 관해서 걱정할 필요는 없다는 이야기를 들었지만, 머리색깔이나 눈동자의 색깔이 다른 인간들과 마주치고 나니 실제로 대화를 나누기 전엔 조금 불안했다.

어쩌면 상대방은 이쪽의 말을 알아듣지 못 할지도 모른다. 히비키는 그런 불안감을 느꼈다.

"히비키 님이시군요. 존함도 훌륭하십니다."

그녀의 우려는 기우로 끝났다.

"그래서, 여기는 어디죠? 당신의 이름은?"

이번엔 히비키가 신관에게 물었다.

"그렇군요. 저희들의 무례를 용서하여 주십시오. 여기는 리미아 왕국의 성입니다. 저는 사제이고 이름은 헨리 류나미우스 이라 포트가 엘리시온이라고 합니다."

"기, 긴 이름이네요."

히비키는 무심코 그렇게 내뱉었다. 히비키는 그의 이름을 듣고 자신의 성뿐만 아니라, 출신 지역이나 부모의 원래 성까지 이름에 포함되는 건지도 모른다고 예측했다.

"그럼, 해리라고 불러주십시오."

한 단어로 짧아졌다.

"히비키 님께서는 용사로서 이 땅에 강림하셨습니다. 저희들은 그렇게 받아들이면 되겠습니까?"

히비키는 신관의 이름이 엄청나게 단축되는 모습을 보고 조금 느슨해졌지만 신관의 한 마디에 다시 마음을 다잡았다.

"……예, 여신으로부터 마족을 토벌해달라는 부탁을 받았어요."

오오, 신관들 사이에서 감탄의 목소리가 세어 나왔다.

"저…… 그런데 히비키 님께서는, 전쟁의 여신이십니까?"

전전긍긍하면서 그런 질문을 해 왔다. 같은 용사라도 그 정체가 인간이냐 신이냐에 따라서 그들의 대응도 변하는 건지도 모른다.

"아니요, 저는 평범한 인간이에요. 여신에게서 몇 가지 정도의 가호와 도구를 받았지만요."

히비키는 신관들에게 은띠를 보였다. 이것은 어둠을 물리치고 마력을 강화하는 작용을 지닌 장신구라고 여신의 설명을 받았다.

지금은 손에 쥐고 있었지만 몸에 지니고 다닐 때는 장식용 혁대로써 허리에 매고 다니는 편이 좋을 거라고 생각하고 있었다.

신관 중 한 사람이 「신기다!」라고 말하면서 머리를 숙였다. 신에게서 받은 도구이니 확실히 신기라는 호칭이 어울릴 지도 모른다.

"인간……. 저희들 휴만의 조상이라고 일컬어지는 종족이군요."

"휴만이라고요? 당신들과 똑같은 종족이라고 생각하는데요?"

"겉보기엔 크게 다른 구석은 없습니다만 내용물이 다릅니다. 저희들 중에 히비키 님 정도의 마력을 지니고 있는 존재는 거의 없으니까요."

히비키는 신관의 말을 듣고 눈살을 찌푸렸다. 어느샌가 조사라도 당했단 말인가? 그런 생각이 스쳐지나가자 섬뜩하다는 느낌을 받고 표정으로 드러난 것이다.

하지만 그는 히비키의 변화를 재빠르게 알아채고 황급히 손을 가로저었다.

"저희들은 아무런 조치도 취한 적이 없습니다. 그저 용사님의 옥체에서 뿜어져 나오는 마력이 너무나도 강대할 따름입니다."

신관은 조사한 것이 아니라는 사실을 강조하고 싶은 모양이다.

그녀는 마력이 자연스럽게 새어 나온다면 곤란하다고 여기고 있었다.

상대가 자신의 실력을 추측할 수 있는 상황에 처하게 되면 승부에서 사용할 수 있는 수단이 줄어들기 때문이다.

히비키는 마력을 숨길 수 있는 방법을 익힐 것을 마음속으로 은근히 결심했다. 원래 마력 따위는 가지고 있지도 않았다. 따라서 이 힘을 다루는데 조금 고생할지도 모르지만 그녀는 그조차도 기대하고 있었다.

그런 궁리를 하면서 자연스럽게 미소를 짓는 것은, 그녀의 타고난 성격으로 인한 반응일 것이다.

“뭐, 일단 그건 됐어요. 그래서 저는 뭘 어떻게 하면 되죠? 당분간 여기에 머물면 될까요?”

히비키는 신관에게 질문했다.

신전 내부 이곳저곳에서 안도의 한숨을 내쉬는 분위기가 느껴졌다. 히비키는 본인의 말투가 이렇게 확실하게 타인을 좌우하는 상황에 대해 조금 즐겁다는 감각을 느끼고 있었다.

“아, 아닙니다! 너무 서둘러서 죄송합니다만 부디 국왕과 만나주십시오. 알현 허가는 곧바로 떨어질 겁니다.”

“그렇게 갑자기 국왕 폐하와 만날 수 있는 건가요?”

“당신께서는 용사님이십니다. 특별한 존재니까요!”

히비키는 입가에 자연스럽게 웃음을 지었다.

그녀는 게임을 많이 하는 편은 아니었지만 RPG 게임을 선호하는 사람들의 취향을 조금 알 것 같았다.

자신은 특별하다. 그리고 이제부터 그 특별한 운명으로 인해 비범한 모험을 경험하게 될 것이다.

그 시작은, 상쾌한 흥분을 동반하는 흔치않은 감정이었다.

“어머, 그러고 보니—.”

히비키는 신관들에게 이끌려 호화로운 성을 거닐다가 문득 발걸음을 멈췄다.

“왜 그러십니까?”

신관이 히비키에게 물었다.

“저 말고도 또 한 사람, 용사가 있을 거라고 들었는데요……. 지금 어디에 있죠?”

“또 한 사람이라고 하셨습니까?”

신관의 표정이 일그러졌다. 히비키는 그 반응에 아랑곳하지 않고 그 질문에 대답했다.

“예, 여신은 다른 한 사람을 이미 보냈다고 했어요.”

히비키의 발언에 주위가 크게 웅성거렸다.

“다른 한 사람……. 그럼 설마, 제국이 용사를 획득했다는 소문은 사실이었나!”

“여신께서 그런 국가에 우리나라보다 먼저 용사를 파견하실 리가 없어!”

“왜 두 분 용사님들을 모두 우리나라에 보내주시지 않은 거지?!”

신관들은 히비키를 알현실로 수행하고 있는 도중이라는 사실도 망각하고 소란을 떨기 시작했다. 히비키는 그 모습을 보고 또 한 사람의 용사는 이 나라와 사이가 나쁜 나라로 갔나보다고 막연히 생각했다.

히비키는 소란을 진정시키기 위해 조용히 입을 열었다.

“과연, 여기에는 없는 모양이네요. 딱히 상관은 없지만요.”

“……믿음직스러운 말씀이십니다.”

여운을 남긴 분위기의 신관은 그 이후로 입을 열지 않았다.

그녀는 알현실로 안내받았다.

“당신이 용사님인가?”

‘정말 완벽할 정도로 상상하던 그대로의 광경이네.’

히비키는 국왕을 앞에 두고 멍하니 그런 생각을 하고 있었다.

넓은 공간에 붉은 양탄자가 깔려 있고 정면 계단 위에 두 개의 옥좌가 배치되어 있었다. 그 옥좌에 앉아있는 이들은 중년의 남성과 젊은 여성이었다.

“예. **히비키=오토나시**입니다. 이쪽의 예절에 아직 어두운 관계로, 무례를 용서하여 주십시오. 국왕 폐하라고 부르면 되겠습니까?”

히비키는 예의에 대해 먼저 양해를 구하고 국왕의 질문에 대답했다. 그녀는 전혀 주눅 든 기색이 없었다. 말투는 정중했지만 누가 봐도 대등한 인간과 대화를 나누고 있다는 사실을 알 수 있었다.

하지만 신하들 가운데 누구도 히비키의 말투를 질책하는 이는 없었다. 모두들 용사라는 존재의 가치를 살펴보고 있었다.

국왕이 나지막한 목소리로 대답했다.

“물론, 여신님의 힘으로 이세계에서 소환된 용사님이시니 상관없네. 허나…… 흠, 틀림없는 용사로군. 그 몸을 둘러싼 마력만으로도 이미 의심할 여지는 전혀 없소. 짐이 이 나라의 국왕인 노르닐이라고 하오. 이름이 너무 길어서, 오토나시 님께선 그렇게만 기억해주시면 되오.”

“깊은 배려에 감사드립니다. 여신이 저를 이곳에 보냈다는 것은, 저는 이 나라에서 마족과 싸우면 될까요?”

“……음. 우리나라는 마족과 한창 전쟁을 벌이고 있소. 지금은 소규모 충돌만이 일어나고 있는 상황이지만 최종 방어선을 담당하고 있으니 언젠가 히비키 님에게 종군을 부탁드릴 수도 있겠지. 하지만 히비키 님은 우선 이 세계에 대해 아셔야 할 것이오."

'언젠가? 꽤 여유가 있는 편인가? 전혀 여유가 없다는 것보단 훨씬 낫겠지만—.'

그건 그렇고 히비키는 아까부터 아무래도 주위의 시선이 너무나 신경 쓰여서 견딜 수 없었다.

호기심이라는 종류의 시선이 아니라, 숭배나 황홀감에 가까운 감정이 느껴졌다. 어느 쪽이 됐건 거북하다는 건 변함없었다.

그녀의 미모에 대한 반응과 용사라는 사실에 대한 반응, 그리고 신비한 빛깔의 흑발과 검은 눈동자에 대한 반응이 서로 상승효과를 일으켜서 그런 시선을 만들어내고 있었다. 하지만 그녀는 그 정도까지의 자각은 없었다.

어쨌든 히비키는 어서 이 자리에서 빠져나가고 싶었다. 그런 그녀가 선택한 수단은—.

"국왕 폐하께서 제안하신 안건에 대해선 정말 기쁘게 생각합니다. 저는 이 세계에 관해서 무엇 하나 아는 게 없으니까요. 순서대로 가르쳐주신다면 감사하겠습니다. 우선은 저의 능력이 어느 정도인지 알고 싶은 바, 어느 분이라도 시합 상대를 부탁드릴 수 있을까요?"

몸을 움직일 수 있는 장소로 이동하는 것이었다.

이 발언으로 그녀를 바라보는 시선은 한층 더 강해졌다. 특히 기사들은 그녀의 태도를 호의적으로 받아들인 듯하다.

'마력에 대해서는 천천히 생각하더라도 일단 신체 능력 정도는 파악해두고 싶으니까 말이야. 일본도 같은 건 없겠지만 검도라는 밑바탕을 생각하면 검을 사용하는 게 무난하겠지…….'

대충 그런 계획들을 떠올리면서 오토나시 히비키의 용사 생활은 시작된 것이다.

◇◆ 기사(?) ◆◇

스스로를 용사라고 자처한 소녀는 마치 요정이 춤추는 것처럼 눈부시게 보였다.

자신에 가득 찬 표정과 늠름한 자세, 국왕을 상대하고 있는데도 불구하고 대등하게 느껴질 정도의 위엄. 그리고 빛을 받아 윤기 있게 빛나는 칠흑의 머릿결까지…….

말투와 몸짓도, 예법을 모른다고 말은 했지만 전혀 무례하게 보이지 않았다. 왕궁에서는 그다지 볼 수 없는 타입의 여성이었다.

나는 그녀를 보고 한 눈에 마음을 빼앗겼다.

국왕 폐하께서는 그녀가 여성이라는 사실을 고려하여 전장에서 어떻게 다뤄야 할지 고민하고 계신 것으로 보였지만 아마도 그녀에게 그런 종류의 배려는 필요 없을 것이다.

전투 기술을 습득하고 마력의 사용법을 익히게 되면 틀림없이 우리 중의 누구보다도 강해지리라. 최전선에서 적장을 물리치는 주요 전력으로 활약할 것이다.

그런 그녀가 국왕 폐하께 처음으로 요청한 것은, 무려 싸움이었다. 우리들 기사들이 대기하고 있는 장소를 바라보면서 시합을 희망한다고 말씀하셨다.

입만 살아있는 귀족들이나 이론만 풍부한 마술사 녀석들과는 달리 굳건한 심지를 가진 여성이다!

이쯤 되면 마음을 빼앗긴 정도가 아니다. 이건…… 선망에서 한 걸음 더 나아간 이 마음은, 대체 뭐라고 해야 할까? 이 여성과 어울려 이 세상을 살아갈 수만 있다면 내 인생은 얼마나 빛이 날까?

외모와 말투, 전부가 내 마음을 뒤흔든다. 그녀라는 존재를 확인한지 시간이 얼마 지나지도 않았는데, 마치 먼 옛날부터 동경하고 있었던 것 같은 착각을 느꼈다. 설마 내가 한 눈에 반할 줄은…….

가지고 싶다. 태어나서 처음으로 여성을 보고 그렇게 생각했다.

하지만 놀라움은 그것만으로 끝나지 않았다. 여신에게 선택받은 용사라는 존재는 정말로 대단했다. 기사 중에서도 상위에 해당하는 실력을 지닌 여러 사람이 단장의 지명에 따라 그녀와의 시합에 참가했다.

그녀의 몸놀림은 눈으로 좇을 수 없을 정도였다. 검기는 더욱 빨랐다. 조금 정직한 검술이라는 느낌은 들었지만 힘겨루기에서 덩치 큰 남자들을 압도할 정도로 완력도 강한 듯했다.

결국은 단장 본인이 직접 그녀의 시합 상대를 담당하게 되었다. 그녀는 주위의 모든 이들을 매료하고 있었다. 무리도 아니다. 가냘픈 소녀가 마치 춤을 추는 듯한 동작으로 기사들을 압도하고, 지금 이 나라에서 가장 강한 기사단의 단장과 호각으로 겨루고 있었기 때문이다.

그리고 그녀의 몸에서 느껴지는 마력은 심상치 않았다. 저 정도의 검 실력뿐만 아니라 방대한 마력까지 갖추고 있다니, 용사라는 건 이러한 이를 가리키는 단어란 말인가?

……차원이 다르다.

째애애앵!!

날카로운 소음이 훈련장에 퍼져 나갔다.

그녀가 다루고 있던 검의 가운데 부분이 부러져 있었다. 이 승부는 단장의 승리인가?

……아니?! 단장의 검은 공중으로 떠올라 있었다. 심하게 땀을 흘리던 단장의 손이 약간 떨렸다. 그녀는 조금도 땀을 흘리지 않은 서늘한 표정으로 생각에 잠긴 채 부러진 검을 바라보고 있었다.

이럴 수가, 이미 이 정도까지 검을 다룰 수 있단 말인가? 이 여성은 전쟁의 여신인가?!

우수에 찬 표정도 역시 아름다웠고 나 말고도 그녀의 모습에 넋을 잃은 젊은 기사들이 많았다.

이윽고 공중에 떠 있던 단장의 검이 훈련장의 단단한 흙바닥에 꽂히고, 그 모습을 본 단장이 스스로의 패배를 선언하려고 한 순간—.

그녀는 그 움직임을 제지하듯이 먼저 스스로의 검을 버렸다.

"감사합니다, 기사단장 님. 실전 검술이라는 건 굉장한 기술이군요. 감명 받았습니다. 언젠가 추가적인 지도를 부탁드립니다."

그녀는 그렇게 말하면서 손을 내밀었다. 단장은 그녀가 내민 손을 맞잡고 악수를 나누었다.

주위에서 환성이 터져 나왔다. ……칫, 단장 녀석. 죽으면 좋을 텐데. 아, 이러면 안 되지. 마음의 소리가 새어나올 뻔 했다.

용사님께서 자신이 다뤘던 부러진 검을 단장에게 넘겼다.

"이거…… 빌린 물건인데, 죄송합니다."

사과하는 그녀의 모습도, 또한 아름다웠다.

—내가 그녀의 발끝에도 미치지 못한다는 사실은 알고 있었다.

하지만 그래도, 나 역시 한 번만이라도 좋으니 시합 상대를 부탁드리려고 했던 참이었다. 그러나 용사님은 순식간에 사람들에게 둘러싸인 채로 수련장의 출구를 향해 이동했다.

벌써 떠나실 생각인가?

기사 신분인 우리들은 이 자리에서 연이어 수련에 임할 예정이니 결국 그녀를 이대로 보낼 수밖에 없었다. 기사 신분인 이상, 명령에 따라야만 한다.

문득, 그녀와 눈이 마주쳤다.

그녀는 빨려들 듯한 검은 눈동자에 자상한 빛을 띄운 채 나에게 미소를 지었다.

……이제, 더는 못 참겠다.

나는 앞으로 그녀와 함께 할 것이다. 그렇게 정했다. 그녀를 손에 넣고 말 것이다!

지금 이 자리에서 맹세하지. 리미아 왕국 제1왕자, 벨더 노스트 리미아의 이름으로—.

◇◆◇◆◇

레벨 188의 용사―.

그것이 현재 오토나시 히비키의 신분이었다. 이세계의 강대국인 리미아에 강림한 그녀는, 우선 이 세계에 대해 알아야 할 필요가 있다는 국왕의 의견에 따라 왕국과 부근 국가를 순방하다가 중간 규모 이상의 대(對) 마족 항쟁이 벌어졌을 경우에만 복귀하여 전투에 참가했다.

하지만 본래대로라면 국가 간의 이동에도 상당한 시간을 필요로 한다.

왕국이 히비키에게 선사한, 도시나 전이 마법진으로 귀환하는 작업을 보조하는 마도구(魔道具)와 각 도시의 모험가, 상인 길드가 관할하는 전이 마법진의 무제한 사용 허가를 조합함으로써 물리적으로 무모한 스케줄을 소화할 수 있게 된 것이다. 이러한 대우는 이 세계에서는 최고급 VIP 클래스의 이동 수단이라고 할 수 있었다.

그녀는 마족과 실제로 접촉하기 전엔 그들의 정체를 괴물이라고 생각하고 있었다. 하지만 마족들은 그녀의 예상과는 달리, 푸른 피부나 뿔과 같은 신체적 특징은 있어도 겉보기엔 인간과 대단히 가까운 모습을 하고 있었다. 히비키는 처음엔 그들의 모습을 보고 싸움에 주저하는 반응을 보였으나, 여러 차례의 전투를 거치고 전우들과 적의 죽음을 겪으면서 생명을 건 쟁탈전을 허용하기 시작했다.

마수와 마족들도 그녀가 본래 지니고 있던 가치관에 입각한다면 휴만과 동등한 존재들이었다. 그럼에도 불구하고 그녀가 살생에 적응할 수 있었던 이유는, 그녀 나름대로 사상이나 신념만 가지고는 결코 해결할 수 없는 일들도 존재한다고 결론 내렸기 때문이다.

왕국 측이 히비키로 하여금 다양한 나라들을 방문하게 해서 그러한 사고방식을 가지게끔 유도한 것은 부정할 수 없었다. 리미아 왕국은 아무리 강대국이라고 해도 전쟁의 최전선에 위치한 국가였다. 그런 나라가 용사에게 그저 순수한 의도로 관광을 시킬 여유 따위는 없었다.

그러한 히비키 스스로의 인식 변화는 물론이거니와, 다른 무엇보다도 어깨를 나란히 하는 동료들의 존재가 크게 작용했다. 히비키의 마음속에서 그들과 타인의 생명은 명확하게 무게가 달랐기 때문이다.

반복적으로 전투에 참가하는 병사들의 가슴속에 가장 강렬하게 각인되는 것은, 개개인의 사상이나 신념보다 등 뒤를 맡길 수 있는 전우와 무사히 살아남으려는 갈망이다.

그리고 지금—.

히비키는 리미아 왕성에 있었다. 방금 전에 겨우 격렬한 전투에서 헤어난 참이었다.

그녀는 드물게도 부상을 입고 있었으며 치료를 받고 요양하고 있었다.

파티의 동료들도 전원 부상을 입고 다른 방에서 치료를 받고 있었다. 소위 말하는 전멸 상태였다.

그들은 그래도 자력으로 귀환에 성공할 수 있었지만 성 안에선 큰 소란이 일어났다. 용사 일행이 너덜너덜한 몰골로 성으로 돌아오자마자 힘이 다해서 쓰러졌으니 무리도 아니었다.

"끄—응."

히비키가 허리에 맨 은띠에서 동물의 신음소리가 들려왔다. 은띠에 깃든 수호수(守護獸), 은랑(銀狼)의 목소리였다. 그녀 또한 이번 전투에서 부상을 입고 띠의 안쪽으로 돌아가 힘을 회복시키고 있었다.

"난 괜찮아. 너도 편안히 몸을 쉬도록 해. 마법으로 부상은 회복시킬 수 있어도, 기력까지 돌아오지는 않으니까."

은랑에게 그렇게 속삭인 히비키도 기력과 마력을 회복시키고 피로를 제거하기 위해 휴양이 필요했다. 다행히 이번 패배에서 향후 활동에 지장을 초래할 정도로 치명적인 후유증을 남긴 멤버는 없었다. 회복만 제대로 이루어진다면 전원 복귀가 가능할 것이다.

그녀는 파트너인 늑대를 타이르면서 머릿속에서 계산을 시작했다.

'원래 예정대로였다면, 3개월 쯤 후에 마족의 장군과 싸우게 될 테니 그때가 첫 경험이 될 거라고 생각했는데…….'

그녀가 말하는 첫 경험이란, 패배를 가리킨다. 아니면 패배에 가까운 근소차의 승리라도 좋았다. 말하자면 히비키는, 순조롭게 용사로서 주변의 존경과 실력을 갖춘 상황에서 고전이라는 경험을 하고 싶다고 생각하고 있었던 것이다.

좀 더 구체적인 표현을 사용하자면 히비키가 희망하는 것은 좌절이었다. 그녀는 이러한 자신의 희망 사항을 파티 멤버 중 누구에게도 말한 적이 없었다. 그리고 그녀의 희망은 이세계 소환을 받아들인 이유 가운데 하나이기도 했다.

'나바르의 스피드로도 압도할 수 없었어.'

나바르. 히비키에 가까운 전투 타입으로, 스피드를 최고의 무기로 삼는 여검사였다. 그녀는 마족에 대한 증오를 원동력 삼아 그저 복수를 위해 전쟁터에 서 있었다.

나바르는 파티를 결성했던 당초엔 히비키와 자주 충돌했지만 지금은 함께 파티의 최전방을 책임졌다.

나바르의 스피드는 히비키를 능가하며 일격 이탈과 연속 공격을 자유자재로 구사할 정도로 재능이 넘치는 인물이었다. 연령대와 키도 히비키와 가깝고, 흰색에 가까운 잿빛 금발 덕분에 흑발의 히비키와의 콤비네이션은 전장에서도 크게 눈에 띄었다.

'벨더 군의 방어까지도 돌파 당했어.'

벨더. 실력으로 치면 중견 정도의 기사로, 본래대로라면 히비키의 일행에 참가할 수 있을 만한 실력자는 아니었다. 그러나 그는 비밀리에 왕족의 특권을 발동시켜 반강제로 파티에 동행했다. 그가 왕족이자 왕위 계승권 제1위라는 사실은 아직 파티 중에 누구도 아는 사람이 없었다.

하지만 그도 무능한 인물은 아니었다. 그는 이 파티에 참가한 후 노력에 노력을 거듭했다. 그 결과 그도 파티에서 중요한 역할을 담당하기 시작했다.

그의 특징은 바로 강력한 방어력이었다. 때때로 후방에까지 들어오는 공격을 방해하며, 스피드 타입의 공격진이 미처 받아내지 못하거나 회피가 곤란한 공격을 앞장서서 받아낸다. 말하자면 파티의 중간 위치를 맡는 동시에 벽을 겸임할 수 있는 존재였다. 벨더가 지니고 있는 적의 공격을 받아넘기고 한 점에 집중시킬 수 있는 방어 능력, 그리고 원거리 무기나 마법을 인터셉트할 수 있는 능력은 역시 히비키를 능가할 정도였다.

'우디의 마법도 전혀 효과가 없었어.'

우디. 천재라고 칭송받는 남자 마술사였다. 그의 전문은 포대술사라고 불리는 분야로, 위력이 높은 공격 마술을 주특기로 삼고 있었다. 포대술사는 일반적으로 기동력이 부족한 타입이라고 알려져 있지만 그는 선천적으로 가벼운 몸놀림을 가지고 있을 뿐만 아니라 바람의 정령과 계약함으로써 높은 기동력을 자랑했다. 그 덕분에 「리미아의 이동 포대」라는 찬사인지 공포의 대상인지 분간이 안 가는 별명으로 불리고 있었다. 참고로 본인은 그다지 유쾌하게 생각하지 않는다.

그의 공격 마술은, 물리 공격에 의지하는 경우가 많은 용사 파티에게 그야말로 귀중한 존재였다. 그는 궁정 마술사 가운데 한 사람으로써 초청된 인물이었지만 국왕으로부터 히비키 일행과 동행해달라는 제안을 받고 일행에 합류했다. 몸집이 작고 동안이지만 나이는 25세로 파티의 최고 연장자였다.

'치야에게 너무 심하게 부담을 주고 말았어.'

치야. 파티의 필수적 역할인 힐러를 담당하고 있는 무녀다. 강한 마력을 지니고 있으며 치료나 보조를 주특기로 삼는 지원 마술사 타입이었다. 우디와 마찬가지로 정령과도 친밀했다. 일반적으로 마술사는 정령술을 전문으로 다루지 않는 한 정령들로부터 혐오의 대상이 되는 경우가 많다. 따라서 치야와 우디는 매우 희귀한 사례라고 할 수 있었다. 특히 물의 정령과 친밀하며 최대 마력 보유량은 히비키와 동등한 레벨이었다. 사실 치야는 엘리시온이 소멸함에 따라 지금은 4대국이라고 불리는 강대국 가운데 하나인 로렐 연방의 중요 인물이었지만 국경의 완충 지대에서 어떤 마물들에게 산 제물로 바쳐질 뻔한 참에 히비키 일행의 구조를 받은 후로, 파티에 동행하면서 정식 멤버로 참가하고 있었다. 그녀는 히비키에게 회복 마법을 가르쳐준 스승이기도 하다. 당연히 그녀는 파티가 전멸 상태인 현재, 마력의 대부분을 회복에 소진하여 가장 깊은 잠에 빠져 있었다.

히비키, 나바르, 벨더, 우디, 그리고 치야—.

이 다섯 명이 바로 리미아의 용자 파티였다. 다섯 명 전원이 휴만이다.

파티는 수많은 전투를 경험하면서 싸울 때마다 레벨을 올려왔다.

그런데 이번 전투에서 패배하게 된 것이다.

……부들.

히비키의 입술이 치켜 올라갔다.

몸의 한 가운데에서 일어난 욱신거림과 비슷한 경련이 온몸을 꿰뚫고 지나갔다.

오토나시 히비키가 이 세계에서 선택한 전투 방법은 검을 구사한 스피드 중시 전술이었다.

원래 세계보다 근력이 상당히 강화되었기 때문에 대검도 충분히 다룰 수 있었지만 주변 동료들에 대한 배려나 무기 그 자체의 휴대성을 고려하여 결국 그녀가 선택한 것은 바스타드 소드였다.

바스타드 소드는 왕국에선 사용자가 적은 무기였다. 일본도는 존재하지 않았기 때문에 고민한 끝에 「사생아의 검」이라고 불리는 이 무기를 선택했다.

평소에는 한 손 무기로 사용하면서 강렬한 일격이 필요한 경우엔 양 손 무기로 사용한다. 사용하고 보니 실로 손에 잘 잡히는 편이라, 히비키는 바스타드 소드를 애용했다.

원래 세계에서 습득했던 검도 기술들은 검의 취급 그 자체보다도, 공격 범위의 설정이나 적의 기선을 제압할 경우의 전투 방식에 활용하고 있었다. 그녀는 주 무기를 서양 검으로 바꿔도 지금까지 배운 모든 기술이 헛수고로 전락하지 않았다는 사실에 기쁨을 느꼈다.

히비키는 터무니없는 마력량을 보유하고 있었기 때문에 처음에는 공격 마술을 사용하는 전투 방식도 고려했었다. 하지만 영창 시의 집중 시간을 생각해보면 선제공격 이외의 경우엔 사용하기 어렵다는 결론을 내리고 단념했다. 마술의 영창에는 집중이 필요하므로, 히비키는 스스로가 접근전을 벌이는 와중에 영창을 병행할 수 있을 정도의 집중력을 기르려면 아직 시간이 필요하다고 판단하여 당분간은 사용하지 않기로 한 것이다.

결국 무기에 마력을 부여하여 유지하는 술법과 영창이 짧아서 쓰기 편리한 초보적인 장벽, 그리고 자가 회복에 사용하는 술법으로 한정하여 우선 습득한 후에 숙련도를 올리기로 결정했다.

단독 전투를 시야에 넣고 구축한 상당히 강력하고 안정적인 스타일이었고 실제로 히비키는 1대 1에서 패배한 적이 없었다. 히비키는 만약 스스로가 패배하게 된다면 그것은 속임수에 걸린 결과일 것이라고 예상하고 있었다.

하지만 결과는 달랐다.

히비키 일행은 전원이 힘을 합쳐 싸운 결과, 단 하나의 존재와의 정면 승부에서 철저하게 패배했다. 그 존재는 치밀한 전략이나 몇 수 앞을 읽는 전술 따위는 전혀 없는 상대였다.

그것은 당돌하게 모습을 드러냈으며 히비키에게 그녀가 원하던 좌절을 선물했다.

―본능의 화신이라고 할 수 있는 존재였다. 그저 압도적인 공격력과 어처구니없는 방어력을 발휘하는 괴물이었다.

나바르는 틀림없이 **그것**을 상대하면서 스피드로 압도하고 있었다. 그녀는 마치 질풍과도 같은 연속 공격을 퍼부었으며 그 공격에 반응한 상대방의 반격이 도달할 즈음에는 이미 위치를 이동하고 있었다.

그렇다면 그녀가 패배한 이유는 무엇인가?

그 해답은 지극히 단순했다.

나바르의 공격이 상대에게 거의 통하지 않았기 때문이다. 그녀의 검은 겉으로 보기엔 가늘고, 히비키의 무기와 비교해서 날씬해 보였지만 마력이 부여된 명검이었다. 거기에 그녀의 스피드까지 합세하게 되면 그 예리한 위력은 대단했다. 하지만 그 정도로는 부족했다.

나바르는 녀석과의 전투 도중에 고속 전투의 피로감을 억누르면서 서서히 대미지를 축적시켜, 드디어 그 다리 가운데 하나를 베어내는데 성공했다. 그 결과 확실하게 앞으로 나아갔다는 달성감이 파티에 퍼져 나갔다.

하지만 다음 순간, **그것**은 다리를 재생시킨 후에 아무 일도 없었던 것처럼 행동을 재개했다. 나바르는 한 순간의 방심으로 녀석이 뱉어낸 검은 실을 뒤집어쓰고 움직임을 봉쇄당한 뒤 발톱 공격을 받았다. 치야가 필사적으로 실의 영향을 차단하면서 회복 술법을 시전했지만 전투 복귀는 절망적이었다. 움직일 수 없었던 그녀가 정통으로 당한 일격의 위력은 그 정도로 강했다.

한 사람이 전투 불능 상태에 처함으로써 히비키에게 향하는 공격이 늘어났고 벨더의 부담도 무거워졌다. 받아넘기는 기술이 능숙하다고 해서 매번 노 대미지로 끝날 리가 없었다. 벨더의 동작이 둔해지고 결국 체력 소모로 인해 쓰러질 때까지 많은 시간은 걸리지 않았다.

치야가 한 사람의 회복에 집중하게 되면서 우디도 공격에 마력을 집중할 수 없는 상황에 처했다. 그의 공격 마술이 상대에게 효과를 발휘했는지의 여부와는 별개로, 상대의 움직임이 전혀 변함없는 상황에선 공격 수단의 감소로 상황은 점점 악화될 수밖에 없었다.

히비키가 장벽이나 자가 회복을 구사하면서 혼자 힘으로 최전방의 벽을 유지하고 있었다. 하지만 원래 세 사람이 분담했던 역할을 혼자서 맡게 되면 점점 밀릴 수밖에 없다는 사실은 명백했다.

공격에 효과가 없다는 사실을 확인하고 난 후엔, 히비키는 수호수인 은랑의 역할을 장벽으로도 미처 회피할 수 없었던 공격의 요격으로 한정시켰다. 그 은랑도 히비키보다 먼저 공격을 당한 결과 움직임이 둔해진 참에 발톱의 연속 공격을 맞고 덧없이 기절했다.

치야가 히비키의 회복 역할로 들어왔지만 그래도 대미지의 양에 따라가지 못 했다. 우디의 지원 마술도 점점 효과가 끊기는 경우가 늘어났다. **그것**은 유유히 공격을 계속하며 후방을 향해서도 검은 실을 계속해서 내뱉었다.

회복과 지원이 멈췄다.

조바심이 치밀어 오르고 식은땀이 흘러내렸다.

자신은 그저 공격력과 방어력에 압도당해 박살이 나기 일보 직전까지 몰리고 말았다. 파티 멤버들은 이미 모두 쓰러졌다. 전원의 안부조차 확인할 수 없었다.

양 손 공격을 계속해서 명중시켰던 녀석의 다리 가운데 하나가 뜯겨나가려 하고 있었다. 히비키는 그것을 놓치지 않고 방금의 참격 동작에서 연결시켜 그 다리를 베어버렸다. 지금까지 계속해온 지루한 공격의 성과였다.

그 다리는 검은 입자와 같은 형태로 변해 허공으로 흩어졌다.

그리고…… 아까와 마찬가지로 재생되었다.

"후후…… 후……."

절망이 히비키의 마음을 지배하기 시작했다. 이길 수 없었다. 틀림없이 이길 수가 없을 것이다. 사실 그 이전에 이 격돌은 승부라고 부를 수 있는 차원이 아니었다. 그런데 어째서 입에서 웃음소리가 새어 나오는지 알 수가 없었다.

이 세계로 온 후 모든 사람들이 찬양했던 그녀의 마력도 이미 그 대부분을 소비한 상태였다. 지금까지 맛본 적이 없는 피로와 몸에 느껴지는 육중한 무게가 그녀를 짓누르기 시작했다.

히비키는 문자 그대로, 죽을힘을 다해 신체 강화에 마력을 쏟아부었다. 히비키의 무기에 붉은 빛이 감돌았다.

—이기지 못 하더라도.

그 눈동자에 깃든 빛은 사라지지 않았다.

"아직 할 수 있어! 어서 덤벼!"

이미 움직일 힘도 다 빠져서 반격 이외의 수단이 없는 그녀가 포효했다.

"SYYAGYAGAYGAYGAGAYGYAY!"

그것 역시 포효인지 뭔지 잘 알 수 없는 괴성을 내지르면서 8개의 다리를 민첩하게 움직여 히비키에게 다가왔다. 그리고 앞 다리 중 하나로 히비키를 내리쳤다.

그 공격에 대한 그녀의 반응은—.

한걸음 앞으로 내디디고 난 후의 역 대각선 베기였다.

그 일격은 **그것**의 어금니 위에서 기묘한 빛을 발하던 눈알을 파괴했다.

원래 히비키의 실력이라면 이번 공격은 카운터로 들어간 일격일 것이다. 하지만 이번엔 카운터를 노리지도 않았다. 기껏해야 무승부일 것이라고 확신하고, 그럼에도 불구하고 혼신을 다해 박아 넣은 마지막 일격이었다.

"윽…… 그흑."

내장이 파열된 건지, 목구멍에서 피가 솟아오르는 감각이 히비키를 덮쳐왔다.

당연한 결과였다. 히비키는 복부를 향해 날아 들어온 다리 공격을 피하기는커녕 앞으로 나아가서 그 몸에 받았기 때문이다.

―죽는 건가?

그런 예측을 떠올리면서 마지막으로 고개를 든 히비키가 목격한 것은―.

격렬한 전투 따위는 없었던 일처럼 보이는 고요한 평원의 광경이었다.

"어째, 서……?"

자기도 모르게 입 밖으로 튀어나온 의문을 계기로 열린 입에서 걷잡을 수 없이 피가 흘러내렸다. 어두워지는 의식을 도저히 붙들어 맬 수가 없었다.

용사 오토나시 히비키는, 바로 이 날 최초의 패배를 경험했다. 현재 그녀가 지니고 있는 힘으로는 일말의 승산도 없을 정도로 압도적인 패배를…….

그 상대는 마족이나 마수가 아니었다.

재앙의 상징으로써 사람들 사이에서 공포의 대상으로 군림해온, 쉬지 않고 세계를 잡아먹고 있는 한 마리의 검은 거미였다.

히비키는 아직 그 거미의 정체를 알지 못했다. 간신히 그 눈에 명중시킬 수 있었던 마지막 일격이 거미가 시달리고 있는 굶주림의 한 가닥을 어루만지면서, 그 퇴각 조건을 겨우 만족시킬 수 있었다는 사실도 당연히 깨닫지 못 했다.

—히비키는 전투를 회고하며 침대에서 윗몸을 일으켜 심호흡을 시도했다. 그러자 전투 상황으로 돌아간 듯한 흥분이 몸을 감쌌고 여러 차례 심호흡을 해서 진정을 되찾을 수 있었다.

"이길 거야. 반드시 말이지. 패배를 선사해줘서 고마워……. 기다려 줘……!"

이 패배로 인해 히비키의 평판은 떨어질 지도 모른다. 하지만 그런 평판 따위는 신경도 쓰지 않았다. 녀석의 정체를 조사해서, 그리고 이길 것이다. 명확한 목표가 하나 생긴 순간이었다.

예전 세계에서 아무리 소원해도 얻을 수 없었던 패배나 좌절—. 드디어 이 세계가 그것을 히비키에게 선사해 준 것이다. 그렇기 때문에 히비키는 거미를 향해 감사의 말을 중얼거렸다.

—검은 거미를 기껏해야 레벨 200에도 이르지 못한 다섯 사람이 철수시켰다.

히비키 일행의 평판은 내려가기는커녕 오히려 대폭으로 상승했다. 원래 검은 거미는 출현하기만 하면 그 주변이 초토화되는 사태를 피할 수 없었다. 모험가 길드가 고랭크의 모험가들을 집결시킨 후에 국가에 소속된 마술사단과 협력하여, 철저한 원거리 공격 수단을 총동원해야 겨우 철수시킬 수 있을 정도의 자연 재해나 다름없는 존재였다.

그 화제에 왕국 전체가 요동쳤으며, 용사 오토나시 히비키의 명성이 더욱 높아지는 결과를 초래했다.

……미스미 마코토가 검은 거미를 굶주림에서 해방하기 바로 전

날에 일어난 사건이다.

번외2 ~그리토니아의 영웅~

그녀는 황금색 곱슬머리를, 등을 뒤덮을 정도로 길게 기르고 있었다. 한 장의 순백색 천을 옷으로 삼아 어깻죽지에서 묶어놓고 있었다.

현재 상황을 제대로 파악하지 못한 그의 눈앞에 존재하고 있던 것은, 소녀였다. 지금까지 그가 볼 수 있었던 그 어떤 존재보다도 사랑스럽고 아름다운 소녀였다.

맑고 투명한 녹색 눈동자는 신비한 분위기를 풍기고 있었다. 그녀의 시선 앞에 서는 것만으로도 현실 감각이 사라지고, 그녀의 흥미를 끄는 것만으로도 환희에 떨 정도였다.

그리고 동시에 소녀는 결코 더럽혀선 안 되는 신성한 존재로 느껴졌다.

……스스로 상상조차 할 수 없을 정도의 미모가 꿈에 나올 수도 있는 건가? 그는 그런 생각을 하고 있었다.

—하지만 꿈이 아니었다.

소녀가 소년에게 자신은 여신이라고 선언했다.

그녀의 말에 따르면 힘이 부족하여 자신이 지키고 있는 세계가 악마들로 넘쳐나고 있다고 한다.

이제 자신의 힘만 가지고는 어쩔 도리가 없으니 도와달라고 했다.

소년은 그녀의 힘이 되고 싶었지만 자신은 무력하기 때문에 도움이 될 수 없다고 말하며 소녀의 애원을 거절했다.

실제로 그는 완력이 강한 편이 아니며 학문 쪽으로도 뛰어나지 못 했다.

운동은 중간 중에서도 중간 레벨이고, 공부도 중상급 정도였다.

마음씨가 착하다고 말하면 듣기엔 좋지만 사실은 동성 학생들에게서 왕따를 당하고 있었다.

물론 그도 그러한 사실까지 이 소녀에게 가르쳐줄 생각은 없었다.

그가 따돌림을 당하던 이유는 단순했다.

한 마디로 말해, 그가 대단한 인기남이었기 때문이다.

문제는 외모가 대단히 뛰어나다는 것만으로 소란을 일으키고 있었다.

그는 순정만화에서 튀어나온 것 같은 섬세한 외모의 미남자였다. 뿐만 아니라 약간 병약한 분위기까지 감돌고 있었다. 그런 구석도 여자애들을 홀렸다.

대단한 노력도 하지 않고, 거기다가 다가오는 여성들을 적극적으로 상대하는 것도 아니었다.

그런 미적지근한 태도가 주위 남학생들의 분노를 불러일으킨 것이다. 그때 여학생들이 그를 옹호했고, 그것이 남학생들의 그에 대한 취급을 한층 악화시키는 원인으로 작용했다.

그는 사실, 여성이 무서웠다. 그렇기 때문에 그녀들을 멀리하고 싶은데도 상대편이 이쪽으로 다가온다. 남학생들의 분노를 피하기 위해 그녀들과 거리를 두려고 하면, 그 결과 분노의 불길에 더욱 기름을 붓는 격이 되고 말았다.

—대체 어쩌라고.

최근엔 학교 자체를 쉬는 날이 늘어나고 있었다.

여신이 그에게 찾아온 것은 바로 그런 시기에 일어난 일이었다.

"괜찮아요. 당신에겐 커다란 힘이 있으니까요. 그리고 그 힘은, 서의 세계에 옴으로써 처음으로 각성하는 능력이랍니다. 저도 물론 당신을 축복하고, 힘을 부여할 겁니다. 그러니 부디—."

여신의 방문이 조금이라도 나중이었다면—.

아니면 조금이라도 시기가 빨랐다면—.

그는 거절했을 것이다. 이런 게임 주인공을 연상시키는 전개에 동경했던 적도 있지만 그래도 현실을 선택했을 것이다.

"저, 정말로? 나 같은 녀석도 할 수 있는 거야?"

학교에서 왕따가 시작되었다는 사실—.

그리고 본인이 그 해결책을 찾지 못하고 집 안에 틀어박히는 선택을 하고 말았다는 사실—.

그 결과, 부모님들로부터 등교 거부에 대해 책망을 받고 있다는 사실—.

그를 둘러싼 모든 상황이 좋지 않은 방향으로 흐르고 있었다.

"물론, 당신이 아니면 할 수 없는 일입니다. 또 한 사람, 당신의 파트너로 활약할 여성도 세계를 이동할 결의를 해주셨습니다. 부디 용사로 각성하여, 저에게 그 힘을 빌려주십시오."

상대는 가련한 소녀의 모습을 한 여신이다. 그녀가 자신에게 간청하고 있었다. 뿐만 아니라 혼자만 이 모든 사태를 책임지는 것은 아니라고 했다.

파트너로 활약할 여성도 있었다. 여성, 이라는 부분이 조금 걸리긴 하지만 아마도 아는 사람은 아닐 것이다. 그래도 같은 고향 사람이 함께한다는 사실은 든든하다.

그렇게 생각해버리고 말았다.

"힘을 주겠다고 했는데, 뭘 해줄 수 있는 거야?"

그것은 그에게 중요한 포인트였다. 레벨 1부터 시작하는 RPG 게임은 지루하다. 그는 최근엔 RPG 게임이건 시뮬레이션 게임이건, 처음부터 데이터를 개조해서 플레이하는 쪽이 취향에 맞았다. 조금 일그러진 플레이 방식이었다.

하지만 적어도 이런 안일한 게임 감각으로 결심할 일이 아니었다.

그녀는「돌아올 수 있다」라는 말은 단 한 번도 입에 담지 않았기 때문이다. 아마 나중에 그녀에게 물어봐도, 여신은 태연한 얼굴로 그쪽이 물어보지 않았으니 굳이 말을 꺼내지 않았을 뿐이라고 대답할 것이다.

"마수들과 싸울 수 있는 육체와 대적하게 될 마족들을 능가하는 마력, 사람들을 매료할 수 있는 마안(魔眼)의 스킬. 그리고 하늘을 날 수 있고 피로를 회복시켜 주는『은 구두』를 하사하지요."

어떠신가요? 대충 그런 표정으로 여신은 소년을 바라봤다.

그는 마음속으로 뛸 듯이 기뻐하고 있었다. 여신의 제안은 상당히 매력적이었다. 게임에서 이 정도의 특전을 처음부터 가지고 있으면 밸런스 브레이크는 틀림없었다. 얼마나 유리한 능력인지는 명백했다.

이 정도라면 웬만한 상황엔 대처할 수 있을 듯했다. 가능하다면 특수 능력의 종류를 좀 더 끄집어내고 싶었지만 너무 심한 요구를 해서 반감을 사고 싶지 않았다. 그는 고민하면서 대답이 막혔다.

하지만 그 결과 실제로 일이 틀어진다고 하더라도 꿈과 같은 이 순간이 그대로 꿈으로 변할 뿐이다. 내일부터 방에서 보낼 생활에 변화가 생길 리도 없었다. 그렇기 때문에 그는 대담하게 나가기로 결심할 수 있었다.

여신이 나타나서 이세계로 유혹하고 있었다. 틀림없이 너무나도 비현실적인 사건이었다. 소년이 꿈이라고 생각하는 것도 자연스러운 현상이었다.

"……그렇다면, 어느 정도 부담이 가겠지만 당신에게 밤에 한해서 불사의 능력을 부여하겠습니다. 다만 이 능력은 밤, 그것도 하늘에 달이 떠있는 동안에만 발동합니다."

늘어났다. 그가 추가적인 희망사항을 굳이 입에 담지 않았는데도 여신이 양보했다.

그는 여신이 시간에 쫓기고 있다는 사실을 알지 못 했다. 어디까지나 행복한 정신 구조다.

밤에 싸우면 무적이다. 그런 잘못된 해석으로 그 능력을 받아들이고 있었다.

"알았어, 여신님. 내가 정말 할 수 있을지는 불안하지만 있는 힘껏 그 용사라는 걸 해볼게."

그는 커다란 결의를 마음속으로 다지며 일부러 은혜를 베풀 듯 여신에게 승낙한다는 뜻을 전했다.

여신은 그의 말을 듣고 오늘 보인 표정 중에 최고의 미소를 지으며 기뻐했다.

소년은 감사해야 하는 건 오히려 내 쪽이라고 마음속에서 어두운 미소를 짓고 있었다. 지금부터 소환되는 이세계에서 난 강하다아아아! 놀이도 할 수 있고 마음대로 행동해도 뭐라고 할 사람도 없었다. 사람들을 매료할 수 있는 능력이 있다면 왕따를 당할 일도 없을 것이다.

그는 바로 이 순간에 무언가가 가슴속에 걸리는 것을 느꼈지만 의도적으로 무시했다. 그는 황금색 빛에 휩싸였다.

그는 원래 세계에 머물러야만 했다. 소년에게는 가슴속에 걸리는 것이 있었기 때문이다. 다른 두 사람과 명확하게 사정이 달랐다. 그는 일본에서의 생활에 싫증을 느끼고 있던 것도 아니고, 거절할 수 없는 사정이 있는 것도 아니었다. 오로지 학교에서 당하고 있는 왕따를 피하기 위해서 이세계 소환을 받아들이고 말았다.

결코 물릴 수 없는 중대한 선택—.

다음 순간엔 소년, 이와하시 토모키는 이미 이세계에 있었다.

"여기가 여신의 세계라는 건가?"

묘하게 먼지투성이인 장소에서 한 사람의 여성이 기다리고 있었다. 승려나 신관들이 입을 듯한 옷을 걸친 사람들이 여러 명, 그녀의 옆에서 대기하고 있었다.

"……용사님이신가요? 제가 하는 말은 알아들으시는지요?"

"……?! 아, 예. 알아들어요."

정상적인 대화는 사실 상당히 오랜만이었다. 토모키는 수상한 거동을 보이면서 겨우 응답했다. 방금 전에 만났던 미소녀 여신 정도는 아니었지만 그의 앞에서 기다리고 있던 여성도 부자연스러울 정도로 가지런한 외모의 소유자였다. 그러한 사실은 그를 더욱 당황하게 했다.

중학교 3학년 때 이미 180센티미터를 넘었던 그의 눈높이로 보면, 말을 걸어온 여성은 자신의 어깨 정도 밖에 되지 않는 키였다. 하지만 그녀가 뿜어내는 위엄이나 아우라라고 할 수 있는 특유의 분위기가 마주보는 그에게 묘한 긴장감을 느끼게 했다.

머리 색깔은 차분한 빛깔의 은색이었다. 헤어스타일은 쇼트 보브였다. 몸매는 비교적 기복이 적은 편이었지만 자세가 탁월할 정도로 가지런했다. 늠름하다는 표현이 어울리는 분위기의 여성이었다.

토모키는 다른 무엇보다, 확실한 자신감과 강한 의지를 품은 그녀의 눈동자를 보고 매우 인상적이라고 생각했다.

'커리어 우먼이라는 게 딱 이런 느낌일까?'

토모키는 어렴풋이 머릿속에서 그런 생각을 했다.

"……다행이다. 그럼 용사님? 이런 누추한 곳에선 대화도 나누기 힘드니, 저를 따라와 주실 수 있겠습니까?"

그는 쿨한 미소를 짓고 있는 그녀에게 이끌려 방에서 나왔다.

그녀가 바로 이 첫 대면에서 그의 이름을 묻지 않았던 데는 약간 사정이 있었다.

제국의 중추 세력은 이미 여신의 가호를 포기하고 독자적으로 마족을 물리치자는 방침으로 노선을 변경했다. 이미 제국군의 상층부에선 여신에 대한 신앙심을 상당 부분 잃어버렸다. 그 중에서도 용사의 대응을 담당한 그녀는 특히 그 경향이 강한 인물이었다.

이 나라에서 용사란, 구세주가 아니라 자신들이 만들어내는 영웅의 소재에 지나지 않았다.

—영웅이라는 이름의, 최고의 **무기를 창조해내기 위한** 소재.

그가 내려선 그리토니아 제국은 용사를 강력한 무기로 인식하고 있었다.

물론 그들의 안내를 받으면서 만나는 모든 사람에게 흥미를 보이는 용사가 그런 사실을 알 리 없었다.

그는 적어도 리미아의 용사보다 가혹한 장소에 있었다. ……의식주조차 제대로 해결할 수 없었던 황야의 그 남자보다는 상당히 양호한 상황이긴 했지만—.

◇◆ 릴리 ◆◇

용사가 왔다. 나는 마음을 진정시키기 위해, 그와 헤어지고 나서 산책을 하고 있었다. 그리고 나는 기도실 앞에서 문득 발걸음을 멈췄다.

무기질한 돌바닥의 중앙에 제단이 위치해 있었다.

나는 이 방을 혐오한다. 그 이유는 간단하다. 이곳은 아무런 의미도 없는 장소이기 때문이다.

여신……. 모든 휴만들이 신앙과 숭배를 바치는 이 세계의 신이다. 아름다운 것을 각별히 사랑하며, 우리들 휴만을 모든 종족의 정점으로 정하고 가호와 축복을 부여했던 존재였다.

하지만 최근 10년 동안, 여신은 한번도 우리의 기도를 들어주지 않았다. 그리고 구원이나 가호도 내려주지 않았다. 스스로의 아름다움을 갈고닦음으로써 힘을 얻을 수 있었던 이 세계의 절대적인 법칙이, 아무런 예고도 없이 무너져 내린 것이다.

여신은 아름다운 존재를 사랑한다. 그녀의 눈높이를 만족시킨 자만이 강대한 축복을 얻을 수 있었다. 때로는 어린 아이라도 성인을 압도할 수 있을 정도로 능력을 강화시키던 이 축복은 휴만의 지위를 지탱했던 대전제였다.

하지만 이게 대체 무슨 어처구니없는 농담이란 말인가?

당돌하게 우리 제국의 신관들과, 이유는 알 수 없었지만 황녀인 나에게도 여신의 신탁이 내려왔다.

자신을 가장 신봉해 마지않던 엘리시온이 마족에게 철저하게 유린당하고 망국으로 전락한 이 시점에서—.

우리 제국과 리미아가 협력하여 간신히 방어선을 구축하고, 마족의 재침공을 견제하고 있는 이런 비참한 상황에—.

여신이란 정말로 신용할 수 있는 존재인가? 오히려 절대로 의존해선 안 되는 **무언가**가 아닐까?

나의 의문이 부풀어 오르기만 하는 것은 지극히 당연한 결과였다. 이 의문을 입 밖으로 내게 되면 이단이나 이교도 같은 온갖 비방과 중상을 당할 테니 자제하고 있지만 말이다. 국민 레벨에서는 아직도 여신에 대한 신앙은 두터웠다.

……이제 와서 「용사를 파견한다. 마족을 토벌하라」? 웃기지 마. 폐기되기 직전의 제단에서 출현한 용사님을 대체 어떻게 처리하란

말인가?

여신에게서 「이 자가 바로 용사다. 그에 걸맞게 맞이하라」라는 추가적인 신탁이 내려온 덕분에 그 남자가 틀림없는 용사라는 사실이 판명됐다.

그리토니아 제국군은 여신의 가호 없이 마족에게 대적하기 위해 다양한 실험을 진행시키고 있었다. 인체의 강화나 우수한 전투 기술의 추출 및 이식의 시도, 마술의 효과가 깃든 도구와 휴만을 융합시키는 실험 등 다양한 분야에 걸친다.

그 어느 실험도 바람직하다고는 할 수 없었다. 아무리 그럴 듯하게 변명해 봐도 비인도적인 실험이라는 사실은 바뀌지 않는다. 하지만 그래서 어쨌다는 말인가? 모든 것은 마족에게서 승리하기 위해서이다. 우리 제국의 방식을 비판할 생각이라면 인도적인 수단으로 마족을 물리쳐 보라고 대답할 것이다.

하지만 제국이 그렇게 만들어냈던 수많은 걸작들과 비교해도 용사는 특히 출중한 성능을 보유하고 있었다.

평범한 인체 강화로는 도달할 수 없는 영역의 신체 능력과 고위 마족에 필적하는 마력, 적어도 제국이 보유한 **모든** 마도구에 대한 장비 적성까지 보유하고 있었다.

아무런 인공적인 수단도 가하지 않은 인체임에도 불구하고 이런 터무니없는 결과가 나온 것이다. 그를 직접 안내했던 내가 모든 결과를 목격했다.

어딘지 모르게 연약해 보이는 미소년, 그것이 바로 제국의 용사였다. 틀림없이 그 여신의 선택을 받을 만큼 가지런한 외모의 남자였다.

또한 그의 눈은 아무래도 좋지 않은 스킬을 보유하고 있는 것 같았다. 연구자는 매료에 특화된 마안의 일종이라고 보고했다. 우선 응급처치로 무효화시킬 수 있는 수단을 준비해뒀다. 이 조치는 일단 급한 대로 황족만을 대상으로 한 것이었다.

그의 허약해 보이는 외모와 마안, 그리고 그 말투에서 느껴지는 강자의 자만—.

뻔뻔하게 나의 기사들을 쳐다보는 시선과 축제를 보러 온 어린 아이와 같은, 묘하게 붕 뜬 분위기—.

그 어느 하나도 마음에 드는 게 없었다. 특히 가장 마음에 안 드는 건 이 남자가 여신이 보낸 선물이라는 사실이다.

하지만 상관없겠지요.

당신이 용사라고 한다면, 제국은 당신을 최강의 용사로 만들어 드리지요. 당신이 원한다면, 돈이건 작위건 여자건 남자건 원하는 대로 드리겠습니다.

……그렇게 함으로써 마족을 멸망시킬 수만 있다면.

어느 나라가 보유하고 있는 금은보화건 이 제국의 옥좌건, 이 몸조차 바칠 수 있어요. ……겨우 그 정도로 어머니의 원수를 갚을 수만 있다면 말이죠. 우리들의 그 어떤 기도조차 들어주지 않던 여신을 마지막까지 믿으면서 목숨을 버린 가엾은 여성의 원수를—.

토모키. 그래요. **토모키=이와하시**. 기뻐하세요. 당신은 영웅으로서 역사에 이름을 새길 겁니다. 그리고 나에게 희열을. 저 빙하를 악마들의 피로 물들이면서—.

여신이여, 변덕으로 우리의 운명을 농락하는 자여. 당신이 내린 장난감, 완벽하게 사용해 보이지요. 이 몸에 흐르는 황제의 핏줄을 걸고, 반드시―.

◇◆◇◆◇

레벨 389의 용사―.

리미아의 용사가 파티 멤버들과 만나면서 전쟁터에 종군하기 시작했을 무렵, 벌써 백은의 세계로 그 모습을 바꾸고 있던 제국은 마족과 인접한 방어선을 밀어 올리는 작업을 시작하고 있었다.

이러한 제국의 전략에 큰 공을 세우고 있던 인물은, 말할 것도 없이 제국에서도 손에 꼽힐 정도의 레벨에 도달한 용사 이와하시 토모키였다.

현재, 제국은 레벨 920을 자랑하는 휴만 최강의 인물을 보유하고 있었다. 하지만 제국의 제2황녀인 릴리가 토모키를 조속히 **사용**해야 한다고 주장함에 따라, 전장에서 주로 활약하고 있는 것은 토모키였다.

제국은 그를 전장에서 적극적으로 **운용**했다. 그리고 토모키도 제국의 요청대로 전장에서 싸우면서 그 힘과 기술을 갈고 닦았다.

그가 모험가 길드에 등록한 것은 이세계에 도착한지 이틀째 되는 날 밤이었다. 그 당시에 측정한 그의 레벨은 98이었다.

……그는 부자연스러울 정도의 속도로 레벨업을 달성했다. 그는 수개월도 안 되서, 평범한 모험가가 평생 걸려도 도달하지 못 하

는 영역에 발을 들여놓고 있었다.

당초에 토모키는 일단 달성해야 하는 목표는 소피아라고 듣고 있었다. 드래곤 슬레이어라고 불리는 그녀의 레벨은 920이었다. 그러한 목표가 있었기 때문인지 토모키는 의욕적으로 전투에 참가했다. 제국, 정확히 말하자면 그의 후견인을 자처한 릴리가 전면적으로 지원했던 덕도 있었기에 그의 성장은 가속화되었다.

한편 제국은 자국의 용사에 대한 정보를 극비로 취급하고 있었다. 때문에 토모키는 전장 이외의 장소에서 거의 사람들 앞에 모습을 드러내지 않았다.

토모키는 전투에서 승리하여 제도(帝都)의 중앙 도로를 행진하는 개선 퍼레이드에 참가할 때도, 전신 갑옷과 과도하게 화려한 투구를 덮어쓴 스타일을 유지해달라는 요청을 받았다. 따라서 그의 모습을 아는 이는 사실 그렇게 많지 않았다.

그는 생활의 대부분을 성 안에서 보내고 있었다. 며칠마다 한 번씩 전투에 출진하는 스케줄을 생각하면 타당한 조치라고 할 수 있었다.

"리미아의 용사는 레벨 138이라고? 이 정도로 내 심부름 같은 걸 할 수 있는 거야?"

토모키는 또 한 사람의 용사에 대한 정보를 가르쳐준 릴리에게, 히비키를 업신여기려는 의도가 전혀 없이 순수한 의문을 표했다. 그도 그럴 것이, 히비키는 본인과 비교해서 3분의 1 정도의 레벨밖에 되지 않았다. 그 정도 레벨로 협력이 가능하긴 한 건지 약간 불안해지는 것도 당연했다.

"아직 소환되고 시간이 얼마 지나지 않았으니까요. 앞으로 어떻게 될지는 알 수 없잖아요, 토모키 님?"

릴리는 그를 토모키 님이라고 부르면서 부드럽게 대답했다. 토모키는 그녀와 처음 만났을 때, 늠름하지만 냉담하다는 인상을 받았다. 하지만 시간이 지남에 따라서 그녀의 토모키에 대한 반응은 부드러워졌다. 지금의 그녀를 표현하자면 자상한 아가씨라는 말이 어울릴 것이다.

릴리가 현재 보이고 있는 모습은 토모키가 선호하는 타입이었다. 그는 그러한 그녀의 변화도 마안이라는 능력의 영향이라고 생각하며 기뻐하고 있었다.

토모키가 이세계로 소환된 첫 날, 릴리는 그를 여러 가지 장소로 안내하면서 은근히 그에 대해 상세한 조사를 진행시켰다. 그 때 판명된 마안이 릴리에게 영향을 줄 리가 없었다. 다른 사람도 아닌 바로 그녀가, 황족에게 마안의 영향이 없도록 대책을 준비했기 때문이다.

토모키는 본인이 상세한 신체검사를 당했다는 사실을 눈치채지 못 했기 때문에, 스스로가 숨기고 있는 마안의 능력을 릴리에게 들킨 상태라는 사실을 몰랐다.

토모키는 마안의 능력과 불사의 특성을 철저하게 숨기고 있었다. 본인에게 마이너스가 될 만한 일이나 비장의 카드로 써먹을 수 있는 힘에 대해서 전부 털어놓을 기분이 들지 않았기 때문이다.

"으―음. 역시 그렇겠지? 하긴 나도 처음엔 98이었으니까, 금방 오를 거야."

현 시점에선 아직 계획 단계에 지나지 않았지만 마족이 지키고 있는 요새 가운데 하나를 공략하자는 계획이 제국에서 거론되고 있었다. 하지만 그 작전은 리미아를 비롯한 다른 국가들의 힘도 빌리지 않으면 실현 불가능한 규모였기 때문에, 리미아의 용사가 최소한 써먹을 만한 레벨로 성장할 때까지 기다리고 있는 상황이었다.

그래서 제국은 리미아의 용사인 오토나시 히비키에 대한 최신 정보를 항상 파악해두기 위해 리미아 왕국으로 간첩을 파견하고 있었다. 그 덕분에 리미아에서 멀리 떨어진 이 제도까지 왕국의 정확한 정보가 도달했다.

그러한 작전에 대해 전해들은 토모키가 리미아의 용사에 대해 알고 싶어하는 것도 무리는 아니었다.

“하지만 토모키 님? 어째서 갑자기 리미아의 용사에 대해 말씀하신 거죠? 혹시…… 아는 분이신가요?”

“아니? 이름은 들어본 적 있지만 모르는 사람이야. 나이는 열여덟이라고 했었나? 세 살 연상 중에 아는 사람은 없었어.”

“그럼 어째서? 소문에 따르면 아름다운 여성분이라고 들었으니까요……. 가지고 싶어지셨나요?”

황녀는 짓궂은 장난이라도 떠올린 듯 토모키의 등 뒤로 돌아가 양손으로 그를 끌어안았다.

“응? 혹시 질투하는 거야? 괜찮아, 나는 릴리와 모두가 있는 것만으로도 충분히 행복해.”

“……정말로요? 누군가 가지고 싶으신 사람이 있다면 말씀해주세요. 패자(覇者)가 여성을 탐하는 것은 자연스러운 행동이랍니다. 저는 토모키 님께서 그러셔도 책망할 마음은 전혀 없어요."

릴리가 토모키의 귓가에서 달콤한 목소리로 속삭였다.

토모키는 만족스러운 표정으로 끄덕였다.

"알았어, 그럴 때는 거리낌 없이 말할게."

"예."

"그런데, 오늘은 어디로 가서 싸우면 되지?"

"얘기를 들어보니 북서쪽 라인의 일부를 침범하고 있는 군세가 있다고 하더군요. 만약 가게 된다면 그곳일 겁니다."

"그렇군. 자, 어떻게 할까?"

"우선은 점심을 드시는 게 어떠세요? 전 당신을 부르러 왔거든요?"

"그랬었지. 알았어, 그럼 원탁으로 갈까?"

"예, 토모키 님."

두 사람은 여러 명의 메이드들을 거느리고 방을 뒤로 했다.

「저, 릴리=프론트=그리토니아는 용사 토모키 님을 섬기면서 미력하게나마 그 도움이 되고자 마음먹었습니다. 그런 고로 토모키 님을 제 곁에 두고 모시면서, 만전의 체제를 구축하고 그를 서포트하고 싶다고 생각합니다.」

제국의 주요 인사들이 모인 황궁의 한 회의실—. 성에 설치된 제국의 중요 시설 가운데 하나였다. 황족을 비롯한 유력 귀족들이, 릴리의 갑작스러운 발언을 듣고 웅성거리기 시작했다. 그러나 그러한 소란도 다음 한 마디로 인해 한 번에 잦아들었다.

「따라서 저는 황위 계승권을 포기하고, 정치에 관해서는 다른 분들께 양보하고 싶습니다. 그러니 부디 용사님의 편의를 도모하기 위해 협력해주실 수 있겠습니까?」

그녀의 터무니없는 발언에 불평하던 세력은, 주로 황위 계승권을 사이에 두고 경쟁을 벌이고 있는 릴리의 오빠나 언니의 파벌에 소속된 이들이 대부분이었다. 정치적 라이벌이 스스로 무대에서 내려가겠다고 선언한 것이다. 이보다 기쁜 일은 없을 것이다.

그러나 이런 상황에서도 신경 쓰이는 것은 릴리가 보유하고 있던 이권 사업들이었다. 그녀도 황족으로서 격렬한 정치적 대립에 참가했었던 인물이었고, 황제의 자리를 노리고 있었던 만큼 상당한 양의 이권을 보유하고 있었다. 그 사업들을 향후 어떻게 처리할 것인지가 많은 주목을 모으고 있었다.

귀족이나 형제들은 잠자코 황녀의 다음 말을 기다리고 있었다.

「제가 담당하고 있던 여러 가지 사업에 관해서는, 그 대부분을 여러분께 분할 양도하려고 생각하고 있습니다. 하지만…… 용사님의 힘이 될 만한 일부 사업에 대해서는 앞으로도 저에게 맡겨주시길 소망합니다. 구체적으로 말하자면 군사적 부분에 해당된 사업들입니다만, 획득한 기술은 전부 제국군에 공개 후에 공유할 것이므로 저에게 군사력이 집중되는 사태는 있을 수 없습니다. 그 이외의 모든 분야에 대해서는 현재 양도 준비를 진행시키고 있습니다.」

오오, 사람들이 떠들썩해졌다. 릴리가 그 천성의 수완가적인 기질로 규모를 키워온 사업은 적지 않았다. 군사 부문 이외의 분야라고 해도 양도받는 입장에서 그 영양가는 충분했다.

이걸로 귀족이나 형제들은 황녀를 묵인할 것이다. 그녀의 계산대로였다.

다음으로 설득해야 하는 상대는 그녀의 아버지, 황제라는 사내였다.

황제는 당연히, 황위 계승권을 갑자기 포기한 이유를 릴리에게 물었다. 아무리 용사가 강림했다고는 하나, 그 힘을 자신의 세력에 편입시켜 권력을 확대시키는 방향으로 유도하는 방법이 현실적이다. 그리고 지금까지 릴리가 정계에서 보여준 행동을 생각해봐도 일을 그렇게 추진하는 편이 자연스럽게 느껴졌다. 토모키가 소환된 후, 릴리는 다른 무엇보다도 그를 우선시하면서 그의 서포트를 최고의 가치로 두고 움직이고 있었다. 그러한 배경으로 인해 현재 제2황녀인 릴리가 용사와 가장 가까운 장소에 있었다. 굳이 황위 계승권 경쟁에서 물러나지 않더라도 용사를 서포트하는 일은 가능해 보였다.

「차기 황제는 아버님의 의지를 계승하는 자입니다. 하지만 저는 어머님의 유지를 잇고자 합니다. 어머님은 여신님을 모시던 독실한 신도였습니다. 마지막까지 여신님께 신앙을 바쳤습니다. 그렇다면 저는 아버님껜 면목이 없습니다만 어머님의 뜻을 이어받아 여신님께서 파견하신 용사님과 함께 하고 싶습니다.」

장내가 점점 숙연해졌다.

릴리가 어머니를 깊이 사랑하고 있다는 사실은 형제들이나 아버지는 물론 고위 귀족들 사이에서도 널리 알려져 있었다. 그 중에는 그녀의 발언을 듣고 눈물짓는 이들도 있었다.

「……저의 고집을 부디 용서하여 주십시오. 반드시 용사님과 함께 마족들을 멸망시켜, 아름다운 엘리시온의 땅을 탈환해 보이겠습니다.」

이날, 릴리는 용사의 서포트에 필요한 사업의 관리를 남기고 정치 무대에서 모습을 감췄다. 그녀의 계략을 의심하는 이들도 많았지만 그녀는 그 후로 헌신적으로 용사를 도우면서 그들의 의심을 태도로 불식시켜 나갔다.

그리고 지금—.

토모키와 릴리는 그들이 『원탁』이라고 부르는 장소에 도착했다.

이곳은 성 내부에 위치해 있으면서도 푸르르게 우거진 식물들이 눈을 치료해주는 정원이었다. 그 중앙에 명칭에 걸맞은 원탁이 배치되어 있었다.

릴리의 어머니가 사랑했던 정원이었다. 릴리는 바로 이 장소를 용사의 휴식처로 사용하고 있었다. 릴리는 지금까지 그 누구의 입실도 용납하지 않았던 장소를 개방함으로써, 또 다시 귀족들을 경악시켰다. 그리고 이는 그녀의 용사에 대한 신뢰를 증명하는 사건으로 받아들여졌으며, 토모키의 평가를 상승시키는 결과로 이어졌다.

가끔 무례한 면모를 보이기도 하지만 정치에 관심이 없는 우수한 전사라는 것이 토모키에 대한 현재의 평가였다. 릴리가 그를 귀족들과 많이 만나지 않도록 은연중에 조정했던 영향으로 인해, 대부분의 사람들에게 있어서 토모키라는 인물의 이미지는 수수께

끼에 싸여 있었다. 선입견과 그들의 가치관에 의해 굳어버린 사고방식의 결과로, 대국의 황녀에게 온몸으로 봉사를 받으면서 역심을 품을 리가 없다는 생각이 널리 퍼져 있었다. 따라서 그가 제국을 배신할 가능성에 대해서 털끝만큼도 의심하는 이들이 없었던 것이다.

"토모키 님! 이미 준비는 끝난지 오래입니다. 저기, 그러니까 이쪽으로 오시죠."

"오빠 너무 늦어—!"

"난 지금 연구 시간을 줄이면서까지 온 거거든? 너무 기다리게 하지 마. ……바쁜 건 알지만."

제각각 토모키를 맞이한 것은 그의 동료들이었다. 이 장소의 명칭에 따르자면 그녀들은 토모키를 따르는 원탁의 기사들이라고 할 수 있을 것이다.

그에게 최초로 말을 걸고 우물거리면서도 그를 스스로의 옆 자리로 부른 인물은 기네비어. 황족을 수호하는 최고위 기사인 로얄가드 가운데 한 사람이다. 그녀는 원래부터 릴리를 섬기면서 사적으로도 친구 관계였던 인물이지만 지금은 토모키까지도 황녀와 같이 수호의 대상으로 삼겠다고 선언했다.

그녀는 여성의 몸으로 방어 계열의 검술을 한계까지 단련한, 완전한 방어 타입의 검사였다. 주어진 마도구들의 종류도 방어에 특화되어 있으며, 그 직업의 명칭에는 견고함의 대명사로 알려진 상위 용 그론트의 이름이 호칭으로 붙어 있었다. 그론트는 세계에서 가장 넓은 사막에 사는 최고의 방어력을 자랑하는 것으로 알려진

용이다. 「모래 물결」이라는 칭호로도 유명하다. 로얄 가드 · 그론트라는 직업은 이 세계에서 단 한 사람, 오직 그녀만이 지니는 유니크잡의 명칭이었다.

그리고 앳된 목소리로 토모키를 오빠라고 부른 소녀의 이름은 모라.

약관 12세의 소녀였다. 모험가 길드에서의 직업은 용 소환술이라는 특수한 소환술을 사용하는 드래곤 서머너였다. 그녀는 원래 지방에 있던 마을에서 무녀 가문의 일원으로 자랐지만, 마족의 습격으로 마을이 괴멸당한 후 릴리의 보호를 받고 있었다. 그리고 릴리의 의도에 따라 토모키와 만나게 된 것이다.

용을 다루는 그녀의 직업은 기네비어와 같은 교유 직업은 아니었지만 이 세계에 몇 사람밖에 없는 레어 직업이었다.

마지막으로 토모키에게 냉정한 목소리로 불평을 늘어놓은 여성은 유키나츠.

그녀는 대륙 남동쪽에 위치한, 4대국 가운데 하나로 꼽히는 로렐 연방이라는 나라의 출신이었다. 유키나츠는 보다 자유롭고 충실한 연구 환경을 찾아 릴리의 산하로 들어왔다. 그리고 토모키와 만난 후 용사가 지니고 있던 다양하고 특이한 발상에 끌려서 그와 행동을 함께 하고 싶다고 요청했다. 각종 무기와 마법의 융합, 강대한 힘을 지닌 법구(法具)나 신기와 같은 아이템들의 레플리카를 작성하는 작업에 이상할 정도로 관심을 보이는 연구자 계열의 인물이었다.

특히 무기와 마법의 융합에 대한 기술이나 지식 부문에서 어느 정도 유리한 전통을 지닌 드워프들과는 전혀 다른 접근 방식을 시도하고 있으며, 연방으로부터 위험한 사상이라는 낙인을 찍혀 추방당했다. 직업은 포스 플레이어로 연금술 관계자들 중에서도 해당 직업으로 전직하는 이들이 그다지 많지 않은 별종 직업이었다. 골렘의 생성이나 조작에 능하며 연금술사 중에서도 약의 제조 등과는 무관한 별개 계통의 직업이다.

현재는 이 세 사람이 토모키를 수행하는 동료들이었다. 릴리는 직접 전투에 참가하지 않고 어디까지나 후방에서 그들을 지원하는 역할을 담당한다.

토모키의 제안으로 함께 식사를 즐기고 있는 전원이 원탁의 정원에서 지내는 시간을 기대하고 있었다. 전투 이외에 그와 시간을 함께 보낼 수 있는 장소는 한정되어 있으므로 조금이라도 그와 함께 있고 싶은 그녀들에게는 귀중한 시간이었다.

릴리가 비밀리에 준비해놓은 마안에 대한 대책은 오직 황족만을 대상으로 한 것이었다. 당연히 그 이외의 인간에게는 아무런 대책도 없었다.

기네비어와 모라, 그리고 유키나츠도 예외는 아니었다. 강력한 매료의 힘을 발휘하는 마안의 영향을 계속해서 받은 결과로 발생한 그에 대한 호의를, 지극히 자연스럽게 본인의 마음속에서 태어난 감정이라고 믿어 의심치 않고 있었다.

"릴리 님, 알베르트 님께서 회의에서의 자료를 확인해달라고 요청하셨습니다."

시중 가운데 한 사람이 원탁에 앉으려고 했던 릴리에게 다가와서 보고했다.

"어머나, 오라버니도 하필이면 점심시간에 그런 말씀을 하시다니 멋쩍은 분이시네요. 토모키 님? 소첩은 잠시 다녀오겠습니다. 전장으로 가시기 전엔 반드시 배웅을 나가겠습니다."

"아, 그래? 알베르트 님께서 호출하시는 거라면 별 수 없지. 나는 식사 후에 쉬고 있을 테니 괜찮아. 전투하러 가기 전엔 반드시 말하고 떠날게."

토모키도 릴리의 오빠의 존재에 대해 알고 있었기 때문에 딱히 나무라는 기색은 없었다. 사실 이러한 호출은 자주 있던 편이라 이미 익숙해졌다. 현재의 릴리는 토모키의 서포트에 온힘을 다 쏟고 있지만 예전엔 훨씬 다양한 업무에 관여하고 있었다는 이야기도 들었다.

"예, 그럼 이만. 기네비어, 그럼 잘 부탁해."

"맡겨 주십시오."

기네비어가 황녀의 말에 즉시 대답했다. 황녀에 대한 충성도 변함없이 지니고 있기 때문일 것이다. 릴리는 그 모습을 보고 만족스럽게 고개를 끄덕인 후 시종을 따라 원탁의 정원을 뒤로 했다.

◇◆ 릴리 ◆◇

"진척 상황은?"

"현재로서는 순조롭습니다. 용사님의 마력 적합 능력은 그야말로 기적이라고 밖에 할 수 없습니다. 그 신창(神槍)을, 말도 타지 않고 휘두를 정도의 신체 능력도 물론 압도적이었습니다만, 이거야 정말 대단하군요."

그의 능력을 생각하면 그 정도는 당연하지 않은가?

이와하시 토모키는 여신의 힘에 의해 모든 마도구에 우수한 적성을 지니고 있었다. 따라서 제국의 보물 창고에서 최고로 우수한 무기와 방어구를 엄선하여 그에게 마음에 드는 병장기를 선택하도록 했다.

처음으로 그가 손에 든 것은 무기나 방어구가 아니라 아이템의 수납과 운반이 가능한 반지였다. 그 후 그는 진지한 눈빛으로 여러 가지 무기를 검토하다가 몇 가지 정도의 무기를 선정한 참에 반지의 적재용량이 가득 찼다. 마지막으로 방어구를 선택하고 수련장에서 조정을 실시했다.

그가 선택한 방어구는 몸에 정확히 들어맞는 바디슈트의 각 부위에 금속제의 프로텍터를 장비하여 방어력을 강화하는 타입의 갑옷이었다. 제국에서도 상당히 강력한 부류에 속하는 방어구였지만 특수한 적성을 필요로 하기 때문에 오랫동안 사용자를 찾을 수 없었던 골칫덩어리였다. 사용 허가는 곧바로 떨어졌다. 일상생활을 보내면서 몸에 딱 밀착하는 바디슈트를 입고 다닐 수는 없기 때문에, 방어구는 전투 시에 한해서 장비해달라고 부탁했다.

그 이외에도, 이와하시 토모키는 강력한 대(對) 마술, 물리 장벽을 발생시키는 매직 아이템을 몇 가지 정도만 평소의 기본 장비로 사용하고 싶다고 말을 꺼냈다. 스스로를 지키려는 의식이 강한 것은 나쁜 일이 아니다. 얼마 전부터 세계의 끝에서 실용화에 성공한 만능 장벽 계열의 걸작인 크레이이지스를 포함해 여러 가지 아이템을 그에게 부여했다.

그는 순조로웠다.

여신으로부터 받았다는 은 구두라는 신기의 효과도 대단했다. 다른 사람들보다 몇 배로 오랫동안 수련을 계속해도 피로가 엄청난 속도로 회복된다. 지금까지 그가 체력이나 마력을 소진해서 다음날까지 완전히 회복시키지 못했던 적은 없었다.

"육체 쪽은 어때? 투약의 효과와 다른 휴만들에게 투약했을 경우와의 차이는?"

"그쪽도 문제없습니다. 애초에 부작용이라고 해봤자 수명이 약간 줄어들 뿐이니까요. 다른 여러분들도 마찬가집니다."

"그래? 그럼 문제없어."

그의 식사에는 성장을 촉진시키고 육체와 마력을 강화하는 비약을 섞어 놓았다. 타인과의 효과 차이도 확인하고 싶었기 때문에 함께 식사를 즐기는 나 이외의 멤버들이 먹는 식사에도 동일한 약을 섞어서 섭취시키고 있었다. 물론 그들의 허락 따위는 받지 않았다.

순조롭다는 것은 좋은 일이다. 부작용이 즉시 밖으로 드러난다면 전투에서 써먹을 수 없을 가능성도 있었다. 그것만큼은 피해야 하는 사태였다.

나는 황위 계승권을 버렸다. 그 덕분에 다른 형제들이 대부분의 번거로운 용건들을 나대신 처리해주었다. 나는 내가 해야 할 작업에 마음껏 집중할 수 있었다.

나에게 황위 계승권 따위 필요할 리가 없었다.

어차피 제국은—.

이와하시 토모키가 찬탈할 것이다.

나는 그의 마음에 조금씩 패왕의 마음가짐을, 치세 따위는 고려하지 않는 폭군의 이치를 속삭이고 있었다. 저 소년은 아무래도 이 세계에 오기 전엔 불우한 처지였다는 것 같다. 예전에 받았다는 유치한 괴롭힘에 대한 이야기도 들었다.

말하자면, 그는 갑자기 손에 넣은 강대한 힘에 들떠있는 것이다.

어쩌면 이렇게 편리하고 멍청할 수 있단 말인가?

그렇기 때문에 나는 그가 선호하는 여성을 연기하면서 그의 마음을 사로잡을 것이다. 벌써 절반 정도는 넘어왔다. 나는 밤 연회가 끝난 후에 그를 유혹했고 그는 거절하지 않았다.

그는 그날 밤 이후로 자신이 생겼는지, 점차 자신감 있는 언동이 늘어나면서 기네비어나 유키나츠까지 그 손으로 범한 듯했다.

—상관없었다.

앞으로 네가 바라는 하렘이건 뭐건 마음대로 만들어도 좋다. 오히려 협력해줄 것이다.

그를 권력이나 옥좌에 붙들어 매는 쇠사슬은 많으면 많을수록 좋다.

나약한 마음에 남아있는 옛 상처에 달콤한 독을 발라주면 나에게 거역할 생각은 떠올리지도 못 할 것이다. 그리고 스스로가 왕이어야 한다고 착각하면서 제국의 정점에 군림하기 위해 틀림없이 행동을 일으킬 것이다.

물론 그 일은 마족과의 전쟁에서 확정적인 승리를 손에 넣은 후에 이루어져야 할 것이다.

그 날이 오게 되면—. 그때까지는「그에게 심취하여 하인을 자처하는」나는 그의 뜻을 따르면서 그의 힘이 되기 위해 노력할 뿐이다. 타국은 신경 쓸 필요도 없었다.

여신이 이 땅에 파견한 용사라는 이름의 어리석고도 미숙한 폭군 후보생은 나에게 너무나도 **멋진 아이디어**를 제공해주었다.

그 연구도 서서히 본격적으로 시작해야 할 단계였다. 이제 곧 다가올 그 날을 대비하기 위한 필수적인 작업이다.

약의 연구는 이미 충분하다. 이 초로의 남성 연금술사는 그야말로 자신이 할 일을 완벽하게 완수해준 우수한 인재였다.

"그럼 다음엔 어떤 비약을 개발할까요? 좋은 생각이 떠올랐습니다, 용사님의 마려……억…… 으?"

"이제 충분해. 고마워, 지금까지 수고했어."

내가 입고 있던 순백색 옷의 소매가, 검붉은 액체로 더럽혀졌다.

약을 제작하는 작업은 지식이 모자란 기술자에게 단편적인 순서만 가르쳐주고 분업 체제로 만들게 하는 편이 나에게 유리했다.

나는 이와하시 토모키를 섬기는 제국의 황녀. 따라서 내가 그의 몸에 위해를 끼치는 물건을 개발하고 있다는 증거는 필요 없었다. 그 사실을 알고 있는 인간도 필요 없었다.

톱에서 모든 것을 관장하는 나를 중심으로 소수의 우수한 연구자로 팀을 구성하여, 만족스러운 성과를 제출한 자부터 이렇게 순서대로 제거해 나간다. 완벽한 계획이 아닌가?

어째서? 중년 남성이 그런 표정을 짓고 나를 올려다보다가 이윽고 무너져 내린 후 더 이상 움직이지 않았다.

나는 손에 쥐고 있던 단검을 입구에서 기다리고 있던 시종에게 넘겼다. 그녀의 눈에 의지의 빛은 비치지 않았다. 내가 그녀의 의지를 빼앗았기 때문에 당연한 반응이었다.

"그 단검을 소중히 쥔 채로 저택에 불을 지르렴. 적어도 이 방에 존재하는 모든 물체들이 완벽하게 재로 변할 만큼 확실하게 말이지. 저기에 누워있는 너의 사랑하는 사람과 불꽃 속에서 영원히 함께 하는 거야. ……알았지?"

나는 타이르듯이 천천히 그녀의 귓가에 속삭이면서 그 손에 단검을 쥐어줬다.

이걸로 충분하다.

시종이 이 방에 존재하는 자료들을 한곳에 모으기 시작한 것을 확인하고, 나는 연구자를 찌르고 튄 피가 묻은 옷을 벗은 후에 불꽃 속에 내던져 재로 만들었다.

상반신이 속옷 차림이 되고 말았지만 신경 쓰지 않는다. 어차피 성에 있는 내 방으로 전이할 생각이니 누군가에게 보일 염려도 없었다.

이제 슬슬 토모키를 배웅하기 위해 돌아가야 한다. 오늘은 북서 지역에서 전투가 벌어질 예정이다.

하지만 그 전에—.

"자, 다음 단계엔 드디어 용사님께서 가르쳐주신 근사한 **무기**를 개발해야겠지?"

나는 방으로 돌아와서 옷을 대충 갈아입으며 계획 단계의 서류를 확인했다.

—그것은 힘없는 어린 아이나 힘을 잃은 노인, 그리고 아름답지 못한 이에게도 평등하게 힘을 부여하는 무기였다. 마력의 많고 적음까지도 문제가 되지 않는다.

—정말로 너무나도 근사하고 평등한 무기다. 가지고 있는 것만으로도 힘을 주는 무기다.

다른 나라들이 황급히 이 무기의 미완성품을 전장에 들고 나올 즈음, 전쟁은 이미 막바지로 치닫고 있을 것이다.

마족도, 여신도, 그리고 그 신앙까지도—.

전부, 부숴버리겠어.

"총……. 그래, 그런 이름이었어. 빨리 만들어야지."

EXTRA 에피소드

아공 랭킹

드디어 도착한 츠이게에서 잽싸게 발생한 이벤트, 렘브란트 저택의 저주병 소동을 해결하고 어느 정도 시간이 지났다.

모험가 길드의 사정 때문에 특수 랭크로 이행되었다고는 하나, 원래 난이도가 높았던 의뢰였다. 뿐만 아니라 뒤에서 모험가들이 의뢰 달성을 방해하기 위해 암약하고 있었다.

그렇다고는 해도 황야로 떠날 것도 없이 의뢰에 필요한 물품을 가지고 있었던 데다가 이틀 만에 해결해 버렸지만 말이야.

실제로 방해를 받았던 것은 마지막에 모험가들이 내 목숨을 노렸던 그 한번뿐이었다.

여러 가지로 성가신 배경이 있었던 의뢰를 해결한 덕분에 우리는 이 도시에서 나름대로 이름이 알려진 것 같다. 말인즉슨 츠이게에서의 활동이 쉬워진 것이다.

토모에와 미오가 모험가 길드에서 재등록을 마친 것도 틀림없이 영향력을 끼치고 있겠지만 츠이게에서의 생활과 활동 기반이 굳건해지기 시작했다는 느낌이 든다.

그리고—.

오늘은 오랜만에 츠이게가 아닌 아공에서 지내고 있었다.

오전에 미리 정리해둔 여러 가지 보고를 들으며 에마나 토모에와 함께 아공의 근황을 확인하고 있었다.

양이 많아 성가시긴 해도 듣고 있으면 즐거운 시간을 보낸 후, 점심을 먹고 있으려니 오크 한 사람이 뛰어왔다.

"그런가요? 알겠습니다. 처리해보지요."

에마가 그의 보고를 듣고 돌려보낸 후 작게 한숨을 내쉬었다.

방금 전까지 즐겁게 담소를 나누면서 식사를 즐기고 있었는데 무슨 귀찮은 일이라도 생긴 걸까?

"왜 그래?"

"도련님……. 아니요, 그렇게 대단한 일은 아닙니다."

"그런 것치고는 심각한 표정이로고. 지금이라면 도련님이나 이 몸은 물론, 도움이 될지는 몰라도 미오 녀석도 있지 않은가? 말해보도록."

에마는 걱정을 끼치지 않기 위해 나에게 내용을 전하지 않으려고 했다. 토모에가 그런 에마를 설득했다.

토모에의 말이 맞았다.

도움이 될지는 모르겠다는 말은 미오에게 실례라는 생각이 들었지만 틀림없이 지금이라면 아공에서 일어나는 웬만한 문제는 거의 해결할 수 있다고 생각한다.

"하지만……. 아니, 아니군요. 가족의 허물을 드러내는 듯해서 면목이 없습니다만 말씀드리겠습니다. 사실은, 전투 훈련에서 조금 문제가 생겨서……."

"에마여, 그건 사소한 일이 아니지 않은가? 훈련에는 도련님이나 이 몸도 함께 참가하고 있으니 말이야."

"예, 사실은 그야말로 도련님이나 종자님들과의 훈련에서 생긴 문제라서……. 간단하게 말씀드리자면, 세 분에게 계속해서 완패를 당하고 있다 보니 전사들이 풀죽어 있다고 합니다. 창피한 이야기지요."

에마가 그렇게 말하면서 쓴웃음을 지었다.

"그건 대체 무슨 소린가? 전사를 자처하는 것들이 그렇게 미숙해서야!"

토모에는 실망을 숨기지 않고 어이가 없다는 표정으로 에마를 바라봤다.

……자신을 상실했다는 건가?

토모에는 어이가 없다는 입장이지만 난 대충 알 것도 같았다.

전혀 뜻대로 되지 않거나, 기술이 통하지 않으면 누구라도 낙담하는 게 정상이잖아.

"여러분을 상대로 전투 훈련에 임하면서, 손도 발도 쓸 수 없는 상황이 계속되고 있으니까요……. 하물며 수적 우세를 이용해서 포위를 해도 이기지 못하다 보니 충격이 상당히 큰 것 같습니다."

"흠…… 너무 괴롭혔나?"

"아니요! 그렇게까지 말씀하실 일은 아닙니다."

"그럼, 얼마 동안 우리들이 상대를 하지 않으면 해결되지 않나요? 일부러 시간을 투자해서 훈련하고 있는데 결과가 그 모양이면, 서로 간에 의미가 없으니까요."

미오가 대화에 끼어들었다.

하지만 그녀가 내뱉은 의견에선 그다지 의욕이 느껴지지 않았다.

기본적으로 미오는 훈련 같은 걸 귀찮아하는 편이니까 말이야.

어차피 귀찮았으니까 잘 됐네, 그럼 관두자. 그런 분위기가 마구 흘러넘치고 있었다.

"미오여, 그런 짓을 하면 이번에야말로 녀석들은 우리에게 버려졌다고 느낄 테지. 조금은 생각을 하고 말하는 게 어떤가?"

"생각을 하라고 말씀하셔도 말이죠……. 아무 것도 떠오르는 게 없고, 그런 것보단 오늘 저녁밥에 관해 상상의 나래를 펼치는 쪽이 즐거운 걸요."

"방금 점심을 먹지 않았나! 미오 할멈!"

"……우후후. 식후 운동 정도는 도와주실 수 있죠? 토모에?"

두 사람이 급작스럽게 살벌한 분위기를 띠기 시작했다.

이런 대화는 제 종자들에겐 기본이랍니다.

에마와 나는, 그런 모습을 이미 일상이라고 생각해서 그다지 관여하지 않는다.

나는 두 사람을 내버려두고 에마에게 말했다.

"에마, 어쨌든 그들의 분위기를 직접 확인해보고 싶어. 지금 시간이라면 모두들 휴식하고 있을 테니, 안내해줄래?"

"아, 알겠습니다."

우선은 실제 분위기를 파악해야지.

"토모에, 미오. 난 에마와 함께 분위기를 살피고 올게. 싸움은 적당히 하라고?"

"아이코, 도련님. 오크를 보러 가시는 겁니까? 그렇다면 이 몸은 만일을 위해 리자드맨들을 보고 오겠습니다. 그 녀석들도 하이랜드 오크와 상황은 비슷하니까요. 사기가 떨어져 있다면 확 기합을 집어넣고 오도록 하지요."

"……! 토모에, 아직 이야기는 끝나지 않았거든요?!"

"미오. 너는 그 뭐시냐, 도련님을 따라가는 게 어떠냐? 식후의 산책에 동행해드려라."

토모에가 그런 식으로 화제를 던졌기에 미오를 보고 의사를 확인했다. 혼자 내버려두는 것도 걱정되니, 데리고 갈까?

"같이 갈래, 미오?"

"예, 제가 모시겠습니다!"

동행을 권유하자 미오는 한 순간에 활짝 미소를 지었다.

방금 전까지만 해도 토모에와 둘이서, 마치 고양이들끼리 싸울 때처럼 「야오오오오옹!!」 같은 분위기였는데 말이지.

뭐, 이런 모습도 미오답다고 하면 미오다운 걸까?

음, 토모에는 리자드맨 쪽을 시찰하고 온다고 했고…… 모처럼 일이 이렇게 됐으니 오늘 안에 대책을 세우고 싶은 참이다.

"그럼 두 시간 후에 다시 모일까? 서로 어떻게 됐는지 보고하자고."

"명을 받들겠습니다. 뭐, 리자드맨들은 걱정할 필요 없다는 생각이 들지만요."

나는 토모에와 헤어지고 에마와 미오를 데린 채 산책을 겸해 걷기 시작했다. 점심시간인데도 작업을 계속하고 있는 오크나 드워프들을 곁눈질로 바라보면서 건물을 건축하고 있는 구획을 벗어나, 지금은 아직 간소한 분위기의 문을 통해 빠져나와 평원으로 향했다. 우리가 목표로 삼고 있는 장소는 농업을 시작한 장소였다.

에마와 미오를 데리고 걸었다곤 해도, 사실은 에마가 우리를 안내한 거나 다름없었다.

호오, 도시 부분 이외의 지역은 그저 넓은 평원이 펼쳐져 있다는 이미지였는데, 개척이 상당히 진행된 상태였구나?

잠시 동안 걷고 있으려니 두렁길로 구획이 나뉘어져 있는 밭들이 드넓게 펼쳐진 장소에 도착했다.

그러고 보니 벼처럼 생긴 식물을 이미 발견했다는 보고를 들었었다. 하지만 아직 논의 모습은 없었다. 벼는 평범한 육지에서 발견되었다고 했으니까, 벼라는 건 논이 아니더라도 재배할 수 있을지도 모르겠군. 하지만 일본인인 내 입장에서 말하자면 일본의 시골 풍경 같은 넓게 펼쳐진 논도 구경해보고 싶다는 것이 본심이다.

얼마 안 있어 아공에서 넓은 논이 펼쳐진 경치를 볼 수 있다고 생각하면 어쩐지 기분이 좋아진다. 지금 보이고 있는 건 밭 뿐이고 작물마다 구획이 나뉘어져 있으니까 농장 같은 분위기란 말이지.

"도련님께서 가르쳐주신 작물 이외에, 저희들이 원래 씨를 보유하고 있던 채소들도 재배하고 있습니다. 지금으로서는 순조롭습니다. 사실은 너무 순조로울 정도로 잘 자라고 있어요."

에마가 해설을 해주었다.

너무 순조롭다고?

얘기로 전해 듣기론 아공에선 작물의 성장 속도가 부자연스러울 정도로 빠르다고 했다. 그 이유에 대해서도 조사할 필요가 있을 것 같다.

"어서 먹고 싶네요, 도련님."

미오는 입맛을 다시면서 밭을 바라보고 있었다.

미오는 최근에 겨우 요리의 의미를 깨닫고 소재를 그대로 먹어치우는 일이 줄어들었다. 나는 미오의 변화에 상당한 기쁨을 느끼고 있었다. 보다 맛있는 음식을 먹고 싶다고 생각해준다면, 그것만으로도 기쁘다.

지금은 양=질이라는 느낌일까?

……아니야, 이건 내가 너무 긍정적으로 생각하고 있는 거다.

아무래도 아직은 양에 대한 집착이 질에 대한 그것을 웃돌고 있다는 느낌이 들어.

"도련님, 저쪽에……."

에마가 저 멀리를 가리키며 말을 걸어왔다.

"응?"

그녀가 가리킨 방향으로 시선을 돌리자, 밀짚모자와 탱크톱을 걸치고 휴만보다 한층 더 커다란 몸집의 오크들이 여러 사람 모여서 휴식을 취하고 있었다. 먼발치에서 보기엔 열심히 농사일에 땀을 흘리고 있는 프로 레슬러처럼 보였다.

저쪽에선 우리에 대해 눈치채지 못한 것 같았다. 에마도 그런 사실을 확인한 후에 나에게 알린 듯했다.

그렇다면, 이 자리에서 저들의 대화를 엿들어야 한다는 건가?

나는 계를 넓게 전개해서 그들의 대화에 귀를 기울였다.

"휴우, 밭일이란 건 역시 보람이 있어. 노력이 전부 눈에 보이는 형태로 나오거든."

"하하하! 명언이군. 아무 것도 생각하지 않고, 마음을 비울 수 있다는 게 매력 중 하나지."

"그렇군. ……사실은 나 말인데, 이제 무기를 버리고 괭이 전문으로 전향해서 농부가 되는 게 어떨까 최근에 생각하고 있어."

"……그것도 일리가 있구먼. 황야와는 달리, 여기선 농업만으로도 충분히 먹을 걸 마련할 수 있으니까."

"그래. 리자드맨 녀석들이 사냥을 잘 하니까 물물교환도 문제없잖아."

"에마가 그러는데, 앞으로 작물들의 종류를 더욱 늘릴 계획이라는군. 틀림없이 그쪽을 담당할 전문가들도 적지 않은 수가 필요해질 거야."

"……정말 농사일이 이렇게 순조롭게 돌아가면, 앞으로 살아갈 방법에 대해 생각할 수밖에 없군. 도련님께선 귀신 같이 강하시니까."

"토모에 님과 미오 님도 말이지. 지금까진 아무리 무서운 강적이라고 해도, 정면에서 집단으로 공격하면 그렇게 쉽게 지는 일은 없었잖아?"

"매번 이렇게 압도적으로 당하고 있으려니 지금까지 해온 건 뭐였을까? 그런 생각이 들어버린다고."

"여기서 우리가 다른 녀석들보다 잘 한다고 장담할 수 있는 건 농사 정도가 아닐까? 가끔 그런 생각도 해……."

"하지만 말이야, 토모에 님이나 미오 님은 가까이 갈수나 있으니까 그나마 낫다고."

누가 누구에게 랄 것도 없이, 오크들이 땅바닥에 걸터앉은 채 각자의 의견을 입에 담았다.

"역시 도련님이지. 근처에 접근하기도 전에 전원을 꿰뚫어 버리시니까 말이야. 그걸 얻어맞고 나면 진심으로 허리에서 힘이 쭉 빠지더라고."

"그 불릿 공격을 견뎌낼 수 있는 건 웬만큼 튼튼하던지, 능숙하게 무기로 받아낼 수 있는 녀석들뿐이지……."

"최근엔 도련님과 훈련하게 되면 공중으로 튕겨나가는 게 우리 임무라는 생각이 들어."

전 대체 어디서 돌아다니는 이ㅇ스 함인 거죠?

훈련에선 조금이라도 힘을 조절하는 편이 좋았을까……?

"하하하하, 휴우……. 다른 종족들은 다들 어떻게 하고 있는 걸까?"

"……구경할 기회도 없으니 전혀 모르겠어."

오크들의 대화는 계속됐다.

……엄청난 넋두리 대회였습니다.

지금까지의 훈련이라고 하면, 각각의 종족이 따로 실시하는 「종족 훈련」과 각 종족들과 우리가 실전에 가까운 형태로 맞붙는 「지도 훈련」이라는 두 가지 계통을 주체로 진행해서 시야가 좁아진 것 같았다.

들려오는 내용으로 짐작하건데 그들은 필요 이상으로 자신감을 상실했다.

실제로는 어떤 종족에게 물어봐도 하이랜드 오크는 만능 타입이라서 상대하기 힘들다는 높은 평가를 받고 있었다.

그들은 우수한 마법 언어를 이용하는 높은 위력의 마법과 선천적으로 강인한 육체를 활용하는 체술을 보유하고 있었다. 에마와 같은 오크 일족의 주요 인사들은 그러한 사실을 알고 있기 때문에 우리와의 실전 훈련 결과를 들어도 그다지 낙담하는 기색이 없었다.

그러니까 이 정도로 침울해질 필요는 전혀 없다고…….

나는 그들이 현재 보유하고 있는 능력은 물론, 앞으로 성장할 여지도 상당하다고 생각한다.

……흠.

역시 참패했다는 얘기나 자신들이 훈련했던 얘기 같은 건 다른 종족과 공유하고 싶지 않은 걸까? 좀 더 적극적으로 서로 정보를 교환하고 있을 거라 생각하고 있었어.

"들으셨나요?"

에마가 생각에 잠긴 나를 보고 질문했다.

"응, 조금 곤혹스러운 상황인 것 같네."

"예. 저도 자기들끼리만 모여서 고민하고 있으니 좋지 않다고 생각합니다만—."

"도련님? 저 채소! 빨간 색인데 저건 뭐죠? 굉장히 싱싱해 보여요!"

미오……. 너라는 아이는 대체—.

나는 그렇게 말하면서도 미오가 가리킨 방향으로 고개를 돌렸다.

저건…… 토마토군. 미오는 아직 먹은 적이 없었나?

냉장시켰다가 얇게 썬 토마토에 치즈와 오일을 뿌려서 먹었던 것이 기억난다. TV에서 괜찮은 술안주라고 소개했었지만 샐러드로 먹어도 충분히 맛있었다. 토마토는 정말 너무나 훌륭한 채소야.

"에마, 미오를 풀어줘도 될까?"

"아, 예. 물론이죠."

"미오. 모처럼 여기까지 왔으니까 오크 여러분에게 이야기를 듣고, 날로 먹을 수 있는 채소가 있으면 맛을 보고 올래? 나중에 감상을 들려줘."

"그래도 되나요?!"

"응."

"그럼, 도련님의 말씀에 따르겠습니다. 다녀오겠습니다!"

근질근질하면서 밭을 바라보고 있던 미오가 곧바로 빨간 열매를 따는 작업에 종사하고 있는 작은 체구의 여성 오크에게 달려갔다.

이거야 원.

벌써부터 저러고 있어서야, 날로 먹기엔 적합하지 않다는 소리를 들어도 문답무용으로 깨물어버릴 것 같은 기세로군.

—아, 먹었다.

미오는 보고 있는 이쪽이 행복해질 것 같은 얼굴로 토마토를 맛보고 있었다.

굉장히 미오다운 모습이었다.

옆으로 고개를 돌리자 에마도 미오의 모습을 싱글벙글 웃으면서 바라보고 있었다. 에마도 행복해 보인다. 왠지 마음에 평화가 깃든다.

아, 그러고 보니 에마와 이야기를 나누던 도중이었다.

"……그건 그렇고. 에마, 방금 했던 얘기 말인데? 나도 그렇게 생각해. 훈련에 관한 각 종족 간의 정보 교환이 생각보다 적은 것 같네."

"……예. 역시 저희들에게는 저희들만의 전법이나 훈련 방식이

있습니다. 선조들로부터 대대로 전해져 내려오는 방식이기도 하고, 기밀 사항이기도 합니다. 다른 종족 분들과 의견을 나눈다고 해도, 말할 수 없는 내용보다 무난한 공통의 화제를 선택하는 쪽이 역시 자연스러운 대화의 흐름이겠지요."

"그 기밀을 서로 공유할 순 없는 걸까?"

가능하다면 아공의 주민들은 모두가 서로를 잘 알았으면 좋겠다고 생각해.

"……곧바로 그렇게 되기는, 어려울 거라고 생각합니다."

역시 그런가.

하지만 전사가 농부가 되고 싶어 하는 이유가 자신감 상실이라는 건, 역시 조금 슬픈 느낌이 들었다.

평화로 인해 실전에 참가할 기회가 없다는 것도 하나의 원인으로 작용하고 있는 것 같지만…….

"그래서, 도련님? 뭔가 좋은 방안이 떠오르셨나요?"

"……그게 말이지. 우선 각 종족 간의 공동 훈련을 도입해볼까 생각하고 있어. 내 입장에서 말하자면, 좀 더 서로를 잘 알아주길 바라거든."

"공동 훈련……."

"응. 토모에에게 부탁해서 리자드맨과 아르케, 드워프들도 끌어들이는 거야. 각각의 전술을 서로 확인하면서 자극을 받아주었으면 해. 그리고—."

"그리고?"

"우리와 훈련하는 것보단, 훨씬 현재의 실력을 파악하는 데 도움이 될 거라고 생각해."

"……도련님께서 생각하고 계신 대로 될지는 약속드릴 수 없습니다만 일단 일동에게 전해두도록 하겠습니다."

으—음.

에마도 전투 기술이라는 분야에선 각 종족이 보유한 비밀을 긍정하는 사고방식인 것 같군.

그 방식도 일리는 있다고 생각하지만……. 일단 내 생각도 전해두는 편이 좋겠군.

있는 그대로 내뱉으면 잘난 척하는 것 같으니 애매하게 말해두자.

"보여줄 수 없는 내용이라……. 개인적으론 리자드맨의 전투를 흉내내는 오크나, 오크 같은 전술을 사용하는 리자드맨도 재미있을 것 같다고 생각하지만 말이야. 뭐, 지금 자신들이 다듬고 있는 전술만으로도 우리 수준에 가까워 질수 있다고 한다면 말릴 필요는 없겠지."

"……?!"

에마가 흠칫 놀란 표정을 지었다.

……역시 좀 잘난 척하는 것처럼 들렸나?

하지만 이건 내 본심에서 우러나온 말이야.

나는 오크가 됐건 다른 종족이 됐건, 아직 서로 감추고 있을 정도의 기술을 가지고 있는 단계로 보이지는 않아. 물론 모두들 굉장한 잠재 능력을 가지고 있다고 생각해.

그러니까 서로 지니고 있는 모든 카드를 교류하면서 좀 더 새로운 개념이나 전술, 기술을 탄생시킨 후에 그것들을 한층 강화시키며…… 더욱 높은 경지를 목표로 삼았으면 한다고.

그런 과정을 통해 정말로 자신들에게 알맞은 오의건 뭐건 발견하게 되면, 그 기술을 비밀로 삼으면 되지 않아?

물론 아직은 기술을 갈고닦아야 하는 단계지.

그건 내 눈으로 봐도 알 수 있어.

동아리 1학년 후배들을 보고 있을 때와 똑같은 분위기가 느껴지니까.

"어, 이제 슬슬 토모에도 돌아와 있을 참이네. 미오에게 한마디 해주고 돌아갈까?"

"아, 예."

에마는 뭔가 골똘히 생각에 잠긴 것 같았지만 내가 말을 하니 곧바로 대답이 돌아왔다.

그녀는 머리가 매우 좋으니까 내가 하고 싶은 말 같은 건 금방 알아들었을 것이다.

그런 그녀가 방금 들은 얘기를 가까운 시일 이내에 오크 여러분에게 직접 전해준다면 문제는 없을 것이다.

일단 토모에의 보고를 듣고 정할 일이지만 리자드맨들도 오크들과 비슷한 상황일 경우엔 공동 훈련의 추진을 서둘러야 할지도 모르겠군.

◇◆◇◆◇

"흠. 리자드맨들도 오크들도 마찬가지라. 너무 심하게 대했던 걸까요? 아직 기대하고 있는 능력의 1할에도 미치지 않는 상황에서 이 모양이니."

토모에의 이상이 너무 높은 거 아니야? 그렇게 말하고 싶은 기분을 억눌렀다.

토모에의 보고에 따르면 리자드맨도 오크와 마찬가지로 상당히 자신을 잃은 상태라고 했다.

족장은 토모에에게 조속히 이 문제를 해결하겠다는 취지의 말을 전했다고 한다. 하지만 자신들만의 힘으로 해결할 수 있는 문제가 아니라는 생각이 들었다.

"아르케들과도 개별적으로 상담했지만 그 아이들은 딱히 아무런 느낌도 없다고 하더군요."

"그녀들은 각자가 여러 가지 할 일을 하고 있는 것 같으니까 말이야. 제약이나 연금술 같은 작업을 하느라 수련에 참가하는 빈도도 가끔이지."

아르케는 각 개체의 능력이 강하고 머릿수도 적어서 단체 훈련에 적합하지 않기 때문에 다른 종족과는 상황이 다르다.

"도련님. 각 종족 간의 교류가 생각보다 적은 듯하니, 그런 문제들이 조금씩 쌓여서 고민의 원인으로 작용하고 있는 것으로 생각됩니다."

"나도 그렇게 생각해, 토모에. 우리가 재촉하는 편이 가장 빠를 테니까, 내일이라도—."

"예. 맡겨만 주십시오. 사실은, 공동 훈련 이외에도 생각해둔 방법이 있습니다."

"……사망자가 나올 수 있는 훈련은 금지야."

"물론이죠."

"아와와와……."

……바로 어제 그런 대화를 나눴다. 에마만이 창백한 얼굴을 하고 있었다.

오늘은 아침부터 오크와 리자드맨을 집합시켰다.

「아와와와……」라고 말하던 에마는 이 자리에 없었다.

농작물의 성질을 조사하고 있는 시험장에서 뭔진 몰라도 중요한 보고가 있다고 한다. 그녀는 그쪽을 담당하고 있었다. 내가 그 내용을 듣는 건 오늘밤이 될 것 같군.

그러고 보니 절구통 같이 생긴 시험장의 형태 말인데, 역사 수업에서 본 기억이 있단 말이지. 남미 근처의 유적에 대한 수업이었었나?

으음, 에마가 내가 원래 있던 세계의 유적에 관해서 알 리가 없었다.

그렇다면 혹시 그녀는 스스로 그 형상을 생각해낸 걸까?

그녀라면 불가능한 이야기는 아니다.

겉보기엔 그렇게 박식해 보이진 않지만 에마는 굉장히 똑똑하거든.

"자, 오늘은 예정을 변경해서 너희들을 이렇게 한곳에 집합시켰다만—."

멍하니 정신을 팔고 있다 보니 토모에가 설명을 시작했다.

청중들의 등 뒤로 그들의 협력을 받아 즉석에서 건설한 원형 무대가 보인다. 그들은 작업을 하면서부터 이제부터 일어날 전개에 대해 대충 예상을 하고 있었는지, 딱히 소란은 일어나지 않고 그녀의 설명이 끝났다.

말하자면, 이 무대를 사용해서 1대 1 승부를 해보라는 거다.

"그럼…… 거기 있는 너와 너. 무대로 올라오도록 해라."

토모에가 선택한 것은, 오크와 리자드맨들 중에서도 종족 최강이라고 불리는 두 사람이었다.

상성이나 그 외의 여러 가지 요소도 있겠지만 초전박살식의 필살기를 가지고 있는 등의 치트 기능을 제외하고, 순수한 실력으로 판단하면 이 녀석들이야말로 틀림없이 최강이라고 장담할 수 있는 두 사람이었다.

이 격돌은 각 종족의 최강자들이 펼치는 대결이라고 할 수 있었다. 당연히 쌍방의 긴장감이 고조되었다.

토모에는 그런 분위기를 무시하고 담담하게 승부의 개시를 선언했다.

—오크는 할버드를, 리자드맨은 검과 방패를 들고 있었다.

그들이 들고 있는 무기로 판단하건데 두 사람이 능숙하게 싸울 수 있는 공격 범위는 다를 것이다. 리자드맨은 거리를 좁히기 위해 달려들었고 오크는 그것을 막기 위해 할버드를 휘둘렀다. 서로가 자신이 잘 싸울 수 있는 거리에서 싸우기 위해 초반부터 과격한 충돌이 일어났다.

싸움은 서서히 격렬해졌다.

리자드맨이 입에서 브레스를 내뿜고 오크가 공격 마법을 시전했다.

오크가 할버드를 이용한 강력한 일격으로 무대를 파괴하자, 리자드맨은 그 공격으로 변형된 바닥을 교묘하게 이용해서 반격했다.

참고로 무대에서 벗어난 브레스나 마법은, 토모에와 미오가 상쇄시키고 있기 때문에 관객들은 완벽하게 안전했다.

외야의 오크와 리자드맨은 전황의 추이를 지켜보며 일희일비하면서 각자의 대표에게 응원을 보냈다. 그들은 마치 자신의 일처럼 열심히 응원했다.

그런 관객들에 비해 우리들 세 사람은 말없이 지켜만 보고 있었다.

그 이유는 토모에로부터 일부러라도 그렇게 해야 한다는 의견을 들었기 때문인데, 무슨 의미가 있는 거지? 일단 이 녀석도 뭔가 생각이 있으니까 그런 소리를 했을 것이고, 당장 이 대결 자체가 토모에가 제안한 기획이니 전적으로 맡겼다.

이윽고 승부가 났다.

"거기까지! 승자는 하이랜드 오크, 아가레스!"

이번 대결은 거의 자폭이나 다름없는 공격이 효과를 발휘하여 오크가 승리했다.

승리라고는 해도 상당히 아슬아슬했다.

아가레스는 할버드를 머리 위로 들어 올린 채 그대로 얼굴에서부터 바닥에 뻗어버렸다.

그야말로 근소한 차이의 승리였다.

하이랜드 오크들이 자신들의 대표가 승리했다는 사실에 몹시 기빼했다. 대조적으로 리자드맨들은 분해 보였다. 당연한 구도였다.

토모에는 새삼스레 그들을 다시 한곳으로 집합시켰다. 그리고 무표정하게 내뱉었다.

“승자는 하이랜드 오크……. 허나, 분명히 말해서 양쪽 다 말할 가치도 없었다. 너무 약해!”

『……!!』

으음, 너무 엄격하게 말하는 거 아니야?

“이 몸은 유감스럽기 짝이 없었다. 어째서 지금 네 녀석들이 이 정도의 실력밖에 갖추지 못 했는가에 관해서 말이지……. 이봐, 거기 있는 너! 이유가 뭐라고 생각하나?”

토모에가 고개를 숙이고 있는 리자드맨 가운데 한 사람을 가리키며 물었다.

“예. ……사실, 토모에 님이나 도련님, 미오 님의 경지에서 보시자면 대단치 않은 실력일지도 모르겠습니다만 개인적으로 지금 그들의 싸움은 훌륭한 것이었다고 생각합니다.”

토모에가 지명한 그는 등을 쭉 뻗고 긴장한 표정으로 대답했다.

“그건 대답이 아니지 않나? 상대가 우리나 도련님이 아니니, 이 정도의 힘만 가지고 있으면 충분하다고 말하고 싶은 건가? 응?”

“그, 그건…….”

“알겠나! 그따위 썩어빠진 생각을 가지고 있다면 무기 따위는 갖다버려라! 만일 너희들이 우리의 비호를 받는 신세에 만족할 뿐인 백성으로 살고 싶다면 말해라. 그 소원을 들어주마. 지금 여기서 무기를 드는 자는, 이 아공을 지키는 전사이기를 원하는 자들만으로도 충분하다! 그리고 우리가 그 전사들에게 요구하는 것은 당연히, 우리가 믿고 의지할 수 있을 만한 힘을 갖추는 일이라는 사실을 명심해라!"

"……!"

오크와 리자드맨들이 토모에의 말을 듣고 분한 표정을 지었다. 그들은 지금 들은 소리로 인해 상당히 자존심이 상했을 것이다.

"알겠나? 지금 네 녀석들은 더 이상 잃을 것이 없다! 상대의 분위기를 살피면서 싸울 정도의 레벨도 아니다! 보잘 것 없는 긍지 따위는 버리고, 전부 서로 간에 속내를 드러내 버려라!"

『……?!』

"그리고 서로의 전술에 대책을 세우며, 서로의 전술을 받아들이고 더더욱 높은 경지를 지향해라! 그렇게 갈고닦음으로써 성장할 수 있는 것이다. 이 몸이! 아니, 도련님께서 원하시는 것은 바로 그런 인재다! 지금의 네 녀석들 따위는, 도련님께서 원하시는 실력의 1할조차 만족시키지 못한 잔챙이들의 무더기에 지나지 않는다."

『…….』

그들은 토모에의 인정사정없는 매도를 듣고 분발하기는커녕 완전히 압도당하고 있었다. 이건 좀 일이 잘못 돌아가는 것 같은데?

내가 조금 거들어야겠다.

"토모에, 조금 말이 심했어. 그들도 열심히 노력하고 있으니까."

"그래서 말이다? 이쯤해서 네 녀석들에게 기합을 불어넣으려고 한다. 앞으로 이레에 한번, 얼마 동안은 전원이 참가하는 개인전을 개최한다. 그 시합에서 너희들 각자의 실력을 확인하고, 랭크를 부여한다."

……내 말은 무시하시는 건가요? 뭐, 상관없나? 어제 오늘부터 시작된 일도 아니고—.

토모에의 제안을 듣고 주위가 웅성대기 시작했다.

—랭크를 부여?

—순위를 매기겠다는 말씀이신가?

—아니, 하지만 종족끼리 주특기로 삼는 전투 방식이 다르잖아?

응? 꽤 불안하다고 느끼는 목소리도 많이 들려오는데?

어제 밭에서 담소를 나누던 오크들처럼, 정말로 전사 이외의 길을 찾는 편이 나은 사람들이 존재하는 것도 사실이다. 앞으로도 전사를 계속할 각오의 여부를 확인해보려는 의미도 있는 것 같았다. 토모에 녀석…….

"얼마 동안은 전원을 참가시킬 생각이지만 단계적으로 자유 참가 형식으로 전환할 것이다. 시기나 개최 주기도 앞으로 변경이 있을지도 모르지만 개최 자체는 결정 사항이다. 말해두지만 드워프나 아르케에게도 이 계획을 전달할 것이다. 이 싸움에 이겨서 윗 단계로 진출한다는 것은, 이 몸이나 미오, 도련님을 제외하고 이 아공에서 누가 어느 정도 강한지를 측정하는 알기 쉬운 숫자가 될 것이다. 전사의 명예로 내세울 수 있을 것이야. 물론, 술사와 전사는 부문을 나눠줄 테니 안심해라. 이 결과를 보고 명확히 나오는 숫자조차 스스로를 분발시킬 재료로 삼지 못하는 자부터 전사의 길 따위는 포기해버려라!"

토모에가 설명을 계속했다.

예선 리그나 본선 리그 등의 개요를 차례차례 설명해갔다. 벌써 시스템 같은 것도 생각해두고 있었던 거야? 은근히 굉장한 녀석이다.

"알겠나? 이번에 벌인 첫 대결은 현 상태를 확인하려는 의도였지만 향후의 자극제로 충분히 활용하도록 해라. 앞으로 우리와의 훈련은 횟수를 줄이고, 다른 종족들과의 훈련이나 모의 전투를 점점 늘릴 것이다. 기억해둬라, 아공에는 맥 빠진 전사 따위는 필요 없다!"

토모에는 하고 싶은 말을 일방적으로 내뱉고 그대로 발길을 돌려 어디론가 떠났다.

나는 나름대로 생각이 있어서 미오에게 눈짓으로 먼저 돌아가 있으라고 명령했다.

나는 두 사람의 모습이 완전히 보이지 않을 때까지 기다렸다가 새삼스레 오크와 리자드맨들을 둘러봤다. 당연한 얘기지만 그들은 심하게 낙담한 상태였다. 이를 악 물고 분한 표정을 짓고 있는 족장과 전사대장의 시선이 따가웠다.

"……나도 토모에가 한 말엔 동의하고 있어. 솔직히 말해서, 지금 모두가 지니고 있는 실력이 상대에게 숨길 정도의 단계라는 생각은 들지 않아. 앞으로 공동 훈련 자체의 횟수를 늘리려고 하니, 부디 서로의 힘을 갈고닦아 줬으면 좋겠어."

—하지만 랭크를 부여한다고?

이름을 붙인다면 아공 랭킹이라고 하면 될까?

상위 랭커들은 괴물이다! 그런 소리를 들을 정도의 레벨까지 단련시킬 수 있다면 더 바랄 건 없겠는데 말이지.

◇◆◇◆◇

결과적으로—.

아공 랭킹은 대성공을 거두었습니다.

내가 문득 떠올린 아이디어가 정식 명칭이 되 버렸다.

개최 형식은 다음과 같다.

· 예선 리그를 수시로 개최하면서 포인트를 획득한다.

· 상위 랭커는 본선 리그에 참가하여 주말에 하루 몇 회전 정도를 치른다.

지극히 심플한 형식이다. 그렇기 때문에 재미있는 거지.

내 지식 안에 있던 격투기 대회에선 연속 출전의 영향 때문에 서로 만전의 컨디션으로 붙는 경우는 흔치 않았지만 여기는 아공이다.

시합이 끝날 때마다 치유마법을 사용해서 완전히 회복시킨다.

따라서 예선까지 포함해서 아공 랭킹 시합의 영향으로 다음날 업무에 지장이 생기는 일은 없었다.

예선에서 상위 8명이 선출되어 그들이 본선 리그에 진출한다.

여기까지 걸리는 기간이 대략 3개월 정도다.

지금은 아직 방법을 알 수가 없지만 토모에의 계획은 언젠가 아공에 사계절을 도입할 수 있게 되면 춘하추동 각 계절마다 벌어지는 대회의 우승자들을 1년에 한번 모아서 그 연간의 우승자를 결정하는 「어전시합(御前試合)」까지 개최할 것이라고 한다.

예선이 시작된 단계에서 몇 사람 정도, 스스로의 전사에 대한 적성을 의심하고 농부나 연구자로 전향한 이들도 틀림없이 나타났다.

그들에 관해서는 보다 적성에 맞는 직업을 발견해낼 것이라고 생각하고 싶다.

현재 여러 차례의 시합을 거치면서 참가 형식은 강제에서 자유참가로 전환되었다. 하지만 아공 랭킹을 둘러싼 활기는 오히려 더욱 넘쳐나고 있었다.

본선 리그가 시작된 이후로 주말의 오락거리는 시합을 보러가는 거라는 사람들도 많이 나타났다.

엘더 드워프들이 시합 회장을 만들게 해달라고 의견서를 제출했다. 토모에와 미오, 그리고 각 종족들로부터 시합 회장에 관한 요구 사항이 빗발쳐서 일시적으로 카오스 상태가 되기도 했다.

최종적으로 무사히 고대 로마를 연상시키는 기본적인 형상의 원형 투기장을 건설하게 되었다.

이 투기장은 그 수용 인원수에 상당히 여유가 있는 편으로, 회장이 관객으로 가득 차서 넘치는 사태는 아직 발생하지 않았다.

물론 전망이 좋은 자리는 쟁탈전이 벌어지지만 일단 거기에 관해선 포기하기로 했다.

아공 랭킹의 가열화에 따라 당초 의도하고 있던 대로 종족 간의 공동 훈련이나 교류도 활발해졌다. 바야흐로 아공 랭킹에 엘더 드워프나 아르케도 참가하면서 80명에 가까운 규모로 성장했다.

그 결과 오크나 리자드맨들의 자신감 상실에 대한 이야기는 어느샌가 흔적도 없이 사라졌다.

다른 종족에 비해 양질의 무기를 보유하고 있는 드워프들이나 개체의 능력으로 치면 최강이라고 할 수 있는 아르케들과의 모의 전투에서 승리하기 위해, 그들에 대한 대책을 준비하고 스스로를 연마하는데 바쁜 듯했다.

앞으로도 더 늘어날지도 모르지만 늘어나면 늘어날수록 상위 랭커들에게 향하는 존경은 더욱 강해질 거라고 생각한다.

직접 참가하지 않고 관전을 취미로 삼는 사람들도 상위 랭커에게 환호하거나 선망의 시선으로 바라보는 식으로 즐기고 있었다.

각 종족이 보유하고 있는 전투 부대 내부의 입장이나 운용 방법도 상당히 변화했다고 한다.

참고로 공개적으로 게시판에 나붙는 랭킹은 상위 20위까지다. 그 이하는 희망하는 개인에게 알리기만 하는 방식을 도입하고 있었다.

말인즉슨 전 주민들에게 최강의 아공 20걸(傑)이 누구인지 알려진다는 뜻이다.

지금은 아직 괜찮겠지만 앞으로 머릿수가 늘어나게 되면 발표 랭킹을 30에서 50 정도로 늘리는 방법도 고려해야 할 것이다.

이 게임에 편승해서 경기장 주변에 관객을 상대로 장사하며 한몫 잡으려는 포장마차들도 대량으로 등장했다. 처음엔 농부 오크와 사냥꾼 리자드맨의 용돈벌이 수준이었다고 들었는데 지금은 우습게 볼 수 없는 돈벌이로 성장했다.

미오가 이 현상으로 인해 가장 기뻐했다.

그녀는 가끔 포장마차 주인과 음식의 양념이나 새로운 메뉴에 대해 담소를 나누며 시합 회장에 얼굴을 드러내지 않고 하루를 끝내는 날도 있었다.

물론 포장마차에서 파는 음식이니 이곳에서 먹을 수 있는 음식은 패스트푸드 종류였다. 하지만 미오는 본인이 맛있다고 생각하는 음식을 이곳에서도 먹고 싶은 것으로 보였다. 그녀는 츠이게에서 구경했던 음식들도 참고하면서 아공에서도 본인이 선호하는 맛을 재현하려고 노력했다.

먹을 게 관여되면 미오도 토모에 못지않게 부지런하고 우수했다. 그 결과 츠이게의 영향을 받은 요리들도 포장마차에서 파는 경우가 상당히 늘어났다.

아공 랭킹은 결승 토너먼트에 돌입하면서 더욱 격렬함과 박력을 더하고 있었다. 지금으로선 나도 매일 관전하고 있었다.

토모에가 말하는 어전시합 같은 걸 개최하게 될 즈음에는 일부에서 뜨거운 지지를 받고 있는 단체전의 개최도 결정될 듯한 기세다.

완전히 예상을 아득히 초월하고 있었지만 아공에 살고 있는 여러분에게 매력적인 오락을 제공할 수 있게 되어 다행이다.

휴일엔 원형 투기장에서 엄청난 환호가 울려 퍼지고 있는 것이 그 증거일 것이다.

내 예상을 훨씬 능가하는 결과였다.

본래의 목적이었던 오크와 리자드맨의 자신감 회복과 실력 향상에도 성공했으니 더 바랄 게 없었다.

아공 랭킹의 창시자이기도 한 토모에는 참가자들로부터 소질이 있어 보이는 이를 선출해서, 일본도를 다루는 **전사**를 늘릴 계획을 추진하고 있는 모양이다.

일본도는 상당히 특수한 무기인데다가 아직 미완성이니 너무 무턱대고 서두르지만 않았으면 좋겠다.

아마 토모에 한 사람으로부터 받은 영향은 아니겠지만 이상한 영향을 받은 이도 있다고 한다. 리자드맨 가운데 모 씨는 무슨 생각이 들었는지 맨손 격투술을 연구하기 시작했다고 들었다.

이 안건은 일단, 다른 종족들과 서로 자극제 역할을 한 결과라고 말할 수도 있겠지만…… 역시 조금 탈선을 시작한 느낌이 드는군.

하지만 이 세계에서 무기나 마법을 사용하지 않는 격투술 같은 건 아직 본 적이 없었다. 어쩌면 그는 대단한 위업에 도전하고 있는 건지도 모른다.

그리고 지금 이 순간, 나는 아주 확실하게 깨달았다.

아공 랭킹을 통해 종족 간에 실력을 갈고닦으면서 강해지길 바란다는 것은 어디까지나 대의명분에 지나지 않으며, 토모에는 검객들이 서로 겨루는 어전시합을 아공에서 개최하고 싶어서 이런 사업을 벌인 것이었다.

실제로 토모에는 최근엔 랭킹 자체는 내버려두고 일본도의 제작이나 그것을 다루는 전사를 육성하는 작업에 온 정신이 팔려 있었다.

요전에 보니 일본도를 다루는 훈련 중에 「그 정도의 실력으로 도련님 앞에서 싸울 수 있다고 생각하지 마라!!」 대충 그런 느낌으로 고함을 지르고 있었지…….

하지만 원래 의도가 뭐였든 간에 아공 랭킹은 남미의 축구나 미국의 미식축구, 조금 옛날의 일본에서 활발히 움직이던 야구 등과 비슷할 정도의 놀라운 인기를 자랑했다.

설마 어린이들까지 사로잡을 줄은…… 솔직히 말해서 예상 밖이었다.

처음엔 그저 문제 해결의 수단에 지나지 않았는데 지금에 와선 그럴 듯한 프로 스포츠 같은 꼴이니까 말이야.

뭐, 토모에나 미오는 물론 나 역시 아공에 활력이 넘치는 건 기쁘게 생각한다.

그렇다면 문제는 없는 거다.

나는 투기장에 울려 퍼지는 환성과 멀리에서 풍겨 오는 음식 냄새를 느끼며 어째서인지 쓴웃음을 짓고 있었다.

이것도 이곳의 일상이라고 할 수 있으니까.

아공은 오늘도 평화롭습니다.

달이 이끄는 이세계 여행 2

1판 1쇄 발행 2017년 8월 10일
1판 5쇄 발행 2024년 3월 8일

지은이_ Kei Azumi
일러스트_ Mitsuaki Matsumoto
옮긴이_ 정금택

발행인_ 최원영
본부장_ 장혜경
편집장_ 김승신
편집진행_ 권세라 · 최혁수 · 김경민 · 최정민
편집디자인_ 양우연
관리 · 영업_ 김민원

펴낸곳_ (주)디앤씨미디어
등록_ 2002년 4월 25일 제20-260호
주소_ 서울시 구로구 디지털로 26길 111 JnK디지털타워 503호
전화_ 02-333-2513(대표)
팩시밀리_ 02-333-2514
이메일_ lnovelpiya@naver.com
L노벨 공식 카페_ http://cafe.naver.com/lnovel11

ISBN 979-11-278-4215-4 04830
SBN 979-11-278-4112-6 (세트)

값 8,800원

백수, 마왕의 모습으로 이세계에 1권

아이아츠시 지음 | 카츠라이 요시아키 일러스트 | 김장준 옮김

한창 즐겼던 게임이 서비스 종료를 맞이한 날.
홀로 대보스를 토벌하고 사기급 능력을 입수한 요시키는
낯선 장소에서 눈을 떴다.
마왕으로 착각할 만할 중2병 장비를 걸친
자신의 캐릭터, 카이본의 모습으로!
심지어 갈피를 잡지 못하는 그의 앞에
요시키의 세컨드 캐릭터, 엘프 류에가 나타나고……?!
그녀와 둘이서 생활하는 동안 그는 알게 된다.
자신이 이 세계에서 신화 수준의 영웅으로 전해져 내려온다는 것을—!

마왕의 모습으로 세계를 누비는
유유자적 여행기, 개막!!